Gabriella Sander

Herzflüstern

Herz
FLÜSTERN

BOOKAPI
VERLAG

Bibliografische Information der Deutschen Nationalbibliothek:
Die Deutsche Nationalbibliothek verzeichnet diese Publikation in der Deutschen Nationalbibliografie; detaillierte bibliografische Daten sind im Internet über http://dnb.dnb.de abrufbar.

1. Auflage

Theodor-Heuss-Str. 5, 89340 Leipheim

Coverdesign: Nina Hirschlehner
Lektorat & Korrektorat: Nina Hirschlehner
Layout & Satz: Stefanie Scheurich,
Bildmaterial: freepik.com

Druck: booksfactory
ISBN: 978-3-9825757-1-1

@bookapi.verlag

Your sensitivity is your strength.
The way you feel and love, your vulnerability
and rawness – that is your power, your purpose.
– Marisa Donnelly –

Für alle, die viel fühlen:
Ihr seid genau richtig.

Und für Lini, Laura und Gini.
Weil ihr mit euren goldenen Herzen
die Welt zum Leuchten bringt.

Prolog | Majví

Ich öffne meinen Instagram-Feed und erstarre. Der Post von gestern Abend. Die Buchstaben wirbeln vor meinen Augen herum wie ein Mückenschwarm. Bohren sich wie giftige Pfeile in meine Seele. Mein Blick verschwimmt. Mein Atem stockt. Was zum Henker ist hier los?

Einatmen. Ausatmen.

Ich versuche, mich selbst zu beruhigen. In der Hoffnung, dass dies hier nur ein schlechter Traum ist. Ich gleich aufwache. Doch ich bin so dermaßen wach, dass mir mein hämmerndes Herz fast aus der Brust hüpft. Ich bin kurz davor, eine Panikattacke zu bekommen.

»Was bist du denn für ein Alien?«

»Heulsuse«

»Mimimimi«

»Du willst doch nur Mitleid.«

»Ich lach mich schlapp, die Alte hat 'nen Schuss!«

»Wie peinlich kann man sein?«

Alles Blut weicht aus meinem Kopf. Sackt schwer in meine Füße. Mir wird schlecht. Ich lasse mich auf mein Bett fallen, während gleichzeitig mein Handy dauervibriert.

Das kann doch alles nicht wahr sein, oder?

Emma schickt mir im Sekundentakt Nachrichten, in denen sie mich fragt, was los ist. Ob ich das auf Instagram gesehen habe. Und wie ich das habe. Hilfe!

Mit zitternden Fingern versuche ich ihr zu antworten, mein Kopf kann keinen klaren Gedanken fassen. Hunderte haben unter meinem Post kommentiert, um sich jetzt auf die feige Art über mich kaputt zu lachen. Die wenigen Kommentare der Personen, die wirklich verstehen, was ich mit diesem Post sagen wollte, überlese ich. Hängen bleiben nur die vernichtenden Worte, die sich in meinen Gedanken und, was noch schlimmer ist, in meiner Seele einbrennen und dort Feuer legen. Feuer, von welchem ich nicht weiß, wie ich es jemals wieder löschen soll. Ob ich es löschen kann.

Ich hätte es wissen müssen. Ich hätte es verdammt nochmal besser wissen müssen. Danke für nichts, Social Media. Ich hasse dich für immer.

12 Monate später | Jesper

Der Bus ruckelt los, während ich in mein Handy starre und meine Nachrichten checke.

»Was willst du heute essen?«, fragt Pepe und ich tippe: »Keine Ahnung. Sag du«, zurück.

Pepe ist mein Mitbewohner mit italienischen Wurzeln und sorgt immer dafür, dass ich nicht verhungere. Seit ein paar Wochen teilen wir uns eine kleine Wohnung mit knarzenden Dielen und schiefen Wänden, aber das stört uns nicht, denn die Hauptsache ist, wir sind endlich selbstständig. Zumindest tun wir so, auch wenn ich manchmal den Eindruck habe, ich weiß noch nicht so wirklich, wie das mit dem Erwachsensein funktioniert. Es gibt vieles zu beachten, was sich früher von selbst erledigt hat – oder besser gesagt, mein Vater hat die Dinge erledigt. Doch jetzt bin ich für mich verantwortlich. Ich, ganz allein. Das fühlt sich zeitgleich gut und beängstigend an und es wundert mich, dass ich bisher nicht verhungert bin. Denn plötzlich muss ich einkaufen gehen, der Kühlschrank füllt sich nicht von selbst, auch wenn ich ihn noch so sehr hypnotisiere. Außer Pepe hat die Muse geküsst und er will unbedingt kochen, was öfter mal passiert und wovon ich wirklich profitiere.

Wenn ich nicht wasche, ist der Kleiderschrank eines Morgens halt leer. Oder der Wäschekorb. Oft schafft es meine Wäsche nicht weiter als bis dorthin, was mich aber nicht stört. Denn das ist der schöne Teil am selbstständig sein, dass einem keiner mehr reinquatscht oder erklärt, man müsse sein Zimmer aufräumen, die Socken beseitigen, die man abends vor der Couch fallen gelassen hat, oder sonst irgendwelche Vorschriften macht.

Was ich damit sagen will, ist, dass ich es liebe, mein eigener Herr zu sein und ich liebe unsere Bude, die ich mir mit Pepe und Theo teile. Pepe, den ich seit der Fünften kenne und er mich, seit ich meine Pickel mit diversen Mittelchen bekämpft habe. Und wir uns auf dem Schulhof geprügelt haben wegen Stina, bevor wir beste Freunde wurden, denn sie wollte dummerweise keinen von uns beiden haben. Als wir das geklärt hatten, stand unserer Freundschaft nichts mehr im Wege. Die Pickel waren Gott sei Dank irgendwann auch Geschichte.

Die Wohnung, in der wir unser Unwesen treiben, gehört Theos Eltern. Ihn kenne ich erst, seit er in der Oberstufe in unsere Klasse kam.

Ich schließe den Chat, als der Bus anhält und ich kurz aufblicke, wie ich es oft tue, wenn jemand zusteigt. Meine Aufmerksamkeit ballt sich schlagartig in Richtung eines extrem süßen rothaarigen Mädels, das den Bus betritt und ich ertappe mich dabei, wie mein Blick an ihr haften bleibt. Bis sie sich in die Reihe auf der anderen Seite des Ganges neben mich setzt. Ihr blumiger Duft steigt mir angenehm in die Nase.

Verwirrt schüttle ich den Kopf und blicke bewusst wieder in mein Handy. Nicht, dass sie mein Starren noch bemerkt.

Doch kurz darauf schaue ich erneut verstohlen in ihre Richtung. Warte, dass sie, wie eigentlich fast alle Anwesenden im Bus, in ihr Handy abtaucht, aber nichts dergleichen passiert. Sie blickt einfach nur verträumt zum Fenster hinaus, den Kopf an die Scheibe gelehnt, während der Regen von außen dagegen peitscht. Allem Anschein nach stört sie das nicht, im Gegenteil. Sie wirkt eher, als würde sie sich dabei entspannen. Ich weiß nicht, was genau hier passiert, und außer mir bemerkt es offenbar niemand, da alle im Bus mit ihren Handys oder anderweitig beschäftigt sind. Es ist erschreckend normal geworden, sich ständig abzulenken. Außer für sie. Sie macht bei diesem Spiel nicht mit. Deswegen starre ich.

Da blickt sie für einen Moment rüber und lächelt mich flüchtig an. Sekundenbruchteilgleich. Fast denke ich, ich hätte es mir nur eingebildet, doch das warme Gefühl, welches sich kurz darauf in meinem Bauch ausbreitet, ist Beweis genug, dass es keine Einbildung gewesen ist.

Und da ich weiß, dass ich in spätestens zehn Minuten aussteige, muss ich ihre Nummer haben. Ich muss! Sonst werde ich es für immer bereuen. Es ist so sonnenklar, wie mir nicht viele Dinge bisher in meinem Leben klar waren. Trotzdem bekomme ich weder meinen Arsch hoch noch meine Stimme zum Laufen. Alles, was ich tue, ist dumm dazusitzen, während die Zeit gegen mich läuft. Was ist los mit mir? Als ich nach Minuten immer noch zögere, nimmt sie ihre Tasche und steht auf, während der Bus an der Haltestelle zum Stehen kommt.

Verdammt!

»Halt, warte!«, höre ich mich sagen und schüttle meinen Kopf, irritiert darüber, dass meine Stimmbänder offensichtlich wieder funktionieren.

Sie bleibt stehen, legt eine Hand auf ihren Brustkorb und blickt mich mit großen himmelblauen Augen verwundert an.

»Meinst du mich?«

Ich nicke, wie automatisch.

»Okay?« Die Verwunderung schwingt immer noch in ihrer Stimme mit, die angenehm weich und melodisch klingt. »Ich muss bloß gleich raus, worum geht es denn?«

Definitiv, sie hat die klassische Telefonstimme und würde sie bei mir anrufen, könnte sie mir alles verkaufen. Wirklich! Ich schwöre. Sogar Klopapier. Ich würde ihr einfach *alles* abkaufen. Bin ich plötzlich übergeschnappt? Mein Verstand zeigt mir den Vogel und ich ringe nach den passenden Worten.

»Ich weiß, es klingt vielleicht schräg, aber ich beobachte dich schon seit du eingestiegen bist, und als du kurz gelächelt hast, war mir klar, ich muss dich ansprechen. Gott, das klingt tatsächlich wie die schlechteste Anmache ever, oder?«

O Gott, Jesper, das hier ist jetzt nicht dein Ernst, oder?

Sie lacht und sagt: »Nicht ganz. Aber nah dran.«

Dann öffnen sich die Bustüren und ihr wunderschönes, flüchtiges Lächeln bewirkt eine Art Mutausbruch in mir. Sie dreht sich um und steigt aus.

»Bekomme ich deine Handy-Nummer?«, rufe ich hinter ihr her. Mit verwundertem Blick schaut sie mich an und schürzt die Lippen.

»Ich habe keine«, höre ich sie noch sagen, dann schließen sich zischend die Türen. Der Bus setzt sich in Bewegung und ich blicke hinter der süßesten Rothaarigen her, die ich je gesehen habe. Wie ein fünfzehnjähriger schmachtender Teenager, nur drei Jahre zu spät. Als mir mein Alter schlagartig wieder bewusst wird, lehne ich mich seufzend in meinen Sitz zurück und sehe, wie der bärtige Mann gegenüber hinter seiner Zeitung hervor grinst.

»Sie sitzt fast jeden Tag um diese Zeit im Bus«, sagt er und zwinkert mir verschwörerisch zu. »Wir Männer müssen doch zusammenhalten, oder?«

Während ich irritiert nicke, taucht er wieder hinter seiner Zeitung ab.

Ich blicke auf meine Uhr. Memo an mich: Morgen um diese Zeit werde ich wieder in diesem Bus sitzen.

Majvi

Der schwarze Nachthimmel legt sich wie ein dunkles Tuch vor mein Fenster. Ich liege auf meinem Bett, starre auf all die Kartons, die sich auf dem Boden türmen. Findus rollt sich neben mir ein, fängt an, wie ein kleiner Motor zu schnurren. Ich drehe mich ebenso zur Seite, will das Chaos nicht sehen. Den Berg aus Klamotten, Büchern und sonstigem Kram. Theoretisch bin ich gerade dabei zu packen. Praktisch ist es wohl eher so, dass mich die Aufbruchstimmung in meinem Zimmer übermannt, ich vor lauter Frust nicht mehr weiß, an welcher Ecke ich zuerst weitermachen soll. Deshalb mache ich erstmal gar nichts. Vermeidungstaktik nennt man das, glaube ich.

»Ach Findus, kann ich nicht du sein?«, murmle ich leise in das weiche Fell meines Katers, der unbeeindruckt neben mir weiterschläft. Tief seufzend stehe ich auf, packe weiter, während draußen gefühlt die Welt untergeht.

Der Herbst in Dänemark ist immer rau, dieses Jahr scheint er sich so richtig ins Zeug zu legen und wird seinem Ruf mehr als gerecht. Der Regen peitscht gegen die Fensterscheibe, läuft dann in Bächen hinab. Der Wind, der in Dänemark so gut wie immer vorhanden ist, heult ums Haus. Rüttelt an den Zweigen des Baumes vor meinem Fenster. Die Stimmung draußen spiegelt meine Gemütslage wider. Es herrscht Sturm in meiner Seele. In mir ein Meer aus Emotionen. Und ich ertrinke ein bisschen darin.

Vor ein paar Wochen habe ich mein Medizinstudium abgebrochen, weil es mich komplett überfordert hat. Dieses Studium, das ich in Wirklichkeit nie wollte. Meine Eltern dafür umso mehr. Seit ich denken kann, haben sie mir die Idee eingepflanzt, ebenfalls Ärztin zu werden. So lange, bis ich selbst geglaubt habe, Medizin studieren zu wollen. Das komische Gefühl im Magen, je näher das Studium rückte, hatte ich gekonnt ignoriert. Und jetzt? Habe ich es nach einem läppischen Semester hingeschmissen.

Meine Eltern sind innerlich am Kochen. Sie denken, ich würde es nicht bemerken. Ausgerechnet ich, die Emotionen wie Schwingungen in der Luft wahrnimmt. Nach außen wahren sie den schönen Schein und säuseln Worte wie: »Ach Majvi, das ist doch nicht so schlimm. Dann studierst du halt etwas Anderes.« Logisch. Für sie gibt es keine andere Option als ein Studium. Was sollen denn die Leute denken?

Doch auch den Gefallen tue ich ihnen nicht. Weil ich gar nicht weiß, was ich studieren soll. Zugegeben, ein wenig notgedrungen war es schon, dass ich mich für ein soziales Jahr im Seniorenheim entschieden habe nach meinem Abbruch. Ich hätte es mir nicht erlauben können, erstmal nichts zu machen. Das hätten mir meine Eltern nie im Leben durchgehen lassen. Und Seniorenheim deshalb, weil ich meine Oma über alles geliebt habe. Und sie mir immer leidtat, so allein im Heim. Außerdem mag ich alte Menschen. Vielleicht, weil ich bei Oma ich selbst sein durfte und mich nicht verstellen musste. Gefühlt war sie die Einzige in meiner Familie, die mich verstanden hat.

»Sie ist halt ein Sensibelchen«, wurde mir ständig erklärt, wenn ich mit scheinbar normalen Situationen nicht zurechtkam. Neuanfänge zum Beispiel. Meine Eltern nannten mich dann Prinzessin auf der Erbse, fanden sich dabei unheimlich intelligent und witzig und merkten nicht, wie sie mich verletzten. Und mir das Gefühl gaben, dass mit mir etwas nicht stimmen würde.

»Papperlapapp«, hat Oma dann immer gesagt, während sie über den Rand ihrer Lesebrille hinwegsah.

»Majvi ist besonders, nur ihr könnt das nicht sehen. Ihr habt die falsche Brille auf.«

Manchmal komme ich mir vor wie ein kleiner, zerbrechlicher Käfer zwischen Elefanten, der aufpassen muss, dass er nicht zertrampelt wird. Eindrücke sammle ich wie manche Menschen Dinge. Werden es zu viele, fühle ich mich von ihnen erschlagen und ich kann nicht mehr abschalten. Dann muss ich den Pausenknopf drücken, damit meine Welt sich wieder langsamer dreht. Meine Akkus lade ich auf, indem ich mir all die gesammelten Eindrücke von der Seele schreibe. Gedankendownload nenne ich das. Ich brauche das, um all das Erlebte zu verarbeiten. Oder am Strand entlang gehe. Nur ich, meine Gedanken, die oft so laut sind und dort vom Rauschen des Meeres leiser werden. Es ist fast so, als würden sie davon verschluckt werden. Oft sitze ich stundenlang nur da, schaue den Wellen beim Kommen und Gehen zu. Lausche ihrem Klang, während mein Inneres dabei ruhig wird. Und das wirkt für viele in meinem Alter schon ziemlich seltsam.

Wo andere jedes Wochenende Party machen, mag ich es überschaubar. Am liebsten hänge ich mit meiner besten Freundin ab. Da kann ich sein, wie ich bin, ohne mir vorher überlegen zu müssen, was ich erzähle. Wo Gespräche tiefer gehen als nur bis zur Oberfläche. Denn ich hasse Smalltalk. Oder sagen wir, ich beherrsche ihn nicht. Dieses wahllose Aneinanderreihen von Sätzen, die nichts bedeuten und einen dann leer zurücklassen.

Und nun sitze ich hier, zwischen den gepackten Kisten, schlucke die anrollenden Tränen herunter, kann sie doch nicht aufhalten.

Morgen ziehe ich aus. Damit ich nicht abends spät nach der Schicht im Seniorenheim noch so weit raus aufs Land muss und auf die schlechten Busverbindungen dorthin angewiesen bin. Meine neue Mitbewohnerin habe ich schon kennengelernt. Sie hat nett gewirkt. Trotzdem ist mein Magen seit Tagen unter Hochspannung und ich habe keinen Appetit. Wegen des Schrittes. Der für andere klein ist, für mich ein großer Sprung. Ins eiskalte, tiefe Wasser. Und ich hoffe in diesem Fall so sehr, dass ich schwimmen kann.

Die Alternative wäre nicht besser, als notfalls unterzugehen. Meinen Eltern jeden Tag unter die Augen zu treten, mit ihren »Sie schmeißt ihre Zukunft weg und wofür hat sie überhaupt Abitur gemacht?«-Gesichtern. Das halte ich keinen einzigen Tag länger aus.

Gott sei Dank kann ich Findus mitnehmen. Ohne ihn würde ich sterben. Wenigstens habe ich dann *einen* Vertrauten in meiner neuen Bleibe. Meinen Fellengel.

Ich staple meine liebsten Bücher in eine Kiste, trage sie ein Stockwerk nach unten. Später, falls es irgendwann aufhört, wie aus Eimern zu schütten, werde ich sie ins Auto laden, damit mein Vater mich morgen mit meinem ganzen Zeug ins Wohnheim fahren kann. Allerdings möchte ich davor zur

Uni. Ich habe noch Papierkram abzuholen und muss mein Schließfach leeren, was ich mit dem Bus erledigen werde. Denn ich glaube nicht, dass mein Ach-so-beschäftigter-Vater noch die Zeit hat, einen Umweg zu fahren. Das würde an ein Wunder grenzen. Und Wunder erlebe ich in Bezug auf meine Eltern eher selten.

Jesper

Als ich den Schlüssel in die Haustür stecke und sie öffne, weht mir ein Duft aus italienischen Kräutern entgegen.

Meine Tasche werfe ich in die Ecke im Flur und während sich in meiner Erinnerung der Satz: »Räum dein Zeug da weg, Jesper!«, zu einem Befehl formt, grinse ich und zeige ihm in Gedanken den Mittelfinger. Zufrieden gebe ich der Tasche noch einen kräftigen Tritt, der wohl in Wirklichkeit eher dem Ordnungszwang meiner Mutter geschuldet ist.

Ich folge dem Duftgemisch aus Oregano, Basilikum und Knoblauch in die Küche. Pepe steht hinter dem Herd und steckt sich gerade einen Löffel mit Tomatensoße in den Mund, als er mich wahrnimmt und sich zu mir umdreht.

»Eeeeendlich! Ich bin kurz vorm Verhungern.«

Er stellt den Topf neben die Penne, die dampfend auf dem Tisch stehen. »Ich dachte, du kommst gar nicht mehr. Wie war dein Tag, Liebling?«, frotzelt er, während er sich einen Löffel mit Nudeln und Tomatensoße aus dem Topf direkt in den Mund schiebt.

»Lass mich doch erstmal reinkommen, bevor du mit deiner Fragerei startest.« Ich koste mit dem Finger von der vegetarischen Soße.

Pepe klopft auf meine Hand und streckt mir einen Löffel entgegen.

»Deine Bakterien will ich nicht in der Soße haben.«

»Boooooah Pepe. Du hast schon fast die Allüren meiner Mutter, echt«, meckere ich zurück.

Schuldbewusst zuckt Pepe mit den Achseln. Sein Lächeln verrutscht.

»Alles gut, war ein Scherz«, füge ich schnell hinzu, als ich seinen betroffenen Gesichtsausdruck sehe.

»Erzähl mal, wie war's bei dir heute?« Er steht auf, um den Parmesan aus dem Kühlschrank zu holen.

»Wo ist Theo überhaupt?«, frage ich, ohne auf seine Frage einzugehen.

»Zu seinen Eltern gefahren. Seine Oma wird heute sechzig. Und jetzt erzähl schon.«

»Hmmmm ...« Während ich schweigend mit der Gabel die Penne aufspieße, grinse ich verlegen hinter meinem Teller hervor. Werde ich etwa rot? Scheiße!

Pepe scheint etwas zu bemerken.

»Was denn? Was ist los mit dir? Du grinst wie ein Lama auf Ausflug?«

Ich zucke nur kurz mit den Schultern.

»Okay, ich geb's auf. Du willst nicht reden. Auch in Ordnung.«

»Da war so ein Mädchen im Bus.« Warum klingt meine Stimme so aufgeregt?

»Okay? Und was genau willst du mir jetzt damit sagen?« Seine Stirn liegt in Falten. »Geht's auch ein bisschen präziser? Es ist ja nicht so, dass täglich Mädels mit dem Bus von A nach B fahren«, frotzelt er. »Und überhaupt, du hast noch gar nichts zu meiner sensationellen Soße gesagt. Vegetarisch, extra für dich.«

»Lecker«, erwidere ich.

»Echt jetzt, was ist los mit dir? Du lässt dir heute echt alles aus der Nase ziehen, oder?«

»Keine Ahnung, Mann, wenn ich es doch selbst nicht weiß. Dieses Mädchen. Sie stieg ein und kennst du das, wenn jemand sich so komplett anders verhält als alle anderen? Du denkst so, was ist anders an der Person? Und du wirst schon allein deswegen aufmerksam.«

»Okayyyy? Endlich hast du deine Sprache wiedergefunden. Ich dachte schon, dein Tag heute bei den Senioren war so scheiße.«

»Ich hab sie angesprochen«, falle ich ihm ins Wort.

»Du hast, was? Okay Mann, du hast echt Mumm.«

»Ich konnte nicht anders.« Überrascht angesichts meiner eigenen Courage zucke ich mit den Schultern.

»Ja, ich hab sie nach ihrer Handynummer gefragt.«

»Und?« Pepe wartet auf meine Antwort, während er die Augenbrauen nach oben zieht und mich erwartungsvoll anblickt.

»Sie hat gesagt, dass sie kein Handy hat.«

Nun lässt er die Gabel, die er gerade zum Mund führt, wieder sinken. »Sie hat kein ... waaaaas? Kein Handy? Echt jetzt? Wie alt ist sie denn?«

»Ich denke mal, unser Alter«, erkläre ich schulterzuckend.

»Okay, das ist krass!«

Pepe futtert weiter. Ich denke schon, das Thema ist für ihn erledigt, als er schließlich nachhakt.

»Und was hast du jetzt vor?«

»Na, Bus fahren. Also morgen dann. Um dieselbe Zeit wie heute. Anscheinend sitzt sie da fast jeden Tag drin. Das meinte zumindest so ein älterer Mann, der mir im Bus gegenüber saß.«

»Na dann, ist ja alles geritzt.« Pepe lächelt und steckt mich damit an.

»Und du so?«, frage ich schnell, um von mir abzulenken. Außerdem will ich ihm nicht das Gefühl geben, ich hätte kein Interesse an dem, was ihn so beschäftigt.

»Ach du, Uni halt. Ich weiß noch nicht so ganz, ob ich mit Informatik das Richtige gewählt habe. Ich lass mich mal überraschen, was ich zum Ende des Semesters darüber sage.«

»Das klingt nach einem Plan, finde ich. Vor allem wenn du zum Ausgleich zu all der Kopfarbeit so lecker kochst«, erkläre ich grinsend. Schiebe den leeren Teller von mir und lehne mich im Stuhl zurück, während ich absichtlich meinen Bauch streichle.

»Das glaub ich dir sofort, du alter Fresssack.« Pepe knufft mir leicht mit der Faust in die Seite.

»Nachtisch?«

»Nachtisch!«, sagt Pepe und lacht.

Ich werde wohl für immer der Vielfraß in unserer WG bleiben.

Als ich am nächsten Tag in den Bus steige, breitet sich ein leichtes Kribbeln in meiner Magengegend aus. Es steigt nach oben Richtung Herz, welches augenblicklich beginnt schneller zu schlagen. Ich setze mich auf den Platz, an welchem ich das letzte Mal schon saß, hoffe inständig, dass mir das Glück bringt. Während der Bus losfährt, erkenne ich den Mann hinter der Zeitung, der kurz aufschaut und einen Daumen nach oben hält.

»Viel Glück«, murmelt er und ich lächle flüchtig.

»Danke«, höre ich mich sagen und als der Bus kurze Zeit später an *der* Haltestelle stoppt, halte ich vor Anspannung für einen Moment die Luft an. Bis ich sie draußen stehen sehe. Ihr rotes Haar leuchtet unter einer dicken weißen Wollmütze hervor. Sie ist tatsächlich da.

Als sie einsteigt und mich erkennt, meine ich, für einen Moment Verlegenheit in ihrem Gesicht aufblitzen zu sehen, welche sofort von einem warmen Lächeln abgelöst wird. Plötzlich bin ich mir nicht mehr sicher, ob ich mir Ersteres nur eingebildet habe.

Sie kommt langsam näher und ich wage nicht, zu hoffen, dass sie sich neben mich setzt, doch genau das tut sie. In Gedanken recke ich die Hände zu einer Art Siegerpose in die Luft. Sie nimmt auf der anderen Seite des Ganges Platz, aber immerhin neben mir. Während sie sich die Mütze vom Kopf zieht, wickelt sie ihren Schal vom Hals und lächelt unsicher.

»Hi!«, sagt sie in meine Richtung gewandt. Es ist das schönste »Hi«, das ich je gehört habe. Mein ›Hi‹ stolpert etwas brüchig aus meinem Mund und ich spüre, wie Hitze in meine Wangen steigt.

Ich werde doch jetzt nicht ernsthaft rot? In einer Art Übersprunghandlung schüttle ich den Kopf und bevor ich meinen Mut ganz verliere, frage ich: »Das mit dem Handy. Dass du keines hast. Wie war das gemeint?«

»So, wie ich es gesagt habe.« Sie zuckt mit den Schultern, lächelt und blickt mich an.

»Okay? Du hast tatsächlich kein Handy? Echt jetzt? Ich meine … okaaay? Also, … ähm … warum? Ich glaube, ich kenne keine Person in meinem Alter, die kein Handy hat.«

Immer noch verwundert über ihre Aussage, ziehe ich die Stirn in Falten und merke, wie mein Hirn fieberhaft beginnt, Erklärungen dafür zu finden. Gleichzeitig frage ich mich, warum ich in ihrer Nähe so stümperhaftes Zeug von mir gebe, doch mein Mund ist nicht beeindruckt genug von meiner Blödheit und plappert weiter.

»Ich meine, wie kann man dich kennenlernen, wenn du kein Handy hast?«, frage ich, überfordert angesichts des Umstands, dass es Menschen gibt, die ohne Handy zurechtkommen.

»Uuuund ... wie heißt du überhaupt?«, holpert meine Frage noch hinterher.

Das Lächeln, das sich jetzt auf ihr Gesicht legt, sieht verdammt ehrlich aus.

»Majvi. Ich heiße Majvi. Und keine Ahnung, denk dir was aus. Vielleicht schreibst du mir ja. Nur ... anders?« Die absolute Selbstverständlichkeit in ihrer Stimme bewirkt, dass ich mich frage, ob ich etwas verpasst habe. Vielleicht bin ich ein Alien und habe nicht mitbekommen, dass ich auf einer Erde gelandet bin, in der man sich nicht per Handy verabredet, kennenlernt, connectet oder was auch immer.

»O-Okay.« Ich blicke sie irritiert an, verwundert, dass ich überhaupt Worte finde. Ich schlucke trocken. Während ich mich in Gedanken schon über einem weißen Blatt Papier brüten sehe, unterbricht ihre melodische Stimme mich in meinem Wirrwarr im Kopf.

»Ich weiß, es klingt ein bisschen altmodisch, oder?« Sie schürzt die Lippen, offenbar kann sie auch noch Gedanken lesen. »Gründe habe ich dafür mehrere, aber da ich gleich aussteigen muss, kann ich dazu jetzt nichts mehr sagen. Vielleicht ein anderes Mal, ja?«

Hektisch beginne ich in meinem Rucksack nach Papier und Stift zu wühlen. »Schreibst du mir dann vielleicht deine Adresse hier drauf?«, frage ich schnell und strecke ihr beides entgegen. Gott, ich bin so peinlich. Wie aufdringlich kann man sein? Jesper: Ja.

Sie blickt mich an, nimmt mir Kuli und Zettel aus der Hand, schreibt und gibt mir beides mit einem warmen Lächeln zurück. Offenbar habe ich sie nicht erschreckt mit meiner offensiven Art.

»Okay, bye«, sagt sie, steht auf und ist auch schon ausgestiegen, während mein »Bye«, ihr noch hinterherfliegt und ich wie hypnotisiert auf den Zettel mit der schön geschwungenen Handschrift schaue, auf dem ihr Name und ihre Adresse steht.

»Ich bin übrigens Jesper«, murmle ich vor mich hin, doch natürlich ist sie längst weg und der Bus ruckelt weiter.

Eine Weile starre ich ihr durch die Scheibe hinterher, nicht sicher, ob ich gerade träume und sie vielleicht nur eine Fee aus einem Märchen ist.

Ich werde schreiben. So richtig. Mit Papier und Stift. Per Post. Meine Motivation dafür ist auf einen Schlag rekordverdächtig in die Höhe geschnellt.

Grinsend halte ich den Zettel mit der Adresse so fest, als wäre er der Heilige Gral, den es zu beschützen gilt.

Jesper

Seit einer halben Stunde sitze ich nun schon hier an diesem hölzernen Esstisch in unserer WG Küche. Über diesem doofen leeren Blatt Papier, das mich stumm verhöhnt. Ich kaue auf dem Kugelschreiber in meiner Hand, der sich einfach nicht über das Blatt bewegen will. Mein Kopf ist wie leergefegt und es gelingt mir nicht, Sätze aufzuschreiben, die nicht wie die Versuche eines Erstklässlers klingen.

Liebe Majvi,

wie geht es dir? Mir geht es gut.

Liebe Grüße!
Dein Jesper

So etwas in der Art habe ich als Grundschüler auf Ansichtskarten gekritzelt, doch jetzt reicht das einfach nicht mehr aus.

Ich grabe also tiefer und überlege, was ich denn von Majvi erfahren will. Vielleicht finden die Buchstaben ja so den Weg aus meinem Kopf heraus und formen sich zu einem Brief. Während ich darüber nachdenke, bewegt sich meine linke Hand plötzlich mit dem Kugelschreiber aufs Papier. Mein kontrollierender Verstand schaltet sich aus, mein Herz an und ich beginne zu schreiben, während mein innerer Kritiker auf meiner Schulter sitzt und mir versucht einzureden, dass ich es besser lassen sollte. Doch der Idiot kann mich gerade mal. Ich will das hier so sehr, dass ich ihm in Gedanken den Mittelfinger zeige, damit er endlich mal für ein paar Minuten die Klappe hält. Und dann funktioniert es plötzlich wie von allein und die Worte fließen aus mir heraus aufs Papier.

Liebe Majvi,

ich hoffe sehr, dass ich das mit dem Briefeschreiben irgendwie hinbekomme, denn wie gesagt, ich habe absolut keine Übung mehr darin. Und wenn ich ehrlich bin, habe ich mit dem Briefe schreiben auch nicht so tolle Erfahrungen gemacht, aber das ist eine andere Geschichte. Hoffentlich ist es wie mit so vielen Dingen: Man wird besser, je mehr man übt. Sei also nicht so hart mit mir und denk daran: Ich bin definitiv noch in der Aufwärmphase. Nicht, dass du gleich den Korrekturstift rausholst beim Lesen und meine Fehler rot markierst. Scherz! Ich schätze dich gar nicht so ein, als würdest du das tun. Aber vielleicht habe ich ein wenig Angst davor, dass du mein Geschreibe stümperhaft findest. Ein bisschen sehr. Egal! Ich werde diesen Brief auf jeden Fall abschicken und hoffen, dass du ihn trotzdem liest.

Was mich brennend interessieren würde, ist, warum du kein Handy besitzt, weil das so absolut ungewöhnlich ist, finde ich. Aber ich will jetzt auch nicht mit der

Tür ins Haus fallen, was ich vermutlich schon getan habe. Haha.
Vielleicht erzähle ich erstmal etwas von mir, wenn du magst? Zumindest könnte ich mich ja mal vorstellen. Ja, das wäre doch ein Plan, oder? Ich bin Jesper, neunzehn Jahre alt und wohne seit ein paar Wochen in einer WG mit meinen Kumpels Pepe und Theo. Pepe kenne ich, seit wir zusammen in die fünfte Klasse kamen. Und Theo kenne ich etwas über ein Jahr, also noch nicht so lang. Pepe ist mein bester Freund, seit ich mich erinnern kann.
In meiner Freizeit liebe ich es, zu surfen, und ich liebe Musik und gutes Essen. Zum Glück kocht Pepe so gerne. Haha!
Ich glaube, das wär's fürs Erste. Ich will dich ja nicht gleich beim ersten Brief langweilen. Deswegen warte ich mal ab, ob du mir auch was über dich erzählen magst. Ich bin sehr gespannt auf eine Antwort von dir und werde jetzt mal ganz oldschool zur Post marschieren, denn so jemand wie ich hat natürlich – Überraschung – keine Briefmarken zu Hause. Ich denke, ich decke mich mal mit einer Menge davon ein, denn vermutlich brauche ich die ja nun öfter mal.

Jesper

Einigermaßen zufrieden lehne ich mich zurück, atme tief durch und lese meine Zeilen nochmal, bevor ich den Brief zusammenfalte und in einen Umschlag stecke.

Gut, einen Schreibwettbewerb werde ich damit nicht gewinnen, aber ich bin stolz genug, überhaupt etwas zustande gebracht zu haben. Und der gute Wille zählt doch auch, finde ich. Also werde ich nachher auf dem Weg zu meinen Omas und Opas den Brief wegbringen und gespannt auf eine Antwort warten.

Majvi

Ich sitze zwischen unausgepackten Kartons in meiner neuen Bleibe und weiß nicht so wirklich, ob ich lachen oder weinen soll. Fast ist es so, als würde ich mich inmitten all der Pappe verstecken. Vor mir, der Überforderung, meiner Angst. Meine Gefühlslage befindet sich irgendwo zwischen Panikmodus und Erleichterung.

Einerseits bin ich froh, von zu Hause wegzukommen, aber die Angst vor allem Neuen ist wieder mal übermächtig und steht mir wie ein Betonklotz im Weg. Meine Seele meldet dauernd Gefahr, weil der Weg, auf den ich zusteuere, neu und fremd ist, ich damit so schlecht umgehen kann. Mein Verstand versucht verzweifelt, sie davon zu überzeugen, dass es gut werden wird, weil ich nicht mehr ständig in die enttäuschten Gesichter meiner Eltern schauen muss. Doch die Angst schreit lauter als mein Verstand und Unruhe hämmert von innen gegen die Wände meiner Seele. Ich scheitere kläglich im Versuch, sie beiseitezuschieben.

Während ich in all dem Gefühlswirrwarr dabei bin, meine Kisten auszupacken, klopft es leise an meine Zimmertür. Ich drehe mich um, sehe, wie Linn vorsichtig den Kopf herein streckt. Den Strudel aus Emotionen versuche ich hinter einem

Lächeln zu verbergen, will nicht, dass meine neue WG-Mitbewohnerin mich am ersten Tag gleich *so* sieht.

»Willst du auch einen Tee?«, fragt sie und bewirkt mit ihrem warmen Lächeln, ein wenig das flaue Gefühl in meinem Magen zu vertreiben.

Als wir eine Weile später bei mir auf dem Fußboden zwischen den Umzugskartons sitzen und unsere Hände an den Tassen wärmen, während draußen der Sturm ums Haus heult und an den Rollläden rüttelt, fühle ich mich einen Funken erleichtert. Es hat etwas von einem Zuhausegefühl, wenn einem jemand Tee kocht, finde ich, und Linn lächelt mich an und meint: »Schön, dass du jetzt da bist. War etwas einsam hier, so allein. Musst du denn morgen gleich anfangen zu arbeiten?«

Seufzend nicke ich, spüre sofort diese kleinen fiesen Adrenalinstöße, die durch meinen Körper rauschen, um dann in meinem Kopf den Alarmknopf zu drücken.

»Das wird schon, du wirst sehen«, beruhigt Linn mich, als würde sie meine Angst spüren. »Ich hab vor meinem ersten Tag an der Uni auch fast nicht geschlafen vor Aufregung. Und jetzt fühlt es sich fast schon normal an, zu studieren.« Linn bläst in ihre Tasse, nippt dann genüsslich an ihrem Tee und schaut sich um. Ihr Blick bleibt an den Kartons hängen. »Die packst du heute aber nicht mehr alle aus, oder?«

Ich schüttle den Kopf.

»Ich hoffe, du hast recht«, murmle ich dann. »Damit, dass ich das morgen packe, meine ich. Denn wenn nicht, rasten meine Eltern bestimmt aus. Für sie ist das sowieso schon die volle Katastrophe, dass ich mein Studium abgebrochen habe. Noch mehr Drama darf ich mir nicht leisten, sonst werde ich vermutlich auf der Stelle enterbt.«

»Ernsthaft jetzt?« Linn schüttelt den Kopf. »Also nicht die Tatsache, dass du dein Studium abgebrochen hast, sondern das Andere.«

Ich blase die angestaute Wut und Enttäuschung aus und zucke leicht resigniert mit den Schultern. »Bei meinen Eltern weiß man nie. Sie sind maßlos von mir enttäuscht, auch wenn sie das versucht haben zu überspielen. Vermutlich denken sie wirklich, ich hätte nichts gemerkt. Ich bin bloß froh, dass jetzt alle Erwartungen auf meinem Bruder liegen.«

Das entspricht nicht ganz der Wahrheit, denn eigentlich bin ich enttäuscht. Weil ich ab jetzt neben meinem ach-so-erfolgreichen Bruder, der auch Medizin studiert und im Gegensatz zu mir nicht abgebrochen hat, komplett Luft für meine Eltern bin.

Ich kicke mit meinem Fuß gegen eine der herumstehenden Schachteln, mein Tee schwappt über den Tassenrand auf meine Hose. Findus kriecht irritiert unter meinem Bett hervor, unter welchem er sich seit Stunden versteckt hat. Sein vorwurfsvoller Blick lässt mich unerwartet kichern, ich stecke Linn damit an. Schutzsuchend klettert er auf meinen Schoß, um sich dort wie eine Schnecke zusammenzurollen und zu schnurren. Während ich über sein samtweiches Fell streichle, rede ich beruhigend auf ihn ein.

»Alles wird gut«, wiederhole ich im Takt meiner streichelnden Bewegungen und hoffe, dass ich damit recht habe. Er scheint mir zu glauben, denn er entspannt sich sofort. Kater müsste man sein.

Am Morgen werde ich vom Klingeln meines Weckers wach. Ich schrecke hoch, bin für einen Moment orientierungslos, weil ich mich nicht in meinem gewohnten Umfeld befinde. Ich blinzle ins Dunkel und schalte die Nachttischlampe an, kneife meine Augen zusammen angesichts der Helligkeit, die jetzt den Raum erfüllt.

Findus, der zusammengerollt neben mir liegt, blinzelt ebenfalls kurz, dreht sich dann auf die andere Seite, um weiter zu schlafen. Ich küsse ihn ins warme Fell, strecke mich und stehe auf, um ins Badezimmer zu tapsen. Als ich wieder herauskomme, streckt Linn mir einen Thermosbecher mit Kaffee entgegen. Ich lächle sie müde, aber unendlich dankbar an.

Ich packe mir etwas Essbares in meine Tasche. Schon beim Gedanken an Essen wird mir übel. Um diese Uhrzeit bekomme ich nicht einen Bissen herunter. Generell so früh morgens nicht. So nervös, wie ich bin, gleich zweimal nicht. In meinem Magen rumort es.

Eine Weile später betrete ich den Eingangsbereich des Seniorenheims. Ich atme tief durch und melde mich wie ausgemacht an der Rezeption.

Du schaffst das, Majvi, mache ich mir in Gedanken selbst Mut.

»Hallo!«, sage ich so selbstbewusst wie möglich, als ich in das stark geschminkte Gesicht der Frau hinter der Theke blicke. Im Gegensatz zu ihr habe ich es heute Morgen nicht einmal geschafft, Wimperntusche aufzutragen. Die ist noch im Chaos der Umzugskartons verschwunden. Vermutlich sehe ich aus wie eine Vierzehnjährige, die zum Praktikum kommt.

»Guten Morgen«, erwidert die bemalte Frau. Dann: »Wie kann ich Ihnen denn helfen?«

»Ich bin Majvi Friis und beginne heute mein Freiwilliges Soziales Jahr hier.«

»Wie schön. Herzlich willkommen.« Sie lächelt hinter dicken Schichten von Make-up hervor, ihre Gesichtszüge wirken augenblicklich weicher. »Sie dürfen sich bei Frau Jensen melden, vierter Stock, im Pflegestützpunkt.« Mit manikürten Fingernägeln zeigt sie in Richtung Aufzug.

»Danke«, erwidere ich nickend und mache mich auf den Weg.

»Vierter Stock«, meldet die monotone Tonbandstimme im Aufzug.

Oben angekommen schlendere ich den langen Flur entlang. Kahle, weiße Wände. Es riecht nach Desinfektions- und Reinigungsmittel, das graue Linoleum quietscht unter meinen Sneakern. Irgendwo scheppert ein Geschirrwagen. Eine Bewohnerin schleicht mit einem Rollator an mir vorbei.

»Hallo«, sage ich ein wenig scheu, augenblicklich beginnt sie zu strahlen.

In Gedanken verschönere ich die Wände mit Bildern, denke darüber nach, dass die Bewohner es bestimmt auch mögen würden. Ich muss ein Seufzen unterdrücken.

Ich kann es einfach nicht lassen. Diese Sehnsucht, die Welt zu einem besseren, schöneren Ort zu machen, ist tief mit meinem Inneren verwoben. Mein Herz ist eines, das sich nach Schönheit sehnt. Schöne Dinge sammelt. Aufsaugt. Mein Herz ist ein Schwamm. Ein Herzschwamm.

An der Eingangstür des Pflegestützpunkts hängt ein großes Blatt Papier. Die Ecken abgegriffen, vergilbter Tesafilm hält es an der Tür fest, die Anweisung darauf mit drei Ausrufezeichen gerahmt: »!!!Bitte anklopfen und erst nach Aufforderung eintreten!!!«

Ich schlucke. Klopfe. Warte, bis ein junges Gesicht im Türrahmen erscheint, welches von blonden Haaren gerahmt wird und mich mit einem warmen Lächeln begrüßt. Erst dann bemerke ich, dass ich die Luft angehalten habe.

»Hej, du musst Majvi sein. Ich bin Mira Jensen. Du kannst mich aber Mira nennen. Ich nehme dich heute mit durch deinen ersten Tag und zeige dir alles, was du wissen musst. Eigentlich die ganze kommende Woche.«

»Okay«, ist alles, was ich hervorbringe. Ein winziges Gefühl der Erleichterung regt sich in meinem Magen. Es klettert nach oben, verkleinert ein wenig den Druck auf meiner Brust.

Mein Seufzen wird von Miras Lachen abgelöst.

»Keine Sorge, so schlimm wird es nicht. Wir bekommen das schon zusammen hin, okay? Du bist nicht allein.«

Ich blicke sie verwundert an.

»Ich meine nur, weil du so schwer geseufzt hast.«

»Habe ich das?« Hilfe, wie peinlich. Das passiert mir so oft. Vermutlich ist Seufzen mein Ventil, um Druck oder Anspannung abzulassen. Nur blöd, wenn andere es wahrnehmen und mir zurückmelden. Oder mich fragen, ob alles in Ordnung ist.

»Hast du.« Mira lächelt verständnisvoll und bindet ihre langen Haare zu einem Pferdeschwanz, drückt mir dann meine Dienstklamotten in die Hand und zeigt mir, wo ich mich umziehen kann. Fünf Minuten später gehen wir los, um den Senioren bei der morgendlichen Pflege zu helfen.

Als ich nach einem langen Tag erschöpft aus dem Bus steige und in den Briefkasten schaue, fällt mir ein unscheinbarer Umschlag entgegen. Der Absender sagt mir nichts, doch mein Herz weiß es besser und fängt sofort an, ein wenig schneller zu schlagen.

Ich stürme die Stufen nach oben, öffne die Tür zu unserer Wohnung und rufe: »Jemand da?«, in die Stille.

Keine Reaktion. Also werfe ich meine Tasche in die Ecke meines Zimmers, streife meine Schuhe ab und lasse mich müde auf mein Bett fallen. Meine nervösen Finger reißen hektisch den Briefumschlag auf und falten das Papier auseinander. Ich lese die Zeilen, lese mehrmals von vorn, während mein Mund sich zu einem Lächeln verzieht.

Er hat sich tatsächlich die Mühe gemacht, mir zu schreiben. In meiner Magengegend macht sich ein sanftes, fast unmerkliches Kribbeln breit. Ich stehe auf, wühle in meinen Kartons nach Papier und Stift und einer Zeitschrift als Unterlage, werfe mich wieder auf mein Bett und beginne mit einer Antwort.

Hej Jesper,

du hast es tatsächlich wahr gemacht. Ich bin ein kleines bisschen beeindruckt.
Du brauchst wirklich keine Sorge zu haben, ich habe bestimmt nicht vor, in deinem Brief nach Fehlern zu suchen. Warum sollte ich? Ich freue mich einfach nur darüber, dass du mir geschrieben hast. Und hej, ich mag deinen Namen. Mein Name ist Majvi und bin achtzehn Jahre alt. Die Sache mit dem Handy beschäftigt dich sehr, oder? Ich sage es mal so, es hat mir nicht gutgetan, eins zu besitzen. Deswegen habe ich es wieder abgeschafft. Ich hab zu viel Zeit auf

Social Media verschwendet, angefangen mich zu vergleichen und war irgendwann komplett reizüberflutet. Keine Ahnung, ob du schonmal was von Hochsensibilität gehört hast? Zudem gab es noch eine andere Sache, welche mir gezeigt hat, dass es besser für mich ist, meine Zeit nicht am Handy zu verschwenden. Keine Ahnung, ob das jetzt komisch klingt und du das nachvollziehen kannst, aber so war es halt.
Du fragst, ob ich etwas von mir erzählen mag. Lass mich mal nachdenken, was. Vielleicht interessiert es dich, dass ich das Meer mag. Vor allem hier in Dänemark. Weil die Nordsee hier so ursprünglich ist. So ungezähmt. Ich liebe alles daran. Die Unendlichkeit, die das Meer ausstrahlt. Die Wellen, das imposante Geräusch, das sie machen, wenn sie brechen. Ich liebe es, Muscheln zu sammeln und am Strand spazieren zu gehen. Ich liebe die Weite, die Farben von Sand und Blau und das Grün der Gräser, die sich hier vermischen. Ich fühle mich so frei am Meer. Wenn ich im Sand sitze und der Sonne zuschaue, wie sie mit dem Horizont verschmilzt. Ich liebe es, wenn es regnet und stürmt, das beruhigt mich. Allerdings bin ich dann lieber drinnen, im Trockenen, gemütlich mit einer Tasse Tee und schaue dem Regen durchs Fenster zu.
Ich kann mir gut vorstellen, dass du es liebst zu surfen. Das muss ein unglaubliches Gefühl sein, auf den Wellen zu reiten, oder? Bestimmt ist es so. Zumindest stelle ich es mir so vor.
Mein Hobby ist das Malen oder Zeichnen. Eigentlich

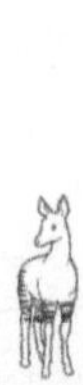

male ich fast immer das gleiche Motiv, das aber in hundertfacher Ausführung: das Meer. Weil es nie gleich aussieht, findest du nicht auch? Es ist immer anders schön. Je nachdem, wie das Licht fällt, ob die See rau ist oder ruhig, die Gräser sich in den Dünen wiegen oder die Sonne auf dem Wasser tanzt. Okay, ich hab jetzt genug vom Meer geschwärmt und habe dich hoffentlich nicht damit gelangweilt. Wenn ich nicht gerade das Meer male, zeichne ich gerne Porträts. Ich finde Gesichter so interessant, sie erzählen so unglaublich viele Geschichten. Meine Eltern behaupten, ich bin ziemlich gut darin. Im Malen. Ich bin mir nicht sicher, ob das stimmt – ich habe einfach Spaß daran.
Zu gutem Essen sage ich übrigens auch nicht nein. Gibt es Menschen, die das tun? Falls ja, sind sie mir ein bisschen suspekt. Das Beste am Essen ist doch der Nachtisch. Ich würde töten für Æblekage. Zumindest fast.
So und nun höre ich auf für heute, denn ich habe gefühlt schon viel zu viel geschrieben. Nicht, dass ich DICH noch langweile.

Bis bald?!

Majvi

Jesper

Ich habe Post in unserem Briefkasten. Das ist so krass, das gab es noch nie. Und wenn ich Post sage, meine ich keine langweiligen Rechnungen, denn logo, die gab es zur Genüge. Aber ein Brief, ich meine, ein verdammt echter Brief, aus Papier und mit Briefmarke und von Hand geschrieben. Ich ertappe mich, wie ich an ihm schnüffle, um im besten Fall Majvis Duft einzufangen, aber leider riecht er nur nach ganz gewöhnlichem Papier und ihr Duft bleibt nur eine leise Erinnerung an eine Busfahrt von letzter Woche.

Ich setze mich an unseren Esstisch und fahre mit dem Zeigefinger gedankenverloren die wunderschön geschwungenen Buchstaben nach, bis ich von einem lauten »Buh!«, hinter meinem Rücken erschrecke und hochfahre.

»Spinnst du, Alter?«, entfährt es mir wütend, auch weil ich mich peinlich ertappt fühle.

»Sag du es mir. Spinne ich oder hab ich dich gerade einen Brief streicheln sehen?«

Ich lache laut auf, als wäre Pepes Aussage das Absurdeste der Welt. Als ich spüre, wie ich rot werde, fange ich an zu stammeln.

»Ich, also ich hab ... ich hab versucht ...« Himmel, was ist denn los mit mir?

»Lass es einfach, Jesper. Dein Gestammel macht es nicht besser. Wobei, wenn du so rot anläufst, ist das ein toller Kontrast zu deinen dunkelblonden Haaren.« Pepe grinst mich frech an und wackelt mit den Augenbrauen, was mich noch wütender macht, und ich werfe mit einem Kugelschreiber nach ihm, den er gekonnt auffängt. Seine dunklen Locken hängen ihm in die Stirn, er pustet sie sich aus dem Gesicht.

»Eins zu null für dich«, murmle ich und grinse schief.

»Also sag mal, was ist das für ein besonderer Brief, den du da so liebevoll behandelst?« Seine Stimme trieft vor Sarkasmus und ich beschließe augenblicklich, ihm gar nichts zu erzählen. Verarschen kann ich mich auch selbst.

Kopfschüttelnd stehe ich ruckartig auf, der Stuhl unter mir gibt ein lautes Ächzen von sich. Dann schnappe ich den Brief und verschwinde wortlos in meinem Zimmer. Diesen Moment lasse ich mir von niemandem kaputt machen, auch nicht von meinem besten Freund.

»Hej! Ich hab's doch nicht böse gemeint, Jesper!«, höre ich Pepe durch die geschlossene Zimmertür hinter mir her rufen.

Mir völlig egal, wie er das gemeint hat. Ich will meine Ruhe und schmeiße mich auf mein Bett, um endlich mit kribbeligen Fingern diesen Umschlag zu öffnen, auf den ich schon seit Tagen hin fiebere.

Meine Augen fliegen über die Buchstaben und mein Herz hüpft zwischen den Zeilen. Ich sauge jedes noch so kleine Detail ihrer Worte auf und kann nicht fassen, wie glücklich mich so ein Blatt Papier machen kann.

Es hat schon seine eigene Magie, dieses Briefeschreiben. Das Warten. Die Freude, wenn *richtige* Post im Kasten liegt. Ich muss mir eingestehen, dass das mit einer gewöhnlichen

WhatsApp-Nachricht nicht zu vergleichen ist. Jeder ist immer und fast überall erreichbar. Keiner mag mehr auf eine Antwort oder auf irgendetwas anderes warten. Wer hat heute denn noch Geduld? Alles ist schnell, verfügbar und schreit nach Aufmerksamkeit. Wenn ich länger darüber nachdenke, macht Majvi etwas absolut richtig. Nämlich aus diesem hektischen Zug ausgestiegen zu sein. Und mich hat sie an der nächsten Haltestelle gleich mitgenommen.

Glücklich lasse ich mich nach hinten auf mein Bett fallen und betrachte den Umschlag nochmal, einfach nur, weil ihre Schrift so wunderschön ist.

Keine zwei Minuten später sitze ich am Schreibtisch und schreibe. Kann mich mal jemand kneifen? Ich meine, ich schreibe! Freiwillig.

Schmunzelnd zücke ich den Stift und tauche ab in eine Welt aus Buchstaben und Worten. In welcher Gefühle wie Farben auf den Linien tanzen und in der ich uferlos auf den Wellen meiner Worte reite. Hilfe. Ich glaube, jetzt ist es amtlich, ich bin ein verknallter Spinner, oder?

Hej Majvi,

klingt es kitschig, wenn ich sage, ich habe so
gehofft, heute einen Brief von dir zu bekommen?
O Mann, ja, es klingt verdammt kitschig. Es hat was
von goldenem Lametta am Weihnachtsbaum, aber es
ist die Wahrheit. Und die darf man doch sagen, oder?
Ich hoffe es. Hoffe, dass ich dich nicht damit er-
schrecke. Eigentlich bin ich ein ganz rationaler Typ.
Haha. Nicht.

Du hast so absolut recht. Das Meer kann nicht oft genug gemalt werden. Genauso wie man nie genug davon bekommt, mit dem Brett die Welle zu reiten. Keine ist wie die andere.

Weißt du, was verrückt ist? Ich hätte nie gedacht, wie happy einen das Briefeschreiben machen kann. Du musst ziemlich schlau sein, das erkannt zu haben, und wärst du nicht so schlau, wäre ich nie darauf gekommen und hätte dumm sterben müssen. Eines Tages. Nicht auszudenken, oder?

Hilfe, ich schreibe so einen Blödsinn. Sorry.

Zu deiner Frage, ob ich schon etwas über Hochsensibilität gehört habe: Ja, habe ich. Warum fragst du? Bist du hochsensibel?

Was machst du eigentlich sonst so, wenn du nicht gerade Briefe schreibst oder das Meer malst und die anderen Sachen, die du gerne tust? Ich konnte mich nach dem Abi einfach noch nicht entscheiden. Ich finde es so verdammt schwer, mich auf was festzulegen. Geht es dir auch so?

Pepe studiert so was Schlaues wie Informationstechnologie, aber das liegt mir nicht. Und Theo? Ja, der Theo studiert Jura. Das Ding ist, ich verstehe nicht, wie so was gehen kann. Ich bin nicht so kopflastig, glaube ich, und weiß einfach noch nicht, was ich machen will. Hast du schon rausgefunden, was du machen willst? Wenn ja, erzähl mir unbedingt davon, ja?

Bist du eigentlich jetzt gar nicht mehr mit dem Bus unterwegs? Oder zu anderen Zeiten, weil ich dich gar nicht mehr treffe. Dabei hatte mir ein älterer Herr extra zugeflüstert, dass du immer zur selben Zeit im Bus sitzt. Ich frage nur für einen Freund. Ist klar, oder?

Bis bald.
Jesper

Zufrieden überfliege ich meine Worte, als es an der Tür klopft und Pepe sein Gesicht hereinsteckt. In einer Hand schwenkt er ein weißes Taschentuch.

»Noch sauer?«, fragt er und zuckt schuldbewusst mit den Schultern.

»Nee«, grummle ich, kann aber bei seinem Anblick nichts anderes tun, als zu lächeln.

»Gut.« Er lacht. »Wäre nämlich zu schade, ich hab gekocht.«

»Das nennt man Bestechung«, sage ich, zucke mit den Schultern und gebe mich betont gleichgültig.

»Nenn es Bestechung. Oder Cleverness. Vermutlich beides. Du wirst es nicht bereuen. Ich habe, wenn ich das mal in aller Bescheidenheit so sagen darf, das beste Chilli sin Carne meines Lebens gekocht.« Er wackelt mit den Augenbrauen und wedelt mit den Händen den Essensduft in mein Zimmer.

»Heißer Move«, sage ich und lache. »Ich denke, spätestens jetzt hast du mich überzeugt. Wenn du nächstes Mal vielleicht mit nacktem Oberkörper und einem Geschirrtuch über der Schulter diesen Move nochmal machen könntest?«

Ich pruste los und ernte einen abschätzigen Blick von Pepe, der sofort in ein lautes Lachen übergeht.

»Wie auch immer. Essen ist fertig. Und du hast meine Kochkünste sowas von nicht verdient.«

Majvi

Heute habe ich Spätschicht und wir sind gerade dabei, das Abendessen in den Zimmern zu verteilen. Ich stelle Oma Lotte, wie wir sie auf ihren Wunsch hin liebevoll nennen, das Tablett an den Tisch. Seit einer Weile beobachtet sie mich schon, jetzt blickt sie mich mit großen Augen an.

»Sag mal, mein Mädel.« Seit Tag eins nennt sie mich so. »Könntest du mir eventuell einen winzigen Gefallen tun?« Zeigefinger und Daumen hält sie mit geringem Abstand vor ihrem Gesicht in die Höhe.

Kurz halte ich inne. Was kommt jetzt?

»Ich kann es versuchen«, gebe ich mich entspannter, als ich in Wirklichkeit bin.

Seit einer Woche bin ich nun hier im Seniorenstift und kämpfe täglich mit meiner inneren Unruhe, die sich auf mich legt, sobald ich an die Arbeit denke. So schnell wird sich das auch nicht ändern, das weiß ich, denn ich kenne mich nicht erst seit gestern. An diesem Punkt versuche ich, nicht mehr mit mir zu hadern, was mir mal besser und mal schlechter gelingt. Aller Anfang ist schwer, stimmt bei mir leider im doppelten Sinne. Erstens, weil es unglaublich viel Neues zu lernen gibt, Abläufe und Routinen, die ich noch nicht intus habe. Aber auch, weil aller Anfang bei mir immer mit ganz viel Bauchschmerzen und Angst verbunden ist. Denn selbst wenn mein Körper schon an einem Ort angekommen ist, meine Seele braucht mindestens dreimal so lange und kriecht im Schneckentempo hinterher. Sie hat eine andere Geschwindigkeit. Damit muss ich leben, ob mir das gefällt oder nicht.

»Mein Mädel? Hörst du mir denn noch zu?«, unterbricht Oma Lotte meine Grübeleien.

Ich horche auf und blicke sie an.

»Entschuldigung«, murmle ich. »Ich war in Gedanken«, räume ich ein und versuche ihr nun das Gefühl meiner geballten Aufmerksamkeit zu geben.

Oma Lotte schmunzelt. »Das habe ich gemerkt.«

»Was kann ich tun?«, frage ich deshalb betont interessiert, während sie sich genüsslich über ihr Abendbrot hermacht.

So lange nutze ich die Zeit, um ihr Bett aufzuschütteln und ihre Kleidung für die Nacht bereitzulegen.

»Ich habe da einen Brief.« Sie lächelt mich vielsagend an und hebt einen Umschlag hoch, mit dem sie in der Luft herumwedelt.

»Okaaaay?« Nun muss ich grinsen, denn der Anblick ist zu süß.

»Könntest du ihn vielleicht Carl geben? Ich meine, den Carl Andersen, den kennst du doch, oder? Ich habe ihm etwas Wichtiges zu sagen, weißt du?«, erklärt sie schmunzelnd und ich sehe ein Funkeln in ihren Augen. Sofort wirkt sie viel lebendiger.

»Aber!«, sagt sie betont und hebt mahnend den Zeigefinger. »Es ist privat. Also nicht reinspickeln, ja?«

Ihre Sorge und Ernsthaftigkeit bringen mich zum Lächeln.

»Niemals, Oma Lotte. Das würde ich nie tun.« Grinsend schüttle ich den Kopf.

»Weiß ich doch, mein Mädel. Wenn du magst, kannst du in meine Süßigkeitendose hineingreifen. Steht im Schrank, auf dem der Fernseher steht.«

Ich weiß nicht, was ich getan habe, dass sie mich innerhalb einer Woche zu ihrer Vertrauten auserkoren hat, aber es fühlt sich gut an. Und macht, dass ich mich hier nicht mehr ganz so fremd fühle.

Außerdem erinnert sie mich an Oma, die ich so unendlich vermisse. Sie gibt mir dadurch dieses warme Gefühl von Vertrautheit. Auch wenn es nur sandkornklein ist, so sammle ich diese besonderen Momente wie eine Schatzsucherin in den Kammern meiner Seele. Bewahre sie dort auf für die Augenblicke, in denen das übermächtige Empfinden von Verlassensein durch meinen Körper kriecht wie eine giftige Schlange, die mich zu verschlingen droht. Weil meine Eltern sich seit einer Woche nicht bei mir gemeldet haben. Dafür, dass das eigentlich nichts Neues ist, tut es doch erstaunlich weh. Es ist, als hätte ich es dadurch schwarz auf weiß: Dass sie sich einfach nicht für mich interessieren. Dass das, was ich tue, nicht wichtig genug ist und keine Anerkennung verdient. Durch ihr Schweigen schreien sie ganz laut in die Stille, dass ich eine Enttäuschung für sie bin, weil ich es gewagt habe, eigene Entscheidungen zu treffen. Und weil ich mein Medizinstudium und damit ihren Traum der Akademikerfamilie zerstört habe. Wie konnte ich nur? Diesen Satz hat meine Mutter seitdem in Großbuchstaben auf ihrer Stirn geschrieben: »Wie konntest du uns nur so enttäuschen?« Er steht dort mit leuchtend roten Buchstaben. So sehr sie es versucht, sich nichts anmerken zu lassen, er ist trotzdem da. Penetrant, unübersehbar, unverrückbar. Auch wenn sie glaubt, sie kann ihn mit ihrer aufgesetzten Freundlichkeit übertünchen, ich bin ja nicht blöd. Warum denkt sie, ausgerechnet mich täuschen zu können? Er lässt sich durch keine säuselnden Worte übermalen. Und sie? Bemerkt es nicht einmal.

»Majvi, mein Mädel?« Oma Lotte reißt mich erneut aus meinen Grübeleien. »Warum seufzt du so schwer?«

»Ich …? Entschuldigung.«

»Du sollst dich nicht dauernd entschuldigen, mein Mädel. Ich mache mir nur Gedanken um dich. Es geht dir nicht gut, oder?«

Inzwischen helfe ich Oma Lotte, die eigentlich Lotte Jansen heißt, bei der abendlichen Körperpflege.

»Doch, schon. Ja, vielleicht nicht ganz so gut. Ach, ist auch egal.«

»Papperlapapp,« unterbricht sie mich und ich spüre diesen bittersüßen Stich in meinem Herzen. Denn genau dieses Wort, »Papperlapapp«, hat meine Oma auch immer benutzt.

»Wie kann es egal sein, wie es einem geht?«

Sie tätschelt beruhigend meine Hand und ich frage mich, wie sie es macht, dass sie mir so viel gibt, obwohl ich doch dafür bezahlt werde, *sie* zu unterstützen.

Dann drückt sie mir den Brief in die Hand und dieses lebendige Lächeln und Strahlen legt sich augenblicklich wieder auf ihr Gesicht.

Eine Weile später liegt sie in ihrem gemütlichen Bett, welches von zahlreichen Familienfotos umrahmt wird.

»Wenn du gleich Feierabend hast, mein Mädel, dann machst du es dir zu Hause so richtig schön, ja? Und auf dem Weg gibst du schnell den Brief ab.« Belustigt zwinkert sie mir zu und ich drücke ihre Hand und nicke.

»Gute Nacht, Oma Lotte. Schlafen Sie gut.«

»Das werde ich, Majvi, das werde ich.« Sie lächelt selig, während sie sich noch ein Stück Schokolade in den Mund schiebt. »Die müssen nicht mehr so lange halten, die Zähne«, sagt sie kichernd und tippt sich mit dem Zeigefinger auf die Backe. »Das ist das Gute am Älterwerden. Und jetzt mach, dass du nach Hause kommst.«

Lächelnd schüttle ich den Kopf, schließe die Tür und atme tief durch. Feierabend. Ich lasse das Wort auf meiner Zunge zergehen, froh, es geschafft zu haben.

Kurz blicke ich noch ins Zimmer von Carl Andersen und überbringe den Brief, wie versprochen. Er bedankt sich mit einem Strahlen auf dem Gesicht. Das war definitiv ein schöner Abschluss vor dem Nachhausegehen, denn nicht jedes der Zimmer, welche ich heute betreten habe, war von so viel Glück erfüllt. Da war auch manches an Schwere, die ich jetzt versuche abzuschütteln, als ich meine Dienstklamotten ausziehe und in den Spind hänge, um mich dann auf den Weg nach Hause zu machen.

In der WG angekommen, wartet Linn auf mich, die fluchend über ihren Büchern sitzt.

»Ich verstehe einfach gar nichts«, meckert sie vor sich hin und ich bin für einen Moment dankbar, dass nicht ich es bin, die über den dicken Wälzern brüten muss. Ein kurzer Blick über ihre Schultern bestätigt mich noch mehr darin.

»Hilfe«, sage ich nur, als ich den Lernstoff sehe. »Hast du schon was gegessen?«

Sie schüttelt energisch den Kopf.

»Ich hab sowas von keine Zeit, mir irgendwas zu machen. Das muss bis morgen hier oben drin gespeichert sein und ich hab verdammt nochmal keinen Plan, wie das gehen soll.« Sie tippt sich an die Stirn, welche sie anschließend mit einem frustrierten Stöhnen auf den Tisch legt.

»Ich mach uns was, ja?«, schlage ich vor und schlurfe zum Kühlschrank. Welch ein Glück, dass wir erst eingekauft haben.

Als ich Linn kurze Zeit später einen Teller vor die Nase stelle, taucht sie aus ihrem Paralleluniversum auf.

»Danke. O Mensch. Du bist so ein Schatz und sowas von dabei, meine liebste Mitbewohnerin zu werden.«

»Du hast nur eine«, kontere ich.

»Trotzdem«, bestätigt Linn grinsend und schiebt sich ein Stück belegtes Brot in den Mund. »Ach, da ist Post für dich gekommen«, erwähnt sie beiläufig, doch mein Herz hat verdammt gute Ohren. Es beginnt sofort damit, kleine Purzelbäume zu schlagen.

Es ist nur ein Brief, sage ich mir, doch das ist ihm ziemlich egal. Es hüpft munter weiter in meiner Brust, ich versuche, mir nichts anmerken zu lassen. Zum Glück fragt Linn nicht nach. So verziehe ich mich mit dem Brief und meinem Teller in mein Zimmer. Diesen Moment will ich ohne Publikum voll auskosten und kurz frage ich mich, ob das normal ist, wie ich auf einen gewöhnlichen Brief reagiere. Doch zum Nachdenken bleibt nicht viel Zeit und ich fliege über die Worte, die Jesper geschrieben hat, fühle, wie meine Seele nun auch noch mit den Purzelbäumen anfängt. Ich schiebe alles in die »Ist doch normal, jeder freut sich über handgeschriebene Post im Zeitalter von Social Media«-Ecke, lese weiter, während sich ein warmes Gefühl über mich legt, so als würde ich nach einem kalten Wintertag in ein blubberndes Schaumbad abtauchen. Und genau das tue ich auf gewisse

Art und Weise. Ich bade in den Worten, die an mich gerichtet sind. Jesper hat sich die Mühe gemacht und mir geschrieben und ich kann nicht anders, als mir einzugestehen, dass mich das verdammt glücklich macht.

Kurz darauf schreibe ich ihm zurück.

Lieber Jesper,

nein, das klingt überhaupt kein bisschen kitschig. Wie könnte es? Wenn ich ehrlich bin, geht's mir genau wie dir. Ich bin gerade nach Hause gekommen und habe mich so gefreut, Post zu bekommen. Post von dir. Du fragst, was ich so mache? Im Moment mache ich ein Freiwilliges Soziales Jahr in einem Seniorenheim, nachdem ich mein Medizinstudium nach einem Semester abgebrochen habe. Sehr zur Freude meiner Eltern. Okay, das war Ironie, aber das ist ein anderes Kapitel.

Und du? Was tust du, wenn du nicht studierst? Machst du eine Ausbildung? Oder vielleicht gar nichts?

Ach und deine Fragen wollte ich auch noch beantworten. Ja, ich bin hochsensibel. Was eben ein Grund war, mein Handy abzuschaffen. Verstehst du?

Ich fahre übrigens immer noch Bus, aber zu unterschiedlichen Zeiten. Kommt darauf an, wie ich Dienst habe. Das kannst du deinem Freund ausrichten. Hihi.

Ich bin richtig happy, dass du das Meer auch so sehr magst. Ich kann sowieso nicht verstehen, wie man es nicht lieben könnte. Faktisch ist das doch unmöglich, oder? Es muss ein krasses Gefühl sein, auf einem Board zu stehen und die perfekte Welle zu reiten.

Ich weiß, ich wiederhole mich. Man braucht bestimmt jede Menge Mut dafür, oder? Surfst du denn schon lange? Ist es schwer? Ich bin mir nicht sicher, ob ich mich das trauen würde.
Was hörst du eigentlich für Musik?
Und hast du Geschwister?
O Mensch, so viele Fragen auf einmal. Ich glaube, für heute habe ich dich genug gelöchert und ich bin auch ziemlich müde. Ich freu mich, von dir zu lesen.

Liebe Grüße
Majvi

Liebe Majvi,

Okay, das ist krass verrückt. Du machst ein FSJ in einem Seniorenheim? Echt jetzt? Ich nämlich auch. In welchem bist du denn?
Ich glaube, ich surfe schon, seit ich stehen kann. Okay, das stimmt nicht ganz, aber wenn es nach mir gegangen wäre, hätte ich so früh angefangen. Mein Vater liebt das Surfen, seit ich denken kann, und hat mich damit angesteckt. Ich glaube, das erste Mal, als ich auf einem Board stand, war ich zehn. Davor hat er es mir nicht erlaubt. Er hatte zu viel Angst um mich. Vielleicht war es auch meine Mutter, die es nicht wollte. So genau weiß ich das ehrlich gesagt gar nicht mehr. Auf jeden Fall habe ich immer genervt und mich zu Hause auf das Balance-Board gestellt

und so getan, als wäre ich auf dem Meer. Irgendwann hat er mich endlich erhört und mich im Sommer in ein Surfcamp geschickt. Ich denke, er konnte mein ewiges Genörgel nicht mehr ertragen. Seitdem surfe ich und ich kann mir kein schöneres Gefühl von Freiheit vorstellen. Also ja, du hast recht, das Gefühl ist krass. Ein Gefühl, das mich absolut glücklich macht. Ob man dafür Mut braucht, weiß ich gar nicht. Ich hab nie darüber nachgedacht, hab es einfach ausprobiert, weil ich von meinem Vater ja nichts anderes kannte. Und weil ich es unbedingt wollte.

Musik höre ich ziemlich querbeet. Ich habe da diesen Spleen, dass ich alles auf Vinyl haben muss. Ich liebe es, wenn die Nadel sich über die Platte bewegt. Das hat so was Gemütliches, finde ich. Keine Ahnung, vielleicht bin ich auch nur ein bisschen durchgeknallt. Haha.

Ich hab übrigens eine kleine Schwester. Das dürfte sie jetzt nicht lesen, denn so klein ist sie gar nicht mehr, aber halt kleiner als ich. Sie heißt Liva und ist sechzehn Jahre alt. Sie wohnt noch bei meinem Dad. Meine Mutter hat uns verlassen, als ich zwölf war. Hat ihre Sachen gepackt und kam nicht wieder. Ich hab ihr damals unzählige Briefe geschrieben und gebettelt, dass sie zu uns zurückkommt. Leider ohne Erfolg. Vielleicht hatte ich deshalb auch Schiss, dir zu schreiben. Aus Angst, ich vermassle es wieder? Sorry für meine Wortwahl.

Das mit deinem Handy kann ich in diesem Zusammenhang gut verstehen, auch wenn ich nicht weiß, wie man empfindet, wenn man hochsensibel ist.

Hast du Geschwister? Was hältst du eigentlich davon, wenn wir uns mal treffen?
Ich frage nur mal gaaaaanz vorsichtig.

Liebe Grüße
Jesper

Hej Jesper,

ja. Ich habe einen Bruder. Er ist drei Jahre älter als ich und heißt Jeppe. Ich würde behaupten, wir haben jetzt nicht so die enge Bindung. Es ist eher so, als würden wir in verschiedenen Welten leben. Sagen wir so, es ist kompliziert.
Hochsensibel sein fühlt sich ein bisschen so an, als würden einem sämtliche Eindrücke ungefiltert in den Kopf hineinfallen. Ob die nun wichtig sind oder nicht. Die sickern dann runter zur Seele, die alle Schwingungen fühlt und verarbeiten muss, und das macht es manchmal ein bisschen ... ähm, anstrengend.

Wegen eines Treffens ... ääääähm, ja ...
Was schwebt dir denn vor?
Das mit deiner Mutter tut mir wirklich leid. Wenn ich mir vorstelle, wie sich das für dich anfühlen musste ... das war bestimmt sehr schmerzhaft.

Liebe Grüße
Majvi

Majvi

Es ist Samstagabend. Linn hat es geschafft, mich zu einer Studierendenparty zu überreden. Es muss daran liegen, dass ich neu hier bin und nicht von Anfang an als die Spaßbremse der Nation gelten will.

Ich hatte zuerst tausendundeine Ausrede, doch Linn hatte ihre Ohren auf Durchzug geschaltet. Bei Partys finde ich normalerweise immer einen Grund, warum ich nicht hingehe. Die vielen Eindrücke auf solchen Events sorgen dafür, dass ich innerlich schnell unruhig werde und mich überfordert fühle. Meine Konzentration lässt dann nach, was sich anfühlt wie Nebel im Kopf, ich werde fahrig, tollpatschig, oft bekomme ich Kopfschmerzen. Doch Linn ließ nicht locker und war so süß überzeugend dabei. Als sie mir versprochen hat, dass wir jederzeit gehen können und sie mich nach Hause begleitet, wenn es mir zu viel wird, habe ich zugesagt. Denn allein in der WG rumsitzen, die sich noch nicht so ganz nach einem Zuhause anfühlt, will ich heute Abend auch nicht. Da das nicht oft vorkommt, dachte ich, ich muss das ausnutzen. Sonst hätte ich nie zugesagt.

Unsere Wohnung liegt zwanzig Minuten entfernt, sodass wir zu Fuß zur Party gehen. Sie findet in einem Studierendenwohnheim statt, in dem einer von Linns Kommilitonen wohnt. Die Haustür steht offen, es riecht nach Stein und Essen.

Als sich die Wohnungstür öffnet und laute Musik das Treppenhaus flutet, werden wir stürmisch von einer großen Rothaarigen begrüßt. Ich nehme die Menge an Leuten im Inneren der Wohnung wahr. Mein Herz rutscht rasant einen Stock tiefer, ich würde am liebsten auf dem Absatz kehrtmachen. Doch dafür ist es jetzt zu spät.

»Hej, schön, dass ihr da seid!« Die Rothaarige zieht erst Linn und dann mich in eine Umarmung. Ich weiß kurz nicht, wie mir geschieht. »Kommt rein! Macht's euch gemütlich. Für Essen und Alkohol ist gesorgt.« Sie schenkt uns ein Zahnpastalächeln. »Ach, ich bin Maja«, ruft sie noch über ihre Schulter, tanzt zurück ins Wohnzimmer, in welchem sich mehrere Leute im Takt zur Musik bewegen.

Linn verschwindet in der Küche und kommt mit zwei Bechern Wodka-O zurück. Ich lasse mich inzwischen auf eine Couch fallen, beobachte das Treiben um mich herum.

Linn nippt kurz an ihrem Becher und mischt sich dann unter die tanzende Meute.

Unsicherheit steigt in mir auf, als ich die vielen fremden Menschen beobachte. Ich brauche Zeit, um anzukommen. Da ich ein wenig hungrig bin, suche ich in der Küche nach etwas Essbarem. Alkohol auf nüchternen Magen ist in aufgeregtem Zustand eine doppelt dumme Idee. Abgesehen davon, dass mir das Zeug absolut nicht schmeckt. Deswegen versorge ich mich lieber mit einem Stück Pizza und einer Cola und verziehe mich erstmal ins Badezimmer der WG. Ich setze mich auf den Boden, lehne mich an den Wannenrand, beiße ein Stück der Pizza ab und atme tief durch. Der Bass der Musik und die Stimmen klingen nur gedämpft unter der Badezimmertür hindurch.

Ich schaue die blau gefliesten Wände an, mein Puls fährt herunter. Ein paar Augenblicke sitze ich nur da und atme. Nach einer Weile klopft es an die Tür, weil jemand pinkeln muss, also schlurfe ich zurück auf die Couch und versuche, mich zu entspannen.

Für einen Moment lehne ich mich nur an, schließe die Augen. Atme. Denn mein Kopf ist voll. So voll. Ein Zuhause von Gedanken und Eindrücken. Sie spannen sich wie ein Firmament über mir. Nachtblau, himmelblau, wolkenweiß, gewitterwolkengrau, wolkenlos ... So viele Nuancen, aber immer viel. So viel. Oft zu viel.

Ich öffne meine Augen wieder, beobachte die Menschen im Raum. Dieses Paar da. Ich sehe, wie sie ihn anschaut. Ihr Blick ist eine Einladung, doch er scheint es nicht zu verstehen. Wie kann er es übersehen?

An der Wand lehnt ein Typ. Beobachtet. Lässig nippt er am Becher. Sein Blick gilt nur einer Person auf der Tanzfläche. Sie scheint nur für ihn zu tanzen. Für ein bisschen Aufmerksamkeit, die sie bekommt. Zumindest für den Moment. Ein Spiel?

Ich rieche Aftershave vermengt mit Schweiß und Parfum. Essensduft schwebt unter der Zimmerdecke, Lachen, Bässe, Wortfetzen. Es riecht nach Winterluft, die sich in den vielen Jacken im Flur eingenistet hat. Der Stoff meiner Strumpfhose fühlt sich nicht gut an. So kratzig. Ich hätte dieses Kleid nicht anziehen sollen. Die Jeans wäre bequemer gewesen. Ich schwitze. Schiebe meine feuchten Handflächen unter meine Oberschenkel.

Irgendwo klingelt und vibriert ein Handy. Neben mir schreit ein Pärchen gegen die Musik an. Eine Person, die ich nicht kenne, begrüßt mich. Ich nicke ihr lächelnd zu. Der Alkoholgeruch beißt in meiner Nase. Ich halte die Luft an.

Mein Kopf ist ein Gefäß. Ich bin ein Gefäß. Eines ohne Filter. Mal wieder kurz vor dem Überlaufen. Zu viel. Viel zu viel. Ich schließe die Augen. Nur eine Weile, denke ich. Alles ausblenden. Kurz abtauchen.

Als plötzlich das Polster neben mir nachgibt, tauche ich wieder auf, nur um direkt in einem Meer aus wasserblauen Augen zu versinken. Ich blicke in ein wunderschönes grinsendes Gesicht, welches mir verdammt bekannt vorkommt.

»Hej! Irgendwie ist die Welt doch echt klein, oder?«

Bevor mein Kopf begreift, was mein Herz schon längst weiß, stammelt mein Mund: »Ich ... glaub auch«, und ich spüre, wie meine Mundwinkel nicht anders können, als sich zu einem Lächeln auf meinem Gesicht auszubreiten. Verdammt. Ich werde rot.

»Heiß hier drin, oder?« Jesper strahlt mich völlig unbeeindruckt angesichts des Farbenspiels auf meinem Gesicht an und zieht seinen Pullover aus. »Bin gerade erst gekommen«, erklärt er beiläufig.

»Okaaaay?« Was Intelligenteres fällt mir absolut nicht ein, doch ihn scheint das kein bisschen zu stören.

Er lächelt noch immer, sein Gesicht leuchtet wie ein Glühwürmchen, ich blicke in seine blauen Augen, die mich an die Nordsee bei Sonnenschein erinnern. Kein Wunder, dass er das Meer liebt, er trägt es offensichtlich immer bei sich.

In Gedanken zücke ich Pinsel und Leinwand, um diese Augen einzufangen.

»Majvi?«, reißt seine Stimme mich aus meinen Gedanken.

»Ich … äh … was?«

O Mann, ich bin gerade dabei, mich bis auf die Knochen zu blamieren.

»Ich hatte gefragt, ob du schon lange da bist?«

»Nicht wirklich. Vielleicht eine halbe Stunde oder so.«

Jesper

Pepe hatte mich zu dieser Party überredet. Wäre es nach mir gegangen, hätte ich an diesem Abend lieber auf der Couch abgehangen und Filme geschaut. Ich war so müde von der anstrengenden Woche. Die Arbeit im Seniorenheim ist nicht ohne. Aber weil Pepe nicht locker gelassen hat, bin ich mitgegangen und wie gut, dass er so hartnäckig war. Denn als ich die Wohnung betrete, in der die Party stattfindet, sehe ich *sie*.

Mein Herz verwandelt sich augenblicklich in raue See. Wie schön kann man bitte aussehen? Sie sitzt da, hält einen Becher in der Hand, nippt daran und ich schwöre, kein anderer Mensch sieht dabei so elegant aus. Sie schließt die Augen, lehnt sich zurück und ich stehe nur da, bis Pepe mit den Fingern vor meinem Gesicht schnippst.

»Erde an Jesper. Alles klar? Hast du einen Geist gesehen?«

»Ich ... äh ... ja. Ich meine: Nein.«

Pepe schüttelt nur grinsend den Kopf.

Wir werfen unsere Jacken in eine Ecke im Flur und betreten das Wohnzimmer, in welchem schon wild getanzt wird. Als ich mich neben ihr auf die Couch fallen lasse, öffnet sie die Augen. Lächelt augenblicklich, als sie mich erkennt. Ich sehe, wie sich ihre Wangen leicht rot färben, und finde sie sofort noch sympathischer. Noch süßer. Falls das überhaupt möglich ist. Ihre Verlegenheit eben ließ sie so herrlich verpeilt wirken. Und verpeilt ist ein Adjektiv, das normalerweise auf mich zutrifft.

»So krass, ich frage dich nach einem Treffen und jetzt bist du hier. Das nennt man Schicksal, oder?«

»Vermutlich«, sagt sie. Ihr Lächeln flüstert mir zu, dass sie darüber auch froh ist. Zumindest ist es das, was ich glauben will.

»Hast du vielleicht Lust zu tanzen?«, frage ich sie, als ich nicht weiß, was ich sonst sagen und wie ich die überschüssige Energie in mir gebündelt bekommen soll.

Sie schüttelt den Kopf.

Hoffentlich bemerkt sie nicht, wie irritiert ich bin.

»Ich bin nicht so die Tänzerin. Sorry.« Ihr Blick gleitet über die Menge, die sich zum Takt der Musik bewegt, sie blickt mich an, fügt dann erklärend hinzu: »Es hat nichts mit dir zu tun. Ich … ich mag das nicht, wenn mir so viele Leute dabei zugucken.«

Inzwischen redet sie so leise, dass ich näher rücke, um sie zu verstehen, und unsere Beine sich berühren. Was den Seegang in meinem Herzen noch verstärkt.

»Schon okay. Eigentlich bin ich auch viel zu müde zum Tanzen. Ich wollte nur nicht unhöflich sein«, lüge ich, denn ich könnte mir nichts Schöneres vorstellen, als sie beim Tanzen im Arm zu halten.

»Gut. Ich bin auch ein bisschen müde, aber ich hatte Linn versprochen, mit ihr zu der Party zu gehen.«

Sie lehnt sich zurück, für einen Moment lässt sie den Blick durch den Raum schweifen, um mich dann wieder anzublicken.

Ich lache.

»Pepe musste mich auch überreden. Aber jetzt bin ich verdammt froh, dass ich hier bin.« Vermutlich reicht mein Grinsen bis zu den Ohren.

»Ich auch.« Ihre Stimme klingt watteweich und macht, dass ich mir wünsche, sie würde nie wieder aufhören zu reden.

»Hattest du eine anstrengende Woche?«, frage ich deshalb.

»Ja, kann man so sagen. Die erste Woche war hart. Ich hab's nicht so mit Anfängen. Ich finde die so krass anstrengend. Zumindest meistens. Ich bin übrigens im Lollandsgade. Das hattest du mich im letzten Brief doch gefragt.«

Mein Herz gerät für einen Moment aus dem Takt. »Waaaas? Da bin ich auch.«

»Das gibt's ja nicht, oder?«, sagt sie und hält sich lachend die Hände vor den Mund.

»Auf welcher Station bist du gerade? Ich war letzte Woche immer auf der Eins.«

»Ich auf der Vier.« Ihr Blick ist an meinen geheftet und ihr Strahlen bringt alles in mir in Aufruhr.

»Das erklärt, warum wir uns nicht begegnet sind. Verrückt.«

»Verrückt«, stimmt sie mir zu. »Vielleicht würde ich jetzt doch gerne tanzen«, höre ich sie plötzlich leise sagen. Ihre Worte klingen eher wie eine Frage.

»Okaaaaay?«

Kurz bin ich verwundert, stehe dann aber auf und strecke ihr meine Hand entgegen. Sie legt ihre in meine und als ich sie in meinen Armen halte, bin ich mir fast sicher, dass das hier nicht real ist. Wäre da nicht Pepe, der am Rand steht, plaudert, mir verschwörerisch zuzwinkert und dabei wild mit den Händen gestikuliert.

Ich grinse und schüttle vorsichtig den Kopf.

Majvis blumiger Duft steigt in meine Nase und mein Herz gerät angesichts des Wellengangs allmählich in Seenot. Wenn das so weitergeht, bin ich bald verloren. Hilfe! Wie konnte das passieren? Wann ist dieses Mädchen in mein Leben spaziert und hat dafür gesorgt, dass ich mich wie ein verliebter Volltrottel aufführe? Die Tatsache, die es noch schlimmer macht, ist, dass es mir nicht mal peinlich ist.

Ich hoffe, dass dieses Lied niemals endet. Als es das wie erwartet doch tut, fühlt es sich so an, als würde mir jemand einen Eimer mit kaltem Wasser ins Gesicht schütten.

»Meinst du, du könntest mich vielleicht nach Hause bringen? Ich glaube nämlich nicht, dass Linn schon gehen will, und ich würde, glaub ich, gerne nach Hause.«

Nichts lieber als das, denke ich.

»Logo«, ist das, was ich sage. »Ich sag nur kurz Pepe Bescheid, okay?«

»Und ich Linn«, erwidert sie und verschwindet im Getümmel.

Einige Minuten später spazieren wir durch die dunklen Straßen. Der Schein des Mondes legt sich in silberblauem Schimmer auf unsere Gesichter, immer wieder schieben sich ein paar Wolken davor. Die Straßenlaternen stehen wie Wächter am Rand und werfen schräge Schatten auf den Gehsteig, in der Ferne knattert ein Motorrad. Eine Menschentraube redet durcheinander und läuft lachend an uns vorbei. Dann herrscht Stille.

Fast fühle ich mich, als würde ich schweben.

Vorsichtig greife ich nach Majvis Hand. Als meine Fingerspitzen ihre berühren, zuckt sie kurz zusammen, ihr Blick trifft meinen, unser Lächeln verschmilzt. Ihre Hand ist kalt, doch liegt so weich in meiner.

Spätestens jetzt bin ich mir sicher, dass meine Füße den Boden nicht mehr berühren, so leicht fühle ich mich.

Als wir vor ihrer Haustür ankommen, stehen wir etwas unbeholfen voreinander.

Der Mond ist inzwischen komplett hinter einer Wolkendecke verschwunden, doch unsere strahlenden Gesichter machen die Dunkelheit etwas heller.

»Schreibst du mir wieder?« Warum rede ich auf einmal so leise?

Majvi nickt, ich gehe einen weiteren Schritt auf sie zu.

»Schlaf gut«, sage ich leise. Schiebe ihr vorsichtig eine Haarsträhne aus der Stirn.

Ich will nicht nach Hause, denke ich.

Ich will hier noch ewig so stehen. Worte in die Dunkelheit flüstern.

»Du auch. Bis dann.« Ihre Stimme, ein Wispern.

Dann dreht sie sich um und lässt mich im silbernen Schein des Mondes zurück. Die Tür fällt mit einem Klack ins Schloss.

Ich stehe noch ein paar Minuten da und starre die Tür an. Meine Beine sind für einen Moment nicht fähig, sich zu bewegen. Dann schwebe ich nach Hause.

Am nächsten Morgen ist mein erster Weg der zum Briefkasten, bis ich ernüchtert feststelle, dass heute Sonntag ist. Mist. Wie sehr würde ich mir gerade wünschen, Majvi hätte ein Handy und ich könnte ihr schreiben.

»Verdammt!«, meckere ich vor mich hin, während ich Kaffee koche.

»Was, verdammt?« Pepe schlurft in die Küche und lässt sich mit einem Ächzen auf einen Stuhl fallen. »Kaffee bitte, oder ich sterbe«, jammert er und fährt sich mit den Händen durch seine dunklen, vom Schlaf zerzausten Locken.

»Piano, mein Freund, piano, ich bin ja schon dabei«, sage ich, stelle kurz darauf eine Tasse vor ihm ab.

»Danke, Alter. Du hast mir das Leben gerettet.«

Jetzt muss ich lachen und setze mich ebenfalls mit einem Kaffee an den Tisch.

»Spät geworden gestern?«, frage ich möglichst beiläufig, aber Pepe steigt erst gar nicht drauf ein.

»Was war das denn gestern Abend?«

»Was meinst du?«, frage ich unschuldig und setze mein Pokerface auf.

»Willst du mich verarschen? Du hast gestrahlt wie eine Tausend-Watt-Birne. Du hast was am Start und ich weiß nichts davon? Was ist aus unserer Freundschaft geworden? Ich werde nie wieder für dich kochen, wenn du mich so gnadenlos hintergehst.«

Ich pruste los, Pepe ebenfalls. Er allerdings mit vollem Mund.

»Danke für die Dusche, Mann.«

»Kann nichts dafür.« Er zuckt mit den Schultern, holt einen Lappen und wischt den Tisch wieder sauber.

»So und jetzt sag mal: Du hast das Mädchen doch nicht erst gestern Abend kennengelernt, oder?«

Ich zucke mit den Schultern und grinse schief. »Vermutlich nicht, nein.«

»Okay. Und wo hast du sie dann getroffen?«

»Im Bus«, ist meine knappe Antwort und Pepe schüttelt den Kopf.

»Im Bus. Ist das alles? Was ist los? Jetzt rede halt mal in ganzen Sätzen.«

»Mach ich doch. Es ist *das* Mädchen aus dem Bus, von dem ich dir erzählt habe.«

»Ahhhh, stimmt, da war was.« Er tippt sich mit dem Finger an die Stirn. »Wie ging die Geschichte denn weiter?«

»Als ich sie nochmal im Bus getroffen habe, hab ich sie nach ihrer Adresse gefragt.«

»Ahhhhhh verstehe!« Jetzt verzieht sich Pepes Gesicht zu einem fetten Grinsen. »Sie ist also das Mädchen, weswegen du Briefe streichelst.«

Er bricht in Lachen aus, seine dunklen Locken wackeln im Takt dazu.

Ich trete unterm Tisch mit dem Fuß nach seinem Bein.

»Autsch, was soll das?« Sofort greift er sich an das getroffene Bein.

»Selbst schuld«, frotzele ich.

»Gibt es einen Grund für deine miese Laune?«, meckert er zurück.

»Es ist Sonntag.«

»Ähhm. Stimmt. Und das ist ein Grund?«

»Ja, schon. Ich würde Majvi nach der Party einfach gern schreiben, aber das geht ja nicht.«

»Hmmmmm«, macht Pepe nur. Er scheint nachzudenken.

»Mir fällt was ein. Sie arbeitet im gleichen Seniorenheim. Ich hinterlasse ihr einen Brief an ihrem Spind.«

»Die Idee ist so gut, die hätte von mir sein können. Ich meine, hätte ich gewusst, dass ihr fast zusammen arbeitet, hätte ich dir genau den Vorschlag gemacht.«

»Ist klar, Pepe«, gebe ich grinsend zurück.

Majvi

Am nächsten Morgen, als ich auf die Station komme, hängt ein Brief an meinem Spind. Als ich die Schrift erkenne, fängt mein Herz augenblicklich an, aufgeregt wie ein kleines Kind vor Freude zu hüpfen.

Kurz überlege ich, ihn gleich zu öffnen, entscheide mich dann aber, dies in Ruhe nach Dienstschluss zu tun. Weil es etwas ist, was ich genießen will.

Zudem habe ich sowieso keine Zeit dafür. Und schon gar nicht darf ich zu spät kommen. Denn da gibt es diese eine Person im Team, die blöderweise auch noch die Pflegedienstleitung ist.

Sie versteht absolut keinen Spaß bei Unpünktlichkeit.

Ich habe letzte Woche erlebt, wie sie eine andere Person rund gemacht hat. Seither habe ich den größten Respekt und auch ein wenig Angst vor ihr. Ich bete, dass ich nie im Team mit ihr zusammenarbeiten muss.

Schnellen Schrittes gehe ich den Flur entlang, um mich im Dienstzimmer zu melden. Als ich Mira erblicke, atme ich erleichtert auf.

»Guten Morgen.« Mira strahlt mich an. Ihre unerschütterlich gute Laune ist ansteckend, ich spüre, wie meine Mundwinkel nach oben wandern und ich anfange zu grinsen.

»Guten Morgen«, erwidere ich. »Schönes Wochenende gehabt?«

Wow! Ich klopfe mir selbst auf die Schulter, dafür, dass ich hier Smalltalk betreibe, denn eigentlich bin ich nicht gut darin, belanglose Fragen zu stellen.

»Ja, ganz okay und bei dir?«

Ich denke an Jesper und seufze im Stillen. »Äh, ja, war schön.« Meine Wangen werden heiß, weshalb ich schnell weiterrede: »Lass uns loslegen, ja?«

»Alles klar.«

Mira schnappt sich den Wagen mit dem Frühstück und wir tigern los. Ich beginne in Zimmer 401, in dem Carl Andersen wohnt, und öffne die Zimmertür.

»Guten Morgen. Gut geschlafen?«

Er liegt noch im Bett und kneift die Augen zusammen, jetzt wo das Deckenlicht das Zimmer erfüllt.

»Sie dürfen aufstehen, ich habe ihnen Frühstück mitgebracht.«

Er blickt mich ein wenig munterer an, als ich das Frühstück auf dem Tisch abstelle.

»Wann kann ich denn endlich wieder im Gemeinschaftsraum essen?«, fragt er mit müder Stimme. Seine Augen sind umso wacher.

»Hmmm, ich denke, sobald sie wieder besser zu Fuß sind.«

Um ihm aus dem Bett zu helfen, strecke ich ihm beide Hände entgegen. Wegen eines Sturzes hat Herr Andersen sich vor einigen Wochen den Oberschenkelhals gebrochen und braucht im Moment viel Unterstützung. Ich schiebe den Rollator ans Bett, er richtet sich mit meiner Hilfe auf. Läuft zum Tisch, an welchem er sich seufzend wieder in den Stuhl fallen lässt.

»Hach Majvi, alt werden ist so eine Sache.« In diesem Satz schwingt viel Seufzen mit.

»Sei froh, dass du noch so ein junger Hüpfer bist.«

Ich weiß gar nicht, was ich darauf erwidern soll. Vermutlich hat er recht und tut mir leid. Also versuche ich, ihn ein wenig aufzumuntern, und sage: »Haben Sie den Brief von Frau Jansen gelesen?«

Augenblicklich legt sich ein Strahlen auf sein Gesicht und ich erahne etwas des Elans, den dieser Mann in jungen Jahren gehabt haben muss. »Oh ja. Und wie ich den gelesen habe.« Sein verschmitztes Lächeln zeigt mir makellos weiße Zähne, er trägt eindeutig ein Gebiss, aber auch sonst legt er viel wert auf sein Äußeres. »Was denkst du? Ob ich sie wohl bald mal besuchen kann?« Seine grauen Augenbrauen wandern nach oben.

»Ich denke, das lässt sich bestimmt einrichten.« Um ihm Mut zu machen, schenke ich ihm ein Lächeln.

»Und jetzt lassen Sie sich Ihr Frühstück schmecken. Ich komme dann später nochmal zum Waschen, ja?«

Als ich die Zimmertür zuziehe, bin ich für einen Moment dankbar, dass ich hier arbeiten darf. Es macht mich glücklich, für diese Menschen da zu sein, die oft gar niemanden mehr aus ihrer Familie haben, der sich um sie kümmert.

Erinnerungen an meine Oma tauchen auf. Und Wut auf meine Eltern, denen es einfach egal war, wie es ihr ging. Meine Mutter. Immer zu beschäftigt, um sich um Oma zu kümmern. Andere kranke Menschen gingen vor. Die Karriere war wichtiger. Klar, dafür gab es ja auch mehr Anerkennung und jede Menge Geld für Frau Professor Doktor.

Ich habe ihr noch immer nicht verziehen.

Ich stoße meinen Frust mit einem tiefen Atemzug aus und betrete Oma Lottes Zimmer.

»Hast du dem Carl den Brief geben können?«, hakt sie nach, noch ehe ich die Tür geschlossen habe. Sie steht im Bad, ist fertig angezogen und dabei, sich zu frisieren.

»Hab ich gemacht, ja.«

Ich trete hinter sie, nehme ihr die Bürste ab, um ihr den Hinterkopf zu kämmen.

»Danke, mein Mädel, du bist ein Goldstück. Weißt du, solche Menschen wie du sind es, die einen Unterschied machen. Das darfst du nie vergessen, wenn du mal einen schlechten Tag hier hast. Und glaub einer alten Frau, der wird kommen. Aber weißt du, es tut gut, dass du da bist. Du bist so liebevoll und behandelst einen mit Respekt. Bei dir gibt es keinen Dienst nach Vorschrift. Du gibst einem das Gefühl, gesehen zu werden.«

Tränen der Rührung steigen in meine Augen. Ich blinzle sie weg, und lege meine Arme von hinten um Oma Lotte, als Schwester Hanne das Zimmer betritt. DIE Schwester Hanne.

»Was ist denn bitte hier los?«

Erschrocken lasse ich Oma Lotte los und blicke irritiert in ein verärgertes Gesicht.

»Majvi, wir haben hier nicht die Zeit für *solche* Dinge. Schau bitte, dass du zügig hier fertig wirst«, wettert sie und ich habe das Gefühl eines eisigen Windes, der durch das Zimmer bläst. Mich schaudert.

Ehe ich etwas erwidern kann, ist sie auch schon wieder aus dem Raum verschwunden und ich blicke in Oma Lottes verwundertes Gesicht.

»Siehst du, das meinte ich«, murmelt sie und lässt die Schultern hängen.

Ich schüttle den Kopf und versuche, mich zu sammeln. »Lassen Sie sich Ihr Frühstück gut schmecken, ja? Ich muss schnell weiter«, sage ich entschuldigend und bin auch schon zur Tür raus.

Kaum stehe ich im Flur, höre ich Hanne meinen Namen aus dem Dienstzimmer rufen.

Hilfe, muss das sein?

Vorsichtig strecke ich den Kopf zur offenen Tür hinein. Ich bleibe auf der Türschwelle stehen, unsicher, was mich erwartet. Mein »Ja?« plumpst viel zu leise aus meinem Mund, doch zu mehr Entschiedenheit bin ich gerade nicht fähig.

»Majvi!« Schwester Hanne sitzt am Schreibtisch und blickt auf. »Es ist wichtig, dass du die vorgegebenen Zeiten einhältst und bei den einzelnen Personen nicht zu lange herumtrödelst. Ich denke, das verstehst du doch, oder?«

»Ich …«, stammle ich und meinen ganzen Mut zusammennehmend, sage ich dann etwas bestimmter: »Ich habe Frau Jansen lediglich für einen kurzen Moment gedrückt. Mehr nicht.«

»Siehst du, und genau da liegt das Problem. Wenn wir jeden unserer Bewohner für einen kurzen Moment drücken. Rechne das mal hoch, Majvi. Das funktioniert so nicht. Wir haben für solche Dinge keine Zeit. Du weißt, dass wir sowieso schon unter Personalmangel leiden und schauen müssen, möglichst zügig unseren Job zu erledigen. Außerdem ist es wichtig, Gefühle außen vor zu lassen und Berufliches und Privates zu trennen.«

Schwester Hanne wendet sich wieder ihrem PC zu, tippt

eifrig Buchstaben in die Tastatur und ich stehe etwas verloren herum.

»Ist noch etwas?«, fragt sie dann knapp und blickt mich an.

»Äh, nein, ich dachte nur …«

»Gut. Dann weiter an die Arbeit. Du weißt, was du zu tun hast.«

Ich drehe mich um und schüttle in Gedanken meinen Kopf. Eigentlich würde ich gerne widersprechen. Sagen, dass gar nichts gut ist und ich das eben überhaupt nicht verstehe. Nicht verstehen will. Aber das traue ich mich nicht.

Also straffe ich die Schultern und arbeite weiter, in der Hoffnung, Madame Feldwebel heute nicht mehr über den Weg zu laufen.

Einige Stunden später betrete ich unsere WG und bin einfach nur froh, meine Schicht überstanden zu haben. Dies heute war definitiv nicht mein Tag.

Ich streife meine Schuhe von den Füßen und werfe mich mit einem Ächzen auf die Couch. Mein Kopf dröhnt, mein Nacken schmerzt, meine Schultern sind harte Bleiklötze.

Linn scheint im Bad in der Wanne zu sitzen, ich höre Wasser plätschern.

Die Tür zu meinem Zimmer ist angelehnt, Findus kommt mir maunzend entgegen und schleicht mir um die Füße. Ich nehme ihn hoch, drücke meine Nase in sein Fell und verkrümle mich in mein Zimmer aufs Bett. Versuche, den schmerzenden Frustkloß in meinem Hals runterzuschlucken. Vergeblich.

Damit ich auf andere Gedanken komme, lese ich Jespers Brief, auf den ich mich schon den ganzen Tag freue. Der Abend kann nur noch besser werden, da bin ich mir sicher.

Liebe Majvi,

Ich weiß, ich habe die Reihenfolge durcheinandergebracht, aber ich konnte irgendwie nicht warten, bis ein Brief von dir kommt. Und da dachte ich, hej, was soll's, ich schreib dir einfach nochmal. Reihenfolge hin oder her. Vielleicht freust du dich ja?

Und dann dachte ich noch, okay, sie hat kein Handy, aber eventuell ja einen Computer, Laptop, irgendwas? Dann könnten wir doch auch mailen, oder? Was denkst du darüber?

Ich wollte dir nur sagen, dass ich so happy war, dich am Samstag auf der Party getroffen zu haben.

Denkst du, du hättest bald Lust, mich wieder zu treffen? So richtig? Nicht nur per Zufall. Was meinst du? Du kannst mir ja mal sagen, ob du dir das vorstellen kannst. Ich überleg mir dann noch, was wir machen, ja? Lass mich einfach wissen, was du davon hältst.

Ich hoffe, dein Tag heute war okay? Hoffentlich wird meiner es auch. Wir werden sehen.

Meld dich doch bei mir, okay?

Dein Jesper

Hej Jesper,

Danke für deinen Brief. Ehrlich gesagt war er mein Lichtblick nach einem total doofen Arbeitstag. Ich sag nur, Schwester Hanne. Kennst du sie? Sie ist auf unserer Station die Pflegedienstleitung und hat mir heute eine Art Einlauf verpasst. Ich hoffe sehr, dein Tag war besser.
Ich würde mich gerne mit dir treffen. Sag einfach wann und wo. Und ja, ich habe eine Mail-Adresse, wir können uns also mailen. majvi@friis.dk
Ich muss dir auch noch etwas gestehen. Ich habe ein Handy. Allerdings ist es ein Steinzeitmodell, wirklich uralt und kann nichts, außer telefonieren und SMS verschicken. Es ist kein Smartphone. Also genau genommen zählt das fast nicht. Ich nutze kein Social Media und dieses alte Teil nur zum Telefonieren oder um mal eine SMS zu schreiben, mit meiner Familie oder meiner Freundin. Ich hab das damals im Bus nicht zugegeben, weil ich es wirklich nur in besonderen Fällen nutze. Und außerdem fand ich es auch spannend, ob du einen anderen Weg findest, mich kennenzulernen.
Ich hoffe, du bist nicht böse, weil ich nicht ganz ehrlich war.

Liebe Grüße
Majvi

An: Majvi Friis
majvi@friis.dk

Betreff: Yeah, ich kann dir mailen

Hej Majvi,

Haha, na du bist mir ja eine.
Du hast ein Steinzeithandy? Du hast quasi geflunkert, damals im Bus. Hat man da noch Töne? Aber ich sollte dir dankbar sein. Und ich finde dich echt mutig. Denn es hätte ja auch in die Hose gehen können, wenn ich schreibfaul gewesen wäre.
Inzwischen mag ich das Schreiben total gerne. Und obwohl ich Gefallen daran gefunden habe, finde ich die Mail-Variante jetzt ebenfalls richtig gut, denn dann muss ich nicht so lange auf eine Antwort warten. Geduld ist nicht gerade meine Stärke.
Also ich will jetzt keinen Druck erzeugen, aber theoretisch kannst du halt gleich lesen, was ich geschrieben habe.
Ich habe mir überlegt, ob du Lust hast, mich in der WG zu besuchen? Morgen Abend? Pepe, mein Mitbewohner, ist im Gegensatz zu mir ein richtig guter Koch. Wenn wir also Glück haben, bekommen wir was zu essen. 😇
Sag mir doch kurz Bescheid, ob das passt.

Jesper

Ich sitze auf meinem Bett, meine Finger tippen Emmas Nummer in mein Steinzeithandy. Der Klang ihrer Stimme entlockt mir ein Seufzen.

»Majvi? Alles klar bei dir?«

Emmas Frage erzeugt in mir das wärmende Gefühl einer kuscheligen Decke. Ich fühle mich nicht mehr so verloren.

»Wenn ich dich höre, ist es gleich besser. Aber, nein, nichts ist klar bei mir. Im Gegenteil.« Ich räuspere mich im Versuch, meine Fassung zu wahren.

»Okaaaaay. Was ist los? Magst du erzählen?«

Ich schiebe die Worte im Mund von links nach rechts, bevor ich sie in die Freiheit entlasse.

»Ich glaub schon, ja. Es ist ... es sind ... mehrere Dinge.« Ich klinge viel zu piepsig und leise.

»Dann fang doch an einer Stelle an.« Emma hat mich trotzdem verstanden, worüber ich froh bin.

»Ich versuch's.« Es ist mehr ein Ausatmen als Worte, die ich von mir gebe.

»Ich hab gerade mal wieder das Gefühl, alles ist ein bisschen viel. Es passiert so viel Neues gleichzeitig. Zu vieles für meinen Kopf, der so schlecht im Filtern ist. Das macht mich ein wenig schwindelig und überfordert mich.«

Ihr »Okaaaay?« klingt watteweich.

Obwohl ich sie nicht sehe, weiß ich, dass sie zur Bestätigung nickt. Weil sie das immer so macht, seit ich sie kenne. Und das ist eine ziemlich lange Zeit. Genau genommen saßen wir schon zusammen im Sandkasten. Unsere Eltern waren befreundet und wir im selben Kindergarten. Inzwischen hat Emma mit ihrem Psychologiestudium begonnen. Zeitgleich

wie ich mit Medizin, nur mit dem Unterschied, dass ich abgebrochen habe.

Emma ist die geborene Psychologin. Ich kenne keinen anderen Menschen, der einem in Gesprächen das Gefühl der hundertfünfzigprozentigen Aufmerksamkeit geben kann, so wie sie das tut. Sie ist der emphatischste Mensch, der mir je begegnet ist. Das ist einer der Gründe, warum ich mich bei ihr absolut angenommen fühle. Ich weiß, ich kann in ihrer Gegenwart zu hundert Prozent ich selbst sein.

»Und was genau?«, hakt sie nach, als ich stocke.

»Also erstmal der neue Job. Es macht Spaß, aber du weißt ja, dass alles Neue in meinem Kopf erstmal den roten Panikknopf drückt. Ich krieg das hin, das ist nicht der Punkt. Aber es dauert halt. Und jeden Morgen nach dem Aufstehen hab ich oft erstmal Land unter und könnte in Tränen ausbrechen. Aber wie ich schon sagte, das bekomme ich hin. Das ist ja nichts Neues. Blöd war nur, dass ich einen Einlauf von der Pflegedienstleitung bekommen habe. Der aus meiner Sicht völlig unbegründet war. Und du weißt, ich hasse Ungerechtigkeit.«

Mein Zeigefinger dreht eine Haarsträhne. Sie fällt ins Gesicht, ich blase sie weg.

»Ja, ich weiß.« Ich höre Emma in der Leitung seufzen. »Um was ging es denn?«

Ich erzähle Emma, was passiert ist, die Wut in meinem Bauch ist bei jedem Wort präsent.

»Das hat mich so getroffen, verstehst du?«, schließe ich meine Erklärungen ab.

»Das ist ja wirklich dämlich«, bestätigt mich Emma. »Ich meine, wie lange dauert eine Umarmung. Ein paar Sekunden?«

»Genau. Doch sie meinte, wenn ich das bei jedem Bewohner machen würde, solle ich mal hochrechnen, was das dann bedeuten würde. Blablaba … Was mich am meisten ärgert, ist, dass mich das so trifft. Ich hätte so gerne eine dickere Haut, Emma. Eine, an der so dumme Bemerkungen einfach abprallen. Warum kann ich das nicht?«

»Noch nicht«, verbessert mich Emma.

»Rücken Sie gerade Ihre Brille zurecht, Frau Doktor?«, necke ich sie und höre ihr vertrautes Kichern durch den Hörer. »Okay, noch nicht«, korrigiere ich mich. »Aber es nervt, Emma, es nervt mich so. Ich weiß, sie hat unrecht, ich bin getroffen und bekomme den Mund nicht auf. Weil … ja weil … weil sie halt eine Autoritätsperson ist.«

Resigniert seufze ich und lasse mich rückwärts auf mein Kopfkissen fallen.

»Aber das ist doch auch normal. Ich weiß nicht, ob ich da anders reagieren würde. Ich meine, es braucht ja auch Mut und solange alles noch neu ist, kostet es doppelt so viel Kraft, für sich einzustehen. Also gib dir doch etwas Zeit.«

Die Wärme in Emmas Stimme gibt mir Mut, den nächsten Satz auszusprechen.

»Und vielleicht habe ich auch Angst, zu versagen«, flüstere ich ins Telefon. Aus Angst, dass es wahr wird, wenn ich es laut ausspreche.

Es ist ein bisschen wie als Kind, wenn man sich beim Versteckenspielen die Hände vors Gesicht hielt und dachte, keiner kann einen mehr sehen. Damals, als man Probleme noch so einfach lösen konnte.

»Weil meine Eltern mir dann die Hölle heiß machen, falls ich das im Seniorenheim nicht schaffe. Nochmal kann ich es mir nicht erlauben, dass ich abbreche.«

Meine Stimme bricht, ich blicke zum Fenster, sehe, wie die Nacht sich über den Tag legt. So wie sich die Angst über meine Seele legt, die ich die ganze Zeit versucht habe, dort in den hintersten Winkel zu sperren. Heiße Tränen laufen mir über die Wangen.

»Ach meine Süße!« Die liebevolle Art, wie sie die Worte ausspricht, fällt mitten in den Knäuel aus Schmerz und Angst, nimmt ihm für einen Moment die Intensität, weil ich mich verstanden fühle.

»Weißt du, Versagen ist nur dann Versagen, wenn wir es so bewerten. Du könntest dir auch Mut zusprechen. Und falls du es wirklich nicht schaffst, dann beweist das nicht, dass du versagt hast. Es zeigt nur, dass du unglaublich mutig warst, weil du etwas Neues versucht hast. Verstehst du?«

Ich seufze tief. In Emma muss eine verdammt alte Seele wohnen, anders kann ich mir ihre weisen Worte nicht erklären.

»Warum bist du so abnormal klug, Emma? Woher weißt du solche Dinge? Ja wohl nicht aus *einem* Semester Psychologiestudium.«

»Ich weiß nicht?« Ich höre an ihrer Stimme, dass sie lächelt.

»Vielleicht, weil ich meditiere? Solltest du ausprobieren, wirklich. Da lernt man solche Dinge. Und vielleicht, weil ich eine unglaublich kluge Freundin habe?«

»Ach Emma. Dass ich da nicht selbst draufgekommen bin.«

Jetzt muss ich lächeln und ein kleiner Funke Hoffnung tanzt in meiner Seele und vertreibt die Schwere, die gerade auf mir lastet, ein winziges Stück.

»Okay und dann hab ich noch was«, erzähle ich weiter.

»Ich bin ganz Ohr.«

Kurz entsteht ein Moment der Stille, weil ich überlege, wie

ich es ihr am besten erzähle, doch dann spreche ich einfach drauf los.

»Okay, also ich hab da, glaube ich, jemanden kennengelernt.«

»Du glaubst?« Überraschung schwingt in Emmas Stimme mit, die augenblicklich etwas lauter klingt.

»Ja, okay, ich *habe* jemanden kennengelernt. Jetzt will er sich morgen mit mir treffen. Und sein Freund Pepe ist auch da. Und vielleicht noch ein dritter Mitbewohner. Zumindest ist es eine WG, in der drei Typen wohnen.«

»Aus deinem Mund klingt das wie eine Strafe. Ist es das?«

»Nein. Ja. Doch. Das sind so viel neue Gesichter. So auf einmal. Aber nein. Ich freu mich. Aber ich habe auch Angst und bin überfordert. Du kennst mich doch. Und das nervt mich wieder. Warum muss ich immer alles kompliziert machen? Warum kann ich nicht einfach mal etwas *nur* genießen?«

»Na ja, nur weil du überfordert bist, machst du doch nicht automatisch die Dinge kompliziert. Oder lieg ich jetzt falsch?«

Emmas Verwunderung schwingt durch die Telefonleitung bis an mein Ohr und ich nicke.

»Oder?«, fragt sie nach, weil ich nichts sage.

»Ja, vielleicht nicht, das stimmt, aber ich finde mich so anstrengend in der Verfassung.«

»Ja klar, ist ja auch logisch. Du findest dich anstrengend, weil du dich so nicht magst. Deswegen bist du es aber noch lange nicht. Und ich glaube mal, wenn du da morgen hingehst, wird es gut. Weil es doch meistens so war. Und ich wäre auch aufgeregt vor einem ersten Date. Wer wäre das nicht? Wo hast du ihn überhaupt kennengelernt?«

»Im Bus.« Als ich daran denke, muss ich grinsen.

»Ich kann dich durchs Telefon lächeln hören, also scheint

er doch ganz nett zu sein. Gib dir einen Ruck. Du wirst sehen, es wird gut. Er wird dich bestimmt vor den anderen Mitbewohnern beschützen.« Jetzt lacht Emma leise. »Und Aufregung gehört zu einem ersten Date dazu.«

»Wenn du meinst.«

»Das meine ich, Majvi. Und danach musst du mir *alles* erzählen, ja? Ich muss jetzt bloß los. Ich will heute noch ins Gym. Nach der ganzen Lernerei muss ich den Kopf frei bekommen.«

»Na logo. Wir hören uns. Und Emma!«

»Hmmmm?«

»Danke für alles.«

»Kein Ding. Ich schick dir die Rechnung. Hab dich lieb.« Sie lacht ein helles Lachen.

»Okay, Frau Psychologin. Ich dich auch.«

Majvi

Mein Bauch rumort, seit ich heute Morgen aufgestanden bin. Während der Arbeit renne ich ständig zur Toilette, weil mir die Aufregung auf den Magen schlägt.

Ich beziehe in Ellen Berensens Zimmer das Bett, solange sie am Tisch ihren Nachmittagssnack zu sich nimmt. Eine Weile beobachtet sie mich stumm, schiebt sich die Brille nach oben, blickt mich dann durchdringend an.

»Majvi!« Ihre Stimme klingt kratzig und laut, so als wäre *ich* die Schwerhörige, und nicht sie.

Mit einem maskierten Lächeln blicke ich sie an.

»Vergiss nicht zu atmen. Du wirkst so fahrig heute. Was ist denn los mit dir?« Mit leicht zittrigen Händen führt sie ihre Tasse zum Mund und trinkt einen kräftigen Schluck Kaffee. »Willst du auch? Ich hab' ein Schlückchen ›Du-weißt-schon-was‹ reingemacht.« Sie kichert. »Das würde dir bestimmt auch guttun, so nervös, wie du wirkst.«

»Ich bin mir nicht sicher«, sage ich leise, schüttle energisch Decke und Kissen auf, in der Hoffnung, meine Nervosität dadurch abzuschütteln. »So, fertig. Brauchen Sie noch was?«

»Danke, meine Liebe, ich habe alles, was ich brauche.« Sie zwinkert mir zu und nippt erneut an ihrem Kaffee mit Schuss.

»Aber verrate mich nicht bei Schwester Hanne, ja? Die hält mir sonst wieder eine Predigt über meinen Bluthochdruck.«

Frau Berensen verdreht die Augen, was mir ein Lächeln entlockt.

»Na siehst du, alles halb so schlimm. Ich freue mich, wenn du lachst. Und wegen des Blutdrucks … sterben muss ich sowieso. Also lebe ich doch vorher noch ein bisschen, glücklich und froh, was meinst du? Den Tipp gebe ich dir auch. Genieße dein Leben, ja?«

»Ich gebe mir Mühe«, murmle ich, lächle schwach und verabschiede mich. Frau Berensen winkt mir zum Abschied, als ich die Tür schließe, und ich bin wieder mal gerührt angesichts der liebevollen Art mancher Bewohner hier.

Nur noch ein Zimmer, dann habe ich Feierabend.

Als ich dieses betrete, werde ich prompt angemeckert. Es ist Frau Mogensen, mit erhobenem Zeigefinger tritt sie mir entgegen, ich bringe gerade noch ein: »Hallo«, hervor, doch sie wettert einfach weiter.

Keine Begrüßung, nur eine Menge Frust, der mir entgegenschlägt. Meine Fassung verrutscht, ich gehe ein paar Schritte auf Abstand, doch sie trottet hinter mir her.

Ich versuche, tief zu atmen, serviere ihr Kaffee und Kuchen auf den Tisch, da poltert sie weiter.

»Meine Kette ist verschwunden. Gestohlen! Seit heute Morgen finde ich sie nicht mehr und *du* warst die Letzte gestern Abend, die in meinem Zimmer war.« Ihre Augen blitzen mich an, der Zeigefinger wieder erhoben. Da ist so viel Wut, die sie mir entgegenbringt. Ich versuche mich zu verteidigen, meine Hände beginnen zu zittern, mein Herz klopft viel zu schnell. Es ist bekannt, dass Frau Mogensen vergesslich ist und Dinge gerne verlegt. Dass sie mich des Diebstahls beschuldigt, trifft mich mehr, als es sollte. Ich schaffe es nicht, das in meinem Kopf zu trennen. Der Kloß in meinem Hals schmerzt beim Schlucken.

Ich habe doch überhaupt nichts Falsches getan. Der Gedanke rauscht durch meinen Kopf, mein Mund sagt wie von selbst:

»Ich bin mir sicher, dass wir die Kette finden. Ich habe sie ganz bestimmt nicht gestohlen. So etwas würde ich niemals tun.«

Während sie noch immer außer sich ist und droht, Schwester Hanne zu rufen, gehe ich ins Bad und schaue mich dort um.

»Ich bin sicher, es klärt sich alles auf«, versuche ich sie, und wenn ich ehrlich bin, auch mich, zu beruhigen, schaue auf der Ablage am Waschbecken, doch nirgendwo ist die Kette zu finden. Gerade als ich das Licht ausmachen will, um den Raum zu verlassen, sehe ich es in der Ecke unter dem Waschbeckenschrank silbern funkeln.

»Ist es vielleicht diese Kette, die sie suchen?« Ich gehe ein paar Schritte auf Frau Mogensen zu, lasse die Kette vor ihrem Gesicht baumeln. Meine Finger zittern noch immer.

»Oh!«

»Ist das ein Ja?«, hake ich nach. Die Unsicherheit in meinem Bauch vermischt sich mit einer Portion Wut. Meine Hände werden nicht ruhiger, wie könnten sie auch, mein Herz klopft viel zu schnell.

»Ähm, ja, das ist sie.« Der Ärger in ihrer Stimme ist verwunden, nun legt sich ein Klang von Reue darüber. »Da habe ich mich wohl geirrt«, murmelt sie.

Auf eine Entschuldigung hoffend, blicke ich sie eine Weile an, doch sie schweigt. Betreten setzt sie sich an den Tisch, beginnt wortlos im Kaffee zu rühren und ihren Kuchen zu essen.

»Dann war es das jetzt?«, frage ich, doch alles was ich bekomme, ist ein Nicken.

»Schönen Mittag«, wünsche ich ihr noch.

Betreten verlasse ich den Raum.

Ich ärgere mich über mich, Frau Mogensen und am allermeisten darüber, dass ich mich überhaupt ärgere. Zum wiederholten Mal wünsche ich mir, solche Dinge würden an mir abprallen.

Stattdessen knalle ich im Umkleideraum wütend meinen Spind zu, nachdem ich mich umgezogen habe. Ich wünschte, ich könnte meinen Frust einfach hier einschließen.

Seufzend schultere ich meinen Rucksack und mache mich auf den Weg.

Von meiner Verabredung mit Jesper trennt mich nur noch eine zwanzigminütige Busfahrt. Meinen Kopf an die Scheibe gelehnt, lasse ich die Landschaft an mir vorbeiziehen. Ein Aquarell aus Blau-, Grün-, und Sandtönen. Zwischendurch durchbrechen fliederfarbene Teppiche aus Strandnelken den Farbverlauf.

Ich liebe die Weite und Ruhe, die dieses Land ausstrahlt. Den Himmel, an dem die Wolken fast immer in Bewegung sind. So wie meine Gedanken. Das Wetter kann innerhalb Minuten von Regen zu wattewolkenblauem Himmel mit Sonne wechseln. Nirgendwo anders ist der Horizont so weit, das Gras so grün, die Strände so endlos und weiß wie hier, finde ich. Hier treffen schroffe Felsen auf feinsten Sand.

Der Bus fährt an einer steilen Küstenstraße entlang. Unten das Meer. Kontinuierlich spült es Welle für Welle an den Strand. Dagegen komme ich mir oft so klein vor. So unbedeutend.

Während ich Jespers Zuhause immer näherkomme, nimmt meine Aufregung prozentual zu. Einzig und allein die beruhigende Landschaft macht, dass mich die Nervosität nicht komplett übermannt.

Nur noch ein kurzer Fußweg trennt mich von meinem Date, als ich aus dem Bus steige und zu dem Mehrfamilienhaus laufe, in welchem Jesper wohnt. Hausnummer neunzehn, das muss es sein.

Ich hebe den Blick. Stuckelemente verzieren die Außenfassade, das Haus schmiegt sich an weitere Altbauten. Jedes auf seine Art ein Kunstwerk. So in einer Reihe sehen sie aus wie ein Gemälde. Ich speichere das Bild der Häuserfront in meinem Inneren ab. Rotbraune Steinfassade, die von weißen Elementen unterbrochen wird. Sprossenfenster werden von Stuck gerahmt, Balkone mit Rundbögen hängen an der Fassade. Wer weiß, wann ich sie malen möchte.

Ich gehe die Treppen nach oben zu Jespers Haustür. Altes dunkelbraunes Holz, verziert mit Messingelementen. Die Hausnummer auf einem abgesplitterten Emailleschild über der Eingangstür. Mein Herz kurz davor, aus meiner Brust zu springen. Bevor ich auf den Klingelknopf drücke, atme ich ein paar Mal tief ein und aus. Warte, bis die Sprechanlage ertönt.

»Ich bin's, Majvi.«

»Hej! Komm hoch, dritter Stock.« Dann das Geräusch des Türöffners. Die Holztreppe knarzt, als ich sie betrete. Die

Stufen sind abgenutzt, von der Wand blättert an einigen Stellen der Putz. Es riecht nach Bohnerwachs und altem Gemäuer.

Als ich oben ankomme, steht Jesper schon grinsend an der Tür und erhellt mit seinem Strahlen das schummrige, etwas ranzig wirkende Treppenhaus und meine Stimmung.

»Hej!« Er tritt einen Schritt auf mich zu und ehe ich mich versehe, hat er mich in eine Umarmung gezogen. Sein Duft, eine Mischung aus Zitrone und Sommer, steigt mir in die Nase. Ich mag, wie er riecht? Ich kenne diesen Duft. Sonnencreme?

Kurz hält er mich an den Schultern fest, blickt mir in die Augen. *Meerweh*, denke ich.

»Schön, dass du da bist. Dann komm mal rein.«

Ich nicke und sage: »Gerne«, obwohl ich mir noch nicht sicher bin, ob das so stimmt, doch mir bleibt keine Zeit, um darüber zu grübeln.

Drinnen höre ich eine fremde Stimme italienische Lieder trällern.

»Pepe«, erklärt Jesper immer noch strahlend, nimmt meine Hand und mir meine Jacke ab, die er im Flur an die Garderobe hängt. Dann führt er mich in die Küche. Dort steht ein Typ – immer noch singend –, der in diversen dampfenden Töpfen rührt. Die Fensterscheiben der Wohnküche sind alle beschlagen. Dunst glitzert im Schein der Lampe über dem Esstisch. Keine Ahnung, wie er den Überblick behält. Seine gute Laune ist ansteckend.

»Hej! Ich bin Pepe. Du musst Majvi sein.« Dunkle Locken, verschmitztes Lächeln. Er putzt seine Hand an der Schürze ab und streckt sie mir zur Begrüßung entgegen.

Ich schlage ein. »Ja, ich bin Majvi. Hej! Jesper hat mir schon erzählt, dass du ziemlich gut kochen kannst.«

»Nicht schlecht zumindest«, meint er und lacht.

»Er ist der Beste«, wirft Jesper ein.

»Bisher haben zumindest alle mein Essen überlebt.« Er zwinkert mir zu. »Ihr könnt euch auch schon setzen, Essen ist so gut wie fertig. Es gibt Rote-Linsen-Curry mit Süßkartoffeln. Ich hoffe du magst das?« Pepe blickt mit faltiger Stirn zu mir in Richtung Tisch.

»O ja, sehr gerne«, sage ich und nicke.

Die Falten verschwinden wieder.

Ich schaue mich in der gemütlichen WG-Küche um. An der Wand hängen alte Retro Schilder, passend zur grünen Küche im typischen siebziger Jahre Style. Die großen Sprossenfenster beherbergen auf ihren Simsen zahlreiche Küchenkräuter in Tontöpfen, was dem Raum ein heimeliges Flair verleiht.

Pepe läuft zu einem der Töpfe, schnippelt Kräuter ab, die er kurz kleinschneidet und auf unserem Essen verteilt. Um den Tisch stehen verschiedene Stühle, vermutlich Flohmarktfunde. Pepe stellt die heißen Töpfe vor uns ab und beginnt unsere Teller zu füllen. Meine Anspannung löst sich und die ein wenig schwindende Aufregung macht Platz in meinem Magen für ein Hungergefühl. Auf einmal knurrt mein Magen, was Pepe ein Lachen entlockt.

»Okay, da will jemand eindeutig was essen.«

Ich fasse mir an den Bauch. »Ich glaub schon, ja«, gebe ich zu, spüre, wie Wärme meinen Hals hochkriecht.

»Danke fürs Kochen, Pepe. Hätte ich gekocht, hätte ich Majvi sofort in die Flucht geschlagen.«

Jesper blickt mich an, wasserblauer Blick, meine Seele füllt sich mit diesem Schaumbad-Blasen-Glücksgefühl.

Ich koste von dem Essen und es schmeckt einfach nur perfekt. In meinem Mund findet eine Art Geschmacksexplosion statt und ein langgezogenes »Mmmmh«, entfährt mir, worüber ich selbst überrascht bin.

»Kochst du schon lange, Pepe? Es ist richtig, richtig lecker.«

»Kann man so sagen, ja. Meine Mama ist Italienerin und hat es mir beigebracht. Ich stand schon immer gern bei ihr in der Küche und irgendwann habe ich dann selber angefangen zu experimentieren. Und seit ich diesen verfressenen Mitbewohner hier habe«, Pepe macht eine ausladende Handbewegung, um dann mit dem Zeigefinger auf Jesper zu zeigen, »hab' ich immer einen Abnehmer für meine Experimente.« Das Wort Experimente setzt er mit seinen Fingern in Anführungszeichen.

»Heeee«, sagt Jesper gespielt empört und boxt Pepe gegen den kräftigen Oberarm.

»War da ein Windhauch?« Pepe streift lässig mit der Hand über die Stelle.

»Außerdem bin nicht nur ich der Verfressene hier. Theo sagt schließlich auch nicht nein, wenn's ums Essen geht. Wo ist er überhaupt schon wieder? Wohnt er noch hier?«

»Jetzt lenk nicht ab, Jesper. Theo musste zu seinen Eltern. Sein Vater hat sich beim Holzhacken verletzt. Er musste ihn ins Krankenhaus fahren.«

»Autsch! Das klingt fies.«

Ich sitze da und beobachte die beiden und merke, wie ich mich immer mehr entspanne. Pepe ist lustig und locker und Jesper? Ja, Jesper ist Jesper.

Gerade habe ich den letzten Bissen in den Mund geschoben, da steht er plötzlich auf und sagt: »Komm. Ich zeig dir mein Zimmer.«

»Okaaaay?« Ich stehe auf, trage meinen Teller zur Spüle. »Danke für das leckere Essen, Pepe.«

»Jesper, nimm dir mal ein Beispiel an Majvi. Ich sag nur, Teller abdecken und so.«

Der dreht auf dem Absatz um, grinst schuldbewusst, deckt ebenfalls seinen Teller ab und räumt ihn mit meinem in die Spülmaschine ein. »Ich hatte es nur vergessen. Sorry. Zufrieden?«

»Ist klar, vergessen. Und ja, zufrieden.«

Jesper nimmt mich wieder an der Hand und führt mich einen kleinen dunklen Flur entlang, um dann mit Schwung eine Tür zu öffnen.

»Tadaaaaa! Das ist mein Reich.« Seine Stimme fast singend vor Stolz.

Ich trete ein, stehe im Raum und blicke mich um. An den Wänden hängen zahlreiche große gerahmte Fotos, die Jesper beim Surfen zeigen, und fast ist es, als könnte ich die Wellen brechen hören. In der Mitte des Raumes befindet sich ein großes Pallettenbett, an der Seite stehen mehrere Boards an die Wand gelehnt.

»Gefällt es dir?« Jespers Stimme reißt mich aus meinen Gedanken. Hinten im Eck sehe ich einen Plattenspieler.

»Ja. Absolut. Es ist total schön. Ich liebe diese Aufnahmen von dir beim Surfen«, sage ich und gehe ein paar Schritte auf eines der Bilder zu.

Jespers Haltung auf diesem Foto ist pure Perfektion. Jeder Muskel seines Körpers ist angespannt, um die Welle zu reiten. Das Blau des Wassers scheint zu vibrieren, tausend Wassertropfen, die um seinen Körper tanzen.

Ich fahre mit den Fingern andächtig über das Bild. »Es ist

perfekt«, murmle ich, spüre, wie Jesper plötzlich ganz nah hinter mir steht. Sein warmer Atem streift meinen Hals, gibt mir genau dieses Gefühl. Das von tausend tanzenden Wassertropfen auf meiner Haut. Ich spüre, wie sich eine Gänsehaut auf meinem Körper ausbreitet.

»Freut mich, dass es dir gefällt. Es ist auch mein liebstes Bild. Der Moment war so perfekt und ich bin sehr froh, dass mein Dad ihn eingefangen hat. Es hat einfach *alles* gepasst. Das gibt es nicht so oft. Das Wetter, der Wind, die Wellen. Ich stand auf dem Board und habe alles vergessen. Einfach alles, was schwer war. Es gab nur mich, mein Board und das Meer. Verstehst du?« Jespers Stimme ist nur noch ein ehrfürchtiges Flüstern.

Ich drehe mich um und blicke ihm direkt in die Augen.

»Ich glaube schon, ja.«

Nach einer kurzen Pause, in der wir uns nur ansehen und unser Atem sich vermischt, was mir weiche Knie macht, sage ich leise: »So ging es mir in Island.«

»Island?«

»Ja. Ein paar Wochen nach dem Abi war ich in Island. Mit meiner Freundin Emma. Es war der Wahnsinn.«

»Erzähl mir davon«, bittet er und zieht mich Richtung Palettenbett, auf welches er sich fallen lässt. Dann klopft er neben sich. »Komm schon, ich beiße nicht«, sagt er, als ich zögernd davor stehen bleibe. Sein warmes Lächeln kriecht in meine Seele und macht es dort heller.

Ich setze mich neben ihn und beginne zu erzählen.

Davon, dass ich in Island gemerkt habe, dass Medizin nicht das ist, was ich studieren will, aber trotzdem nicht den Mut fand, es meinen Eltern zu sagen. Und davon wie wundervoll und atemberaubend die Natur war und ich nie zuvor so entspannt wie in diesen fünf Wochen dort. So sehr bei mir selbst.

Jesper liegt auf der Seite, seinen Kopf auf einen Arm gestützt, und hört mir aufmerksam zu.

»Warum hast du dann nicht auf deinen Wunsch gehört und überhaupt mit dem Studium angefangen?« Jespers Worte finden den Weg direkt in meinen Wirrwarr aus Gefühlen in meiner Seele.

»Das war nicht so einfach, weißt du.« Meine Stimme wird leise, ich spüre, wie sehr mich dieses Thema immer noch aufwühlt.

»Du musst wissen, meine Eltern sind beide Mediziner. Aber nicht nur einfach *Mediziner.* Sie sind beide Koryphäen auf ihrem Gebiet. Mein Vater ist in der plastischen Chirurgie tätig, meine Mutter ist ebenfalls Chirurgin. Beide sind Professoren, das heißt, sie lehren auch. Von mir wurde immer erwartet, dass ich in ihre Fußstapfen trete, so wie mein Bruder auch. Lange Zeit habe ich mir eingeredet, dass ich das auch will. Als hätte ich je eine andere Option gehabt. Bis ich dann in Island war. Ohne meine Eltern. Und ohne all den Druck. Da wurde mir klar, was mein Kopf schon lange wusste, sich aber nicht eingestehen wollte. Dass das nicht mein Wunsch ist … und ich mich nur angepasst habe. Trotzdem hab ich nicht den Mut gefunden, es ihnen zu sagen. Dazu war es in meiner Vorstellung zu spät. Der Zug war schon abgefahren.«

Jesper schaut mich voller Mitgefühl an und ich rede einfach weiter. Die Worte wollen raus, suchen sich ihren Weg in die Freiheit.

»Ich meine, was hätte ich denn in der kurzen Zeit machen sollen? Ich hatte meinen Studienplatz fix und so schnell auch keine Alternative. Aber ich hab's nicht gepackt. Ein Medizinstudium ist wirklich kein Spaziergang und ich war komplett überfordert, mich in etwas reinzuknien, was ich in keiner Weise wollte. Zudem tue ich mich schwer in neuen Situationen und es war ja nicht einmal mein eigener Traum, den ich verfolgt habe … Das hat nicht funktioniert. Ich meine, wozu sollte ich mich quälen? Dann hab ich abgebrochen.«

Resigniert zucke ich mit den Schultern. Dieses fiese Gefühl der Unzulänglichkeit setzt sich schwer auf meinen Brustkorb und bewirkt diesen Druck, den ich immer spüre, wenn ich über dieses Thema rede. Dieses Gefühl, nicht zu genügen und in den Augen meiner Eltern versagt zu haben, das nachts in meine Träume kriecht und mich dann einsam zurücklässt.

»Ich finde, du bist total mutig.« Jespers Stimme klingt unglaublich warm und vertreibt die grauen Wolken in meiner Seele ein wenig, indem er bunte Farben mit seinen Worten darüber legt.

»Findest Du?« Verwunderung schwingt in meiner Stimme und eine einsame Träne verläuft sich auf meiner Wange.

Jespers Hand kommt immer näher, findet sie. Sanft wischt er sie mit dem Daumen weg.

»Finde ich, ja«, sagt er, nickt, sein Blick fällt in meinen. So tief, dass ich es kaum aushalten kann, so vertraut fühlt sich das plötzlich an.

»Du hast dich dann doch getraut. Das ist es, worauf es ankommt.«

»Vielleicht.« Ich seufze tief. »Meine Eltern sehen das vermutlich völlig anders. Das Schlimme ist, sie reden nicht darüber. Nie. Ich spüre ihre Enttäuschung, aber sie wird totgeschwiegen und ehrlich, ich weiß nicht, was schlimmer ist. Durch ihr Schweigen geben sie mir das Gefühl, ich existiere für sie nicht mehr. Seit ich zu Hause ausgezogen bin, kam nicht ein Anruf. Kein wirkliches Interesse. Nur eine SMS, die absolut nichtssagend war: ›Wir hoffen, es geht dir gut. Gruß Mama und Papa.‹

Sie hätten es auch gleich lassen können. Es ist nicht wichtig genug, was ich mache. Weil es keinen akademischen Grad hat. Würde ich das ansprechen, würden sie es abstreiten. Aber ich bin ja nicht dumm. Nur weil man etwas nicht ausspricht, heißt es nicht, dass es nicht da ist. Nicht wahr ist.«

Mit einem frustrierten Stöhnen lasse ich mich nach hinten neben Jesper aufs Bett fallen.

»Ich habe keine Ahnung, wieso ich dir das alles erzähle. Ich langweile dich bestimmt. Sorry.«

Jesper dreht seinen Kopf in meine Richtung. »Tust du nicht. Ganz ehrlich? Ich freue mich, dass du mir davon erzählst.«

Dankbar lächle ich ihn an.

So liegen wir eine Weile da und starren an die Zimmerdecke. Die Stille zwischen uns ist weder unangenehm noch peinlich, Jespers Hand greift sanft nach meiner. Gänsehaut kriecht meinen Rücken hoch. In meiner Brust hüpft mein Herz auf und ab, veranstaltet einen Freudentanz, der im Schlepptau jede Menge Bauchkribbeln mit sich bringt.

Als ich meinen Kopf wieder zur Seite drehe und sehe, wie Jesper mich mit einer Intensität anschaut, dass mir ein bisschen schwindelig wird, halte ich für einen Augenblick die Luft an.

»Ich kann nicht verstehen, dass es deinen Eltern so egal ist, was du tust. Sie müssen trotz ihren akademischen Titeln das Wesentliche nicht verstanden haben. Das ist wirklich traurig.«

Sanft fahren seine Fingerspitzen über meine Wange, mein ganzer Körper steht schlagartig unter Strom.

»Warum ist deine Mutter ausgezogen?«, frage ich, um von mir abzulenken. Ich möchte Jesper nicht das Gefühl vermitteln, wir würden nur über mich reden. Denn ich stehe nicht gerne im Mittelpunkt. Und über meine Eltern reden, will ich theoretisch sowieso nicht. Lieber würde ich das ganze Kapitel irgendwo in eine Kiste schließen und in einem dunklen Keller verstecken. Ich will es am liebsten vergessen. Das wäre das Einfachste und zugleich ist es das Schwerste, denn es geht verdammt nochmal nicht, weil dieses Thema zu groß und zu sperrig ist. Wie kann etwas totzuschweigen gleichzeitig so ohrenbetäubend laut sein?

Jesper nimmt einen tiefen Atemzug, steht auf und läuft zu seiner Plattensammlung. Ich beobachte jede seiner Bewegungen, will mir alles genau einprägen. Noch nie zuvor hat ein Junge solche Gefühle in mir ausgelöst. Er nimmt eine seiner Platten aus der Hülle, kurze Zeit später läuft die Nadel über die Rillen und leise Musik erklingt. Dann setzt er sich wieder neben mich.

»Ich weiß nicht so genau«, beginnt er zu erzählen. »Sie haben sich viel gestritten. Meist abends, wenn sie dachten, wir wären im Bett und würden längst schlafen. Meine Mom war dauerhaft unzufrieden. Unterbewusst vielleicht, weil sie wegen uns ihr Studium aufgeben musste. Sie wurde ziemlich früh schwanger mit mir. Ihre Unzufriedenheit hat sie dann mit ihrem Putzfimmel kompensiert. Glaube ich.

Das war so verdammt anstrengend. Wehe ich oder Liva

haben unser Zeug nicht richtig weggeräumt. Dann ist sie komplett ausgetickt. Und mit richtig meine ich, dass es nie richtig war. Nie richtig genug. Unsere Schuhe mussten zum Beispiel im rechten Winkel im Flur stehen. Also das eine Paar, das außerhalb des Schuhschranks stehen durfte. Dafür gab es natürlich auch Regeln. Wie für alles. Mein Vater ist, sagen wir, etwas chaotischer und ist bald wahnsinnig geworden. Es gab für alles ein System. Nach dem Händewaschen mussten wir das Waschbecken nachpolieren. Wegen der Kalkflecken. Mit Schuhen dufte man nicht ins Haus. Nicht mal in den Flur, wegen der Bakterien. Hast du schon mal im Winter bei Minus zehn Grad deine Schuhe vor der Tür angezogen? Glaub mir, das ist ... arschkalt.« Jesper schüttelt den Kopf, furcht die Stirn und ein »Pffff«, entweicht ihm.

»Die ganzen Regeln haben uns erdrückt. Es war schon zwanghaft. Ich hab dann angefangen, zu rebellieren, weil ich es nicht mehr ausgehalten habe. Ich bekam keine Luft mehr neben ihr. Dann hab ich absichtlich Unordnung gemacht. Das war absolut kindisch, ich weiß, aber das war ich ja auch, ein Kind. Eines Tages hat sie ihre Koffer gepackt und kam nicht wieder. Da war ich zwölf. Ich habe mich so schuldig gefühlt. Ich dachte, wenn ich nicht so ein Arsch gewesen wäre, dann wäre sie vielleicht geblieben. Dann habe ich ihr Briefe geschrieben. Mich entschuldigt. Sie angefleht, zu uns zurückzukommen. Meine Schwester hat viel geweint. Und mein Dad hat eine Weile gar nichts mehr gesagt. Ahhhhhhhh!«

Jespers kurzer Aufschrei lässt mich zusammenzucken. Er sitzt neben mir und rauft sich die Haare.

»Gott, wie sehr ich das alles hasse!«, bricht es aus ihm heraus, ich sehe, wie er mit der Fassung kämpft.

Er springt auf, läuft wie ein gefangener Tiger im Raum auf und ab.

Ich stehe ebenfalls vom Bett auf, etwas unschlüssig, was ich tun soll, da kommt Jesper auf mich zu. Ein halber Meter Abstand, ich kann seinen warmen Atem spüren. Seine tiefblauen Augen spiegeln Traurigkeit, doch da liegt noch etwas anderes in seinem Blick. Etwas, das ich nicht ganz deuten kann.

Wieder denke ich an das Meer und meine Leinwand. Schwöre mir, diese Augen auf Papier zu bringen.

Er verringert die Distanz zwischen uns.

Vorsichtig lege ich eine Hand auf seine Schultern, als er mich ganz nah an sich zieht. Ich spüre jeden Muskel seines Körpers, die Wärme, die von ihm ausgeht. Rieche Zitrone und Sonnencreme. Denke Sommer.

Ich lege meinen Kopf auf seinen Brustkorb, spüre seinen schnellen Herzschlag, der sich mit meinem verbindet, während wir uns im Arm halten und dieser Moment sich in meine Erinnerung und in mein Herz einbrennt.

Jesper

Ich halte Majvi im Arm und alles, alles, alles in mir will sie küssen. Aber ich kann nicht. Aus einem mir unerklärlichen Grund kann ich es nicht. Oder vielleicht weiß ich es ja doch?

Majvi ist wie eine Fee. Zart und wunderschön. Ich will sie nicht erschrecken. Habe zu große Angst, zu schnell zu sein. Weil ich in vielem so oft zu schnell war. Verdammt. Wie oft habe ich mir dadurch schon Ärger eingehandelt. Ich bin impulsiv und manchmal so etwas von kopflos und chaotisch.

Aber nicht dieses Mal. Ich will es verdammt nochmal richtig machen. Und so halte ich sie fest, während mein wildes Herz davon galoppiert. Mein Herz, das schon wieder zehn Schritte weiter ist, weil es nicht anders kann. Mein Kopf versucht die Oberhand zu bewahren, den vernünftigen Part zu übernehmen, und alles, was ich kann, ist diesen Moment aufzusaugen. Und das tue ich. Verdammt nochmal, und wie ich das tue.

Mein ganzer Körper vibriert wie eine Welle kurz vor dem Brechen. Als ich das Gefühl habe, gleich zu explodieren, flüstere ich ihren Namen in die angespannte Stille.

Sie hebt den Kopf von meiner Brust und blickt mir in die Augen.

»Ja?«

»Was hältst du davon, mit mir surfen zu gehen?«

»Was? Ähhh … Jetzt?« In ihrem Blick liegt ein bisschen Angst. »Ich kann doch gar nicht surfen.«

»Nein, nicht jetzt. Bald. Was hältst du davon, wenn ich es dir beibringe?«

Der Gedanke daran lässt mich lächeln, denn ich stelle es mir unglaublich schön vor, ihr mein liebstes Hobby zu zeigen.

»Okaaaay? Meinst du, das geht? Ich meine, das ist doch bestimmt mega schwer?«, murmelt sie, ihre Pupillen wandern zwischen meinen hin und her.

»Kommt immer auf den Lehrer an, würde ich sagen.« Ich zwinkere ihr zu. »Natürlich nur, wenn du Lust hast? Hast du?«

»Hmmmm, ich, ich weiß nicht. Denkst du, dass ich mich das trauen kann?«

»Wenn ich es dir nicht zutrauen würde, würde ich es nicht vorschlagen.«

Ich strahle sie an, hoffe, sie mit meinem Enthusiasmus anzustecken, was offensichtlich funktioniert hat, denn ich höre sie sagen: »Ich kann es zumindest probieren. Aber ich kann für nichts garantieren. Du musst viel Geduld mit mir haben.« Ihre Unsicherheit steht ihr ins Gesicht geschrieben. »Falls ich beim Surfen so unsportlich bin wie bei Ballspielen, wird es nicht lustig für dich. Wenn ich versuche zu werfen, landet der Ball eher hinter mir. Dafür bin ich ganz gut im Geräteturnen. Glaube ich.« Sie lächelt, schiebt sich die Haare hinter die Ohren.

»Na ja, also werfen musst du beim Surfen nun wirklich nicht können.« Ich muss grinsen, setze mich wieder auf mein Bett, während ich Majvi meine Hand hinstrecke. Sie greift zu, setzt sich dann neben mich.

»Wichtig sind nur ein paar Muskeln, vor allem die in den Beinen, damit du die Balance halten kannst, aber das bekommen wir hin, denke ich.«

»Okay. Ich glaube, Muskeln habe ich ein paar. Deal. Aber unter einer Bedingung.« Sie streckt mir die Hand hin.

»Die wäre?«

»Du bringst es mir bei. Aber dafür musst du mit mir malen. Das Meer malen, wenn du willst. Oder was anderes.«

»Deal.« Schmunzelnd schlage ich ein. »Das wird peinlich. Für mich. Du hast mich noch nie malen sehen. Ich bin auf dem Niveau eines Fünfjährigen stehen geblieben.« Mein Grinsen verrutscht, bringt sie zum Lachen.

»Na dann haben wir ja die gleichen Bedingungen. Du könntest dir auch Porträtzeichnung aussuchen, wenn du das lieber willst?«

»Himmel, nee, das wird nicht besser. Ich bleibe beim Meer. Das klingt nicht ganz so schwer, wie dein Gesicht auf Papier zu bringen. Es sei denn, du willst aussehen wie ein Monster an Halloween? Das würde ich bestimmt hinbekommen.«

Das Lachen, das sich auf ihr Gesicht legt, verstärkt die Euphorie, die ich empfinde.

»Was hältst du davon, wenn wir am Wochenende nach Klitmøller rausfahren? Da gibt es gute Stellen für Anfänger, an denen man stehen kann. Neoprenanzug und Board bring ich mit. Ich frag Theo, ob ich seinen VW-Bus haben kann.«

»Jetzt bist du in deinem Element, oder? Deine Begeisterung ist fast ansteckend.« Majvi strahlt und mir wird schlagartig ein paar Grad wärmer. Ich ziehe meinen Pullover aus und werfe ihn nach hinten aufs Bett.

»Merkt man mir das etwa an?«, frage ich unschuldig und wackle mit den Augenbrauen.

»Nee, gar nicht.« Sie kichert.

»Was soll ich machen? Ich meine, du UND Surfen. Eine bessere Kombi kann es nicht geben.«

Ich schaue sie an, lächle und bin einen winzigen Funken verlegen, was außer Majvi niemand so leicht bei mir hinbekommt.

Ihr Blick trifft meinen, mein Herz gerät wieder in Seenot, ich habe Sorge, in ihren blauen Augen zu ertrinken. Mein Herz schlägt so laut in meiner Brust, dass ich das Gefühl habe, sie kann es hören, und wieder bin ich an dem Punkt, an dem ich sie nur küssen will. Küssen, küssen, küssen. Verdammt, ich muss das irgendwie in den Griff bekommen.

»Okay, dann machen wir das so?«, frage ich schnell, um mich auf andere Gedanken zu bringen. »Oder?«

»Ich glaube schon, ja.« Majvi willigt ein und ich schwöre, ich bin der glücklichste Kerl der ganzen verdammten Welt.

Am Samstag stehe ich pünktlich vor Majvis Tür, um sie abzuholen. Der Türsummer erklingt, ich eile die alten, knarzenden Holzstufen nach oben. Immer zwei Stufen auf einmal nehmend. An der Tür steht eine große blonde Person, deren Pferdeschwanz wild hin und her wippt, was mich darauf schließen lässt, dass sie zur Tür gespurtet sein muss.

»Hej! Du musst Jesper sein. Ich bin Linn.« Neugierig mustert sie mich und lächelt. »Willst du kurz reinkommen? Majvi ist gleich fertig.«

»Ja, klar.«

Sie bedeutet mir, ihr zu folgen, und führt mich durch den kleinen Flur in eine gemütliche Wohnküche, die mich ein bisschen an unsere erinnert, nur dass diese hier etwas moderner ist. Um den Esstisch stehen wie bei uns auch zusammengewürfelte Stühle, Grünpflanzen statt Kräutern auf den Fenstersimsen und was dem Ganzen noch eine gemütliche Note gibt, sind die zahlreichen Kerzen in Gläsern, die großzügig verteilt auf den Simsen und auf dem Boden stehen.

»Schön habt ihr es hier«, sage ich an Linn gewandet, als Majvi eintritt.

»Finde ich auch«, erklingt ihre warme Stimme und meine Mundwinkel werden wie durch Zauberhand nach oben gezogen.

»Bist du bereit?« Ich strahle sie an und sie nickt.

»So bereit, wie man eben sein kann, wenn man keine Ahnung hat, was genau auf einen zukommt. Ich mach' mir ein klein wenig vor Angst in die Hose.« Majvi zieht eine Schnute und Linn beginnt zu kichern.

»Wir bekommen das hin. Kein Stress, ja?«, versuche ich, ihr die Angst zu nehmen. »Dann lass uns mal los. Tschüss, Linn. War schön, dich getroffen zu haben.«

»Bis später! Viel Spaß euch beiden«, höre ich Linn noch sagen, dann sind wir auch schon zur Tür raus.

Wenig später, als wir im Auto sitzen, fühlt sich alles so surreal an, dass ich das Gefühl habe, mich kneifen zu müssen. Neben mir sitzt das schönste Mädchen der Welt und hat sich bereit erklärt, mit mir aufs Board zu steigen. Wie abgefahren ist das bitte?

»Magst du Musik hören?«

»Kommt darauf an. Hast du was ohne Text? Nur instrumental. Irgendwas ... leises?«

Ich blicke zur Seite. Versuche, zu verstehen.

Sie scheint es mir anzusehen.

»Text muss ich verarbeiten«, erklärt sie. »Ich kann Musik nicht zur Berieselung hören. Sie erzählt so viel, verstehst du?«

»Okay. Ja, das klingt einleuchtend. Gib mal auf Spotify ›Instrumental‹ ein, ja?«, bitte ich sie.

Sie wählt aus und leise Musik erfüllt den Bus.

»Was ist das?«

»Disney Songs?« Es klingt wie eine Frage.

Sie zieht eine Schnute. »Vielleicht liebe ich die ein bisschen. Sag bloß, du hast früher keine Disneyfilme geschaut?«

»Ääääähm. Nein. Muss ich?«

»Du hast definitiv etwas verpasst. Sorry.«

»Mist. Was mach ich denn jetzt?«

»Es ist nie zu spät für Disney.«

»Wenn du das sagst.«

»Sage ich. ›Rapunzel neu verföhnt‹ könnte dir gefallen. Eugene hat gewisse Ähnlichkeit mit dir.« Sie blickt mich an, ich sehe aus den Augenwinkeln, dass sie lacht.

»O Gott. Will ich das wissen?«

»Wir können es demnächst herausfinden, wenn du dich traust.« Sie kichert.

»Aber ich warne dich, ich kann alle Lieder auswendig mitsingen. Und das tue ich auch.«

»Das klingt gut. Ich bin dabei.«

Gute zwanzig Minuten später sind wir da und ich fahre den Bus auf einen Parkplatz unweit vom Strand, steige aus, um aus dem Kofferraum die Boards und Anzüge herauszukramen.

»Wo können wir uns umziehen?« Majvi blickt sich suchend um.

»Im Bus? Also nacheinander, ist klar, oder?«

Ich muss grinsen, da Majvi der Schreck ins Gesicht geschrieben steht.

»Du kannst auch die Vorhänge zuziehen, wenn du dich damit wohler fühlst.«

»Hahaha, ich hab meinen Badeanzug schon drunter gezogen, falls du dachtest, du könntest mich ärgern?«

»Dachte ich das?« Meine Augenbrauen nach oben ziehend, strahle ich sie an.

Sie erwidert mein Lächeln, öffnet die Schiebetür des Busses, um eine Weile später in einem Neoprenanzug verpackt wieder herauszukommen. Ich strecke ihr Lobster-Gloves und ein paar Booties entgegen.

»Könnte sonst ein bisschen frisch werden an Händen und Füßen«, erkläre ich.

»Woher hast du überhaupt eine Ausrüstung in meiner Größe?«, fragt sie.

»Meine Schwester surft auch und hat die gleiche Größe wie du.«

»Verstehe.« Majvi blickt fragend an sich herunter, um dann wie ein Pinguin vor mir hin und herzuwatscheln, ich schlüpfe direkt neben dem Bus aus meinen Klamotten in meinen Neoprenanzug. Bilde ich mir nur ein, dass sie ihre Pinguinbewegungen stoppt und mich länger als nur einen Moment anschaut?

»Ist dir nicht kalt?«, durchbricht ihre Stimme meine Gedanken.

»Ach was, das geht schon«, erkläre ich tapfer lächelnd, denn ja, es ist kalt, aber ich lasse mir nichts anmerken und schlüpfe in meinen Anzug. Klemme mir jeweils ein Board unter einen Arm, während ich in Richtung Muschelriff entlang durch den Sand stapfe.

»Hej, ich kann auch etwas tragen«, protestiert Majvi und ich überlasse ihr eines der Boards.

»Gut.« Ich schmeiße mein Brett in den weißen Sand, blicke aufs Meer, um zu checken, wie die Strömung heute ist. »Vielleicht fangen wir erstmal mit ein paar Trockenübungen an, damit du ein Gefühl für das Surfen entwickelst, bevor wir nachher aufs Wasser rausgehen. Du brauchst auch keine Angst zu haben, hier im Muschelriff kann man gut stehen, die Wellen sind am Rand überschaubar und kleiner. Also genau richtig für Anfänger. Ich hab hier auch meine ersten Versuche gemacht. Außerdem werden wir heute wohl nicht mehr machen als ein paar Übungen und dann rauspaddeln. Also alles ganz easy.«

»Okay.« Majvi atmet tief durch, ich spüre ihre Nervosität.

»Hej, du musst keine Angst haben, wir fangen erstmal auf dem Trockenen an, ja?«, beruhige ich sie.

Sie nickt und wir legen unsere Boards nebeneinander in den Sand. »Wichtig ist, dass wir uns erstmal aufwärmen. Du kannst mir die Übungen einfach nachmachen«, schlage ich vor und beginne mit den Dehnübungen.

Ein paar Burpees später ist uns beiden nicht mehr kalt und Majvis Wangen leuchten rot.

»Okay. Ich zeig dir jetzt mal, wie man auf dem Board liegt, danach können wir ja zusammen rauspaddeln, okay?«

Sie blickt aufs Wasser und sagt: »Ist es nicht wahnsinnig schön hier? Ich meine, schau dir mal diese Farben an.«

Ich halte inne, blicke auf das rauschende Meer und nehme erst jetzt wahr, was sie meint. Blauer Himmel, schnell ziehende

Wolken. Alles verschwimmt mit dem Wasser in Sand-, Blau- und Grautönen. Zwischendurch blitzt die Sonne hervor, gießt flüssiges Gold auf das Wasser. Die Luft riecht nach Meer. Salzig. Es ist der Duft von Freiheit und Unbeschwertheit.

»Absolut. Du hast recht, es ist wunderschön.« Dankbarkeit erfüllt mich, schwappt über auf mein Gesicht. Lächelnd lege ich mich auf mein Board, Majvi tut es mir gleich.

»Wichtig ist, dass du deinen Oberkörper aufrichtest und den Po anspannst. Deine Beine und Füße müssen auf dem Surfboard liegen und dürfen nachher im Wasser nicht seitlich herunterhängen, okay?«

»Okay, Herr Surflehrer.« Majvi schürzt für einen Moment die Lippen. Dann legt sich ein Strahlen auf ihr Gesicht, was bewirkt, dass mir unter meinem Anzug sofort ein paar Grad wärmer wird.

»Gut. Ich sehe, du passt auf«, lobe ich sie und zwinkere ihr zu. »Wichtig ist auch, dass du immer auf das Wasser vor dir schaust und deine Finger im 45-Grad-Winkel ins Wasser tauchst. Aber das siehst du gleich. Ich glaube, wir probieren es jetzt einfach mal aus. Nur paddeln, mehr nicht. Zuerst müssen wir aber noch die Leash befestigen.«

»Die was?« Sie furcht die Stirn, ihr Körper wirkt angespannt.

Ich erkläre: »Das ist das Seil hier am Board.« Ich wedle damit herum. »Das befestigst du an deinem Knöchel.«

Ich mache es ihr vor, sodass sie sich vorstellen kann, was ich meine.

»So kannst dir das Board nicht wegschwimmen. Bist du bereit?«

»Puuuuhhhh. Ich denke schon, ja. Ich orientiere mich einfach an dir.« Es klingt eher unsicher als überzeugt. Trotzdem nickt sie.

Mein Herz macht einen Satz, ich will sie umarmen. Stattdessen sage ich: »Wir sollten nur nicht hintereinander paddeln, falls wir von einer Welle erwischt werden. Hier sind sie zwar klein, aber lass' uns trotzdem lieber nebeneinander paddeln, ja? Sicher ist sicher, nicht dass wir zusammenprallen.«

»Das gibt mir jetzt nicht gerade ein gutes Gefühl, wenn du das sagst.« Ihr Lächeln verrutscht.

»Du brauchst echt keine Angst zu haben, Majvi. Okay? Nicht hier. Ich passe auf dich auf. Ich verspreche es. Let's go!«

Majvi

O mein Gott! Worauf habe ich mich hier eingelassen, denke ich noch, während ich Jesper dabei zusehe, wie er voller Enthusiasmus ins Wasser steigt, um sich dann auf sein Brett zu legen.

Sein: »Let's go«, hallt noch in meinem Ohr, ich trotte etwas ängstlich hinter ihm her. Er blickt sich nach mir um, sein Strahlen im Gesicht trifft mich völlig unerwartet. Trifft einen Punkt ganz tief in meiner Seele, der sich nach Freiheit und Loslassen anfühlt.

In meiner Magengegend breitet sich ein Kribbeln aus, welches mich an einen blubbernden Whirlpool erinnert, so wohlig warm und einhüllend. Dieses kribbelnde Gefühl und Jespers Begeisterung sind es, was mich mitreißt und dazu bringt, mitten an einem Herbsttag ins schätzungsweise elf Grad kalte Nordseewasser zu steigen.

Ja, wenn man in Dänemark lebt, ist man nicht zimperlich mit Sturm, Wind, Wellen und Kälte. Vom Strand aus alles kein Problem. Im Wasser, um diese Jahreszeit, in der der Herbst dem Winter die Hand gibt, ist das für mich allerdings Neuland. Ich muss völlig verrückt sein. Oder auch etwas … verliebt?

Vorsichtig taste ich mich an dieses Wort heran. Schmecke und fühle es, lasse es auf der Zunge und in meinem Herzen zergehen, fühle, was das mit mir macht. Lasse es zu, darüber nachzudenken, dass ich diese Empfindung Jesper gegenüber hege, obwohl wir uns noch nicht so lange kennen.

Vielleicht ist es ja beides. Verrückt und verliebt? Ich tue es Jesper gleich, lege mich aufs Board und paddle, was das Zeug hält, gegen die kleinen Wellen an. Er wartet auf mich. Ein Blick in sein glückliches Gesicht zeigt mir, dass das hier jedes bisschen Risiko wert ist. Mehr als das.

»Alles okay?«, schreit er gegen Wind und Rauschen an.

Ich nicke, in mir breitet sich dieses Freiheitsgefühl weiter aus, macht, dass ich fast schwebe, und das, obwohl ich mich in der eisigen Nordsee befinde. Ich bin erstaunt, wie sehr mich der Anzug mit Kapuze, die Schuhe und Handschuhe wärmen. Zusätzlich sorgt Jespers Strahlen dafür, dass es mir nicht kalt wird.

Wir paddeln noch eine Weile nebeneinander her, Jesper gibt mir wiederholt Tipps, lobt mich überschwänglich für meine Paddelversuche, ich muss grinsen, weil er so süß ist. Mich immer wieder ermutigt.

Während wir wie zwei Robben vor uns hin paddeln, fordere ich Jesper auf, doch aufzustehen. So gerne möchte ich ihn in seinem Element erleben und er lässt sich nicht zweimal bitten. Ein paar kräftige Paddelzüge später ist er weiter draußen, beginnt sich aufzurichten, geht leicht ins Hohlkreuz, die Spitze seines Boards erhebt sich etwas aus dem Wasser. Er geht ein wenig in die Knie und lehnt seinen Oberkörper nach vorne, um dann in die Welle zu gleiten. Und ich werde Teil davon, wie er und sein Brett mit dem Meer eins werden. Der Augenblick ist so magisch, ich vergesse für einen Moment, zu atmen. Die Sonne wirft goldene Strahlen durch die Wolkenlücken, Jesper gleitet über das glitzernde Blaugelb, als hätte er nie etwas anderes getan. Die Zufriedenheit, die er dabei ausstrahlt, fällt direkt in mein Herz, schlägt dort Purzelbäume und macht mich so unfassbar glücklich, dass ich es kaum aushalte.

Ich paddle zurück zum Strand, entferne die Leash von meinem Bein, während ich Jesper noch eine Weile zuschaue. Bis auch er mit einem Leuchten im Gesicht ans Ufer zurückkommt und sich dann neben mir in den Sand fallen lässt. Da sitzen wir also, zwei schwarz vermummte Neoprenanzugfiguren, die Kapuzen weit ins Gesicht gezogen.

»Ich mag es, dich so zu sehen«, murmle ich und strahle ihn an.

»Wie zu sehen?« Jesper blickt mich an, schaut zwischen meinen Pupillen hin- und her. Wasserblau. Meerblau. Freiheitsblau.

»So frei. Und glücklich. Und ein wenig verstehe ich jetzt auch, wieso das so ist. Und das obwohl ich nur gepaddelt bin.« Ich seufze vor Glück.

Glück liegt auch auf Jespers Gesicht. Er strahlt. Es ist nicht zu übersehen.

»Am Anfang paddelt man immer nur, also außer den Trockenübungen an Land. Ich leihe dir mal das Balanceboard, da kannst du zu Hause das Gleichgewicht trainieren. Aber wie gesagt, das Paddeln heute, das war genug. Und du hast es wirklich richtig, richtig gut gemacht.«

»Danke. Auch dafür, dass du mich überredet hast, es zu versuchen. Es war schön. Und du liebst es. Das war bis ans Ufer spürbar.«

»Danke, dass du so mutig warst. Dass du mitgekommen bist. Du hast mich so happy gemacht.« Plötzlich ist Jespers Gesicht meinem nah. So nah. Ich sehe ihn nur noch verschwommen, sein warmer Atem streift meine kalte, nasse Haut.

»Majvi?« Seine Stimme, ein Wispern.

Mein »Hmmmmm« wird von seinen warmen Lippen verschluckt. Ich schmecke Salzwasser, Freiheit und jede Menge Glück. Pures, unverfälschtes Glück. Ein Gefühl, das ich so intensiv noch nie zuvor erlebt habe. Ich, die doch alles immer hundertmal intensiver spürt. Aber das hier, das ist neu. Es steigt in meinen Kopf und ich schwöre, ich spüre, wie meine Synapsen beginnen zu tanzen. O mein Gott. Träume ich oder ist das alles wahr?

Jespers warme Hände umfassen sanft meine Wangen, ich lasse mich fallen in diesen uferlosen Kuss, während um uns der Wind tobt und über uns Möwen kreischen. Die Gräser wiegen sich in den Dünen, als hätte sich rein gar nichts verändert. Dabei hat es das doch so sehr. Für mich hat sich von einem Moment auf den anderen alles verändert. Denn Jespers Lippen liegen auf meinen und nichts ist mehr, wie es war.

Ich, Majvi, bin achtzehn Jahre alt und dies ist mein erster Kuss. Und obwohl ich all das schemenhaft wahrnehme, bin ich doch völlig losgelöst von Raum und Zeit. Ich falle. Spüre dieses Kribbeln, das sich seinen Weg durch meinen Körper bahnt und in weichen Wellen in mir ausbreitet. In meinem Kopf scheinen tausend Farben zu explodieren und als ich in Jespers glückliches Gesicht sehe, weiß ich, dass es ihm genauso geht.

»Das wollte ich schon so lange tun«, raunt er an meinem Ohr.

»Okaaaay?«, ist alles, was ich in diesem Moment an Worten in mir finde. Mein Kopf wirkt wie leergefegt, mein Herz dagegen voll. Randvoll.

»Ich hab mich nur bisher nicht getraut«, flüstert er nahe an meinem Ohr.

Eine Gänsehaut legt sich auf meinen Körper, unter diesem dicken Neoprenanzug.

»Also eigentlich ja schon, aber ich wollte nichts überstürzen. Wollte dich nicht überrumpeln, weil…«, erklärt er weiter, bricht ab, um mich dann wieder zu küssen. Sein Mund legt sich auf meinen, seine Zunge teilt sanft meine Lippen. Als er meine berührt, entfährt mir ein leises Seufzen, einfach, weil es so schön ist und ich nicht anders kann.

Nicht aufhören, denkt mein Herz, während mein dämlicher Kopf plötzlich beginnt, die Situation zu beurteilen. Geht das nicht viel zu schnell? Mag er mich auch wirklich? Er kennt doch bisher nur meine guten Seiten. Was, wenn er mich richtig kennenlernt und dann doof findet? Wenn er all das Chaos in mir sieht.

Hilfe! Kann mein dämliches Hirn bitte wieder seine Klappe halten?

Jesper scheint zu spüren, dass ich nicht bei der Sache bin, denn er hält plötzlich inne.

»Soll ich lieber aufhören?«, flüstert er. Unsicherheit sickert in seine Stimme. »War ich doch zu schnell?«

Ich schüttle den Kopf. Nur mein doofes Hirn, das mal wieder zu viel grübelt, denke ich und lasse mich nach hinten in den Sand fallen.

Jesper tut es mir gleich, einige dunkelblonde Strähnen hängen ihm im Gesicht. Ich zähle seine Sommersprossen und liebe jede einzelne davon. Er beugt sich über mich und küsst mich nochmal, ganz sanft, dann viele Male mein Gesicht. Weiche Lippen auf kalter Haut. In mir fühlt sich alles nur warm an.

»Wollen wir vielleicht zusammenpacken?«, fragt er. Sein

inniger Blick jagt Hitze durch meinen ganzen Körper. »Dir ist bestimmt kalt, oder?«

Ich nicke, denn es fröstelt mich äußerlich, in meinem Herzen jedoch fühlt es sich warm an.

Eine Weile später sitzen wir im VW-Bus und sind auf dem Weg nach Hause, mit einem randvollen Herzen voller Glück und dem ersten Kuss auf meinen Lippen, den ich noch in hundert Jahren nicht vergessen werde.

Majvi

Ich sitze im Schlafanzug auf meinem Bett, den Telefonhörer zwischen Schulter und Ohr geklemmt und warte, bis eine Stimme das Tuten unterbricht. Ihre Stimme.

»Emma Möller«

»Hi, ich bin's, Majvi.«

»Hej Majvi.« Ihr Tonfall nimmt sofort eine wärmere Klangfarbe an. Ich kuschle mich gemütlich in meine Kissen, versuche, mich zu entspannen.

»Naaaaaa, was gibt's Neues?« Emmas Standardfrage.

»Gibt es denn bei dir etwas Neues?«

»Kann es sein, dass du mir gerade mit einer Gegenfrage geantwortet hast, um abzulenken?«

Ich zucke mit den Schultern und seufze in den Hörer.

»Okay, bei dir gibt es definitiv etwas Neues. Erzähl.«

»Jesper und ich …«

Bevor ich weiterrede, atme ich tief durch, spüre diesem Glücksgefühl im Inneren nach, welches sich warm über meine Seele legt.

»Majvi?« Emmas Stimme hat von der Klangfarbe sanft zu neugierig gewechselt.

»Wir haben uns geküsst«, sage ich leise, fast flüsternd, doch scheinbar laut genug.

Ein Kreischen ertönt an der anderen Seite der Leitung. Schnell entferne ich den Hörer einen halben Meter von meinem Ohr, welches jetzt schon überreizt klingelt.

»Ahhhhh Majvi, wie schön.« Emmas Stimme ist enthusiastisch. Und laut. »Ich freu mich soooo. Das heißt, du magst ihn. Und er dich. Natürlich tut er das, wer nicht?«

»Mir würden da schon ein paar Menschen einfallen.«

»Hören meine etwas psychologisch geschulten Ohren da ein leises Overthinking heraus?«

»Tsssss, wie kommst du denn darauf? Ich doch nicht. Mach' ich doch nie.« Ich lache schwach, ertappt, weil meine Freundin mich so gut kennt. Zu gut. Manchmal ist es schon fast unheimlich.

»Vielleicht ein bisschen«, gebe ich zu.

»Und warum? Gibt es dafür einen Grund?«

»Muss es einen Grund für Majvi Friis geben, um zu grübeln? Nope«, beantworte ich die Frage selbst. »Also für mich sind es Gründe, für dich vermutlich Nonsens.«

»Verstehe.« Jetzt ist es Emma, die ein leises Lachen von sich gibt. »Also kein Grund. Nur die üblichen Verdächtigen, die da heißen: Bin ich gut genug? Kann man mich mögen? Und so weiter?«

»Japp. Genau die. Und stell dir vor, die haben auch noch Freunde mitgebracht.«

»Ach du scheiße, wie heißen die denn?«

Die? Die heißen: »Was, wenn er das Chaos in meinem Kopf erkennt? Was, wenn er merkt, dass ich auch blöde Seiten habe? Was, wenn er findet, dass ich ein Sensibelchen bin?«

»Hast du die auch zur Party eingeladen? Denkst du, du kannst ihnen Hausverbot erteilen?«

»Ich will es versuchen. Aber du weißt ja, dass das nicht so einfach ist«, erwidere ich mit einem Seufzen.

»Ja, ich weiß. Ich verstehe dich. Aber by the way, wer verdammt nochmal hat denn bitte keine blöden Seiten. Denken Sie mal darüber nach, Frau Friis. Gibt es denn auch coole Partygäste, neben den üblichen Verdächtigen?«

Emma versucht, mich aus der Grübelfalle zu locken.

»Ja. Die gibt es. Sie heißen: Er küsst so gut. Ich will das immer wieder. Und ich bin jetzt schon süchtig danach.«

Das Glück in meiner Magengegend fängt an, Purzelbäume zu schlagen, und bahnt sich in einem Lachen den Weg nach außen, womit ich Emma anstecke.

»Ach Majvi. Ich freu mich einfach total und ich wünsche dir so sehr, dass du es mehr genießen als overthinken kannst.«

»Das wünsche ich mir auch«, sage ich und unterdrücke ein Seufzen.

Emma und ich quatschen noch eine Weile über ihr Studium, einen süßen Kommilitonen, den sie kennengelernt hat, und als wir unser Gespräch beenden, ist die Welt hinter meinem Fenster von der Dunkelheit verschluckt. Ein paar einzelne Sterne funkeln am Nachthimmel.

Ich knipse die Lichterketten in meinem Zimmer an. So langsam nimmt das Ganze hier Gestalt an. Ich habe ein paar Bilder von Emma und mir und vom Meer aufgehängt, mein selbstgeknüpftes Makramee hängt am Fenster, ein paar meiner Grünpflanzen habe ich auf alte Weinkisten gestapelt. Meine Staffelei steht im Eck, neben dem Fenster. So langsam komme ich hier an, wird dies hier ein Zuhause. Mein Zuhause. Vier Wände, doch so viel mehr. Hier kann ich endlich ich selbst sein. In meinem kleinen Zimmer will mich niemand verbiegen. Niemand kann mich in eine Schablone pressen. Keiner rauscht in mein Zimmer und sagt mir »jetzt sei doch nicht so empfindlich«, wenn mich etwas traurig macht. Ich muss mich nicht mehr zusammenreißen. Wenn ich weinen will, dann weine ich. Endlich.

Mich beschleicht ein Gefühl, welches mir sagt, dass dies hier jetzt schon mehr ein Zuhause ist, als mein anderes jemals eines war. Ich schiebe diesen Gedanken schnell beiseite, denn wenn ich daran denke, denke ich automatisch an meine Eltern. Daran, dass ich immer noch nichts von ihnen gehört habe, was mich mehr belastet, als ich zugeben möchte. Denn dass ich darüber nicht mit Emma geredet habe, heißt nicht, dass es mich nicht beschäftigt. Vielmehr tut es viel zu sehr weh, weswegen ich dieses Kapitel immer wieder ins hinterste Regal meiner Seele verbanne. Da steht es, wenn es mir nicht gerade wie jetzt wieder hartnäckig vor die Füße fällt, mir hässlich grinsend zuwinkt und mich daran erinnert, dass ich in den Augen meiner Eltern lediglich eine Enttäuschung bin. Wenn sie denn überhaupt noch wissen, dass ich existiere.

Mit einem Schnauben lasse ich mich auf mein Bett fallen, lösche das Licht meiner Stehlampe und will einfach nur noch schlafen.

Jesper

Mit den Neoprenanzügen über der Schulter schließe ich die Tür zur Wohnung auf, rufe: »Bin wieder da«, in den Flur und begebe mich auf direktem Weg ins Bad, in welchem ich die Anzüge über die Duschkabine hänge. Die letzten Tropfen Meerwasser haften noch an ihnen. Mit ihnen Erinnerungen an salzige, warme Küsse, flüchtige Sonnenstrahlen, Majvis wunderschönes Lächeln und ihre wasserblauen Augen.

Als ich die Küche betrete, blicken mich zwei Augenpaare an. Eines sehr durchdringend.

»Waaas?«, frage ich, obwohl ich diesen Blick auch ohne Nachfragen gut deuten kann, da fängt Pepe schon ohne Umschweife mit der Fragerei an.

»Na was wohl. Vielleicht, wie war's? Oder, hast du sie geküsst? Oder …?«

»Geküsst? Wen?«, fällt Theo Pepe ins Wort.

»Jespers Neue«, erklärt er vorlaut.

»Sorry, das klingt gerade so, als hätte ich ständig wechselnde Beziehungen«, werfe ich ein.

»Uhlala. Ständig wechselnde Beziehungen. Klingt vornehmer als du bist.« Pepe. Wie immer einen dummen Spruch auf den Lippen.

Theo schüttelt den Kopf.

»Kann mich vielleicht mal jemand einweihen in euer Insiderwissen?«

»Selbst schuld, wenn du so selten da bist. Ich hoffe, das ändert sich bald wieder, sonst hast du die nächsten Wochen permanent Küchendienst. Immerhin hängt gerade alles an uns.«

Theo rollt mit den Augen. »Was kann ich denn dafür, dass ich gerade zusätzlich zum Studium ein Praktikum machen muss und viel zu tun habe?«

Pepe zuckt nur mit den Schultern. Er genießt es, im Mittelpunkt zu stehen, und blickt mich auffordernd an.

»Was? Jetzt soll ich auf einmal erzählen? Du führst doch hier schon die ganze Zeit das Wort.«

»Okay, okay, ich mach ja schon.« Pepe grinst.

Ich schwöre, er hat nur darauf gewartet, die Story erzählen zu dürfen. Er beginnt wild mit den Händen zu gestikulieren und ich bin gespannt, was jetzt kommt. Sein Temperament scheint mal wieder mit ihm durchzugehen.

Ich lehne mich wie ein Zuschauer im Stuhl zurück, warte, was er gleich zum Besten geben wird.

»Sie heißt Majvi.«

»Echt jetzt?«

Das ist alles, was er nach so viel Theatralik in den Raum wirft. Ich lache laut los und schüttle den Kopf.

Theo scheint gar nichts mehr zu kapieren, wie könnte er auch? Er ist ja ständig beschäftigt und selten da.

Ich gehe zum Kühlschrank, hole eine Tüte mit Milch raus und trinke.

»Ihhhhhhhhh, Jesper!« Pepe schüttelt den Kopf.

»Was?« Ich zucke mit den Schultern. »Wo liegt dein Problem?«

Theo blickt uns beide nur grinsend an und ich frage mich,

wie so oft in dieser WG, in welchem Universum ich hier gelandet bin, so absurd ist diese Unterhaltung, die wir hier gerade führen. Oder eher nicht führen. Denn als eine Unterhaltung kann man das wohl kaum bezeichnen.

»Okay. Ich habe da jemanden kennengelernt. Sie heißt Majvi und ich habe sie heute geküsst«, sage ich, um diesen ganzen seltsamen Dialog abzukürzen.

»War's das dann mit der Fragerunde? Denn wenn ja, gehe ich auf mein Zimmer, wenn's recht ist.«

»Ja, mach du dir schöne Gedanken.« Pepe wackelt mit den Augenbrauen und im Vorbeigehen gebe ich ihm einen leichten Seitenhieb in den Oberarm, mit meiner Faust. Sofort verzieht er sein Gesicht und reibt sich theatralisch die Stelle, an welcher ich ihn kaum berührt habe. Alter Schauspieler.

»Du bist neidisch. Das ist alles.« Mit diesen Worten schließe ich grinsend meine Zimmertür und lasse mich auf mein Bett fallen, klappe meinen Laptop auf und beginne zu tippen.

An: majvi@friis.dk
Betreff: Wozu braucht man den?

Hej Majvi,

bist du noch wach?
Wie kann das sein: Ich habe dich doch gerade erst
gesehen und vermisse dich jetzt schon? Kann es sein, dass es
mich so richtig erwischt hat? Ja. Fühlt sich das gut an?
Mehr als das. Will ich dich schon wieder küssen?
Verdammt, ja. Viel mehr, als ich sagen kann.
Mehr will ich dir auch gar nicht sagen, nur eben,

dass ich der glücklichste Kerl der ganzen verdammten weiten Welt bin. Weil du mit mir surfen warst. Weil ich dich gefunden habe. Und weil du du bist. Das sind verdammt gute
Gründe, oder?

Dein Jesper ♥

An: jesper@holst.dk
Betreff: Danke

Lieber Jesper,

weißt du, ich bin so glücklich, deine Worte zu lesen und gleichzeitig habe ich Angst. Mein Herz sagt mir, das ist dumm, aber ich kann nicht anders. Mein dummer, dummer Kopf ist so laut. Weil ich doch in Wirklichkeit kompliziert bin. Oder Dinge verkompliziere. Oder beides? Und nun tue ich es schon wieder. Ich hab den Mittag mit dir sehr genossen, aber dann
fängt mein doofes Hirn wieder an mit der Grübelei und daraufhin habe ich Angst. Davor, dass du dich in mir täuschst. Weil du mich ja noch nicht so gut kennst. Du kennst halt bisher nur meine Schokoladenseite. Also die Vollmilchseite. Nicht die mit Zartbittergeschmack, die Siebzigprozentige. Ach Mist, ist auch egal. Was ich sagen will, manchmal bin ich ein ganz gewaltiges Chaos. Mein Kopf ist Chaos. Der Gedankenwirrwarr darin.
Ich bin ein Wirrwarr. Verstehst du?
Ich war gerne mit dir surfen. ♥

Majvi

An: majvi@friis.dk
Betreff: Chaos?

Liebe Majvi,

Definiere Chaos. Chaos, ja? Du hast ja keine Ahnung.
Mit Chaos kenne ich mich aus. Ich sage nur, du hast mein Zimmer noch nie in unaufgeräumtem Zustand gesehen.
Ich bin Chaos. Und von diesem Chaos bist du so weit entfernt wie der Nord- vom Südpol.
Ich glaube ja, du bist unglaublich intelligent. Du hast vermutlich zig mehr Hirnwindungen und Synapsen als ich und da haben deine Gedanken viel mehr Platz, um sich auszutoben. Logisch, oder? Darum ist das so mit der Grübelei bei dir. Ist doch völlig klar. Verstehst du?
Und ohhhhhja, ich liebe Schokolade. Glück für dich, ich bin da sehr vielseitig.
Wovor hast du denn Angst? Dass ich schreiend vor deinem ›Welchem-auch-immer-Chaos‹ davonlaufe? Vor deiner zartbitteren nicht Schokoladenseite? Glaub mir,
ich wüsste nicht warum. Ich mag dich wirklich sehr.
Sehr, sehr, sehr.
Wann treffen wir uns wieder?

Dein Jesper

An: jesper@holst.dk
Betreff: Okay

Hej Jesper,

ich gebe mich fürs Erste geschlagen, aber sag nicht, ich hätte dich nicht gewarnt.
Wir könnten bald eine weitere Surfstunde machen, oder? Hab' ich das gerade echt geschrieben? 🙈
Ich muss irre sein. 😇
Bis dahin werde ich mich immer wieder todesmutig auf dieses lebensgefährliche Teil stellen, welches du mir mitgegeben hast.
Ich hab es schon kurz getestet. O mein Gott, ich hätte mich gleich auf einen Wackelpudding mit High Heels stellen können.
Das wäre so ungefähr auf dasselbe hinausgelaufen. 😇
Es ist kompletter Wahnsinn.

Ich mag dich auch … sehr.

Majvi

An: majvi@friis.dk
Betreff: Fällt mir nix ein

Dabei fällt mir ein, dass ich dann meinen Teil des Deals einhalten muss. Nach dem Surfen? Malen? Hab ich das eben gesagt?🙈

An: jesper@holst.dk
Betreff: Fällt mir auch nix mehr ein.

Hast du. Machen wir. Ich freu mich. Wann?

An: majvi@friis.dk
Betreff: Überflüssig

Nächsten Samstag. Okay? Ich hol’ dich wieder ab.

Majvi

Der lange sterile Flur im Seniorenheim ist mir noch immer ein Dorn im Auge. Jedes Mal, wenn ich den Essenswagen entlang schiebe, rattert es in meinem Kopf. In meiner Vorstellung sehe ich Bilderrahmen mit bunten Aguarellbildern, die den Flur zieren und das kühle Weiß der Wände auflockern.

Da ich noch einige Minuten Zeit habe, bevor meine Schicht beginnt, beschließe ich, mit Mira darüber zu reden. Ich finde sie im Dienstzimmer, in welchem sie gerade die Medikamente in die täglichen Rationsdosen für die Bewohner verteilt.

Um auf mich aufmerksam zu machen und sie nicht zu erschrecken, klopfe ich an den Türrahmen.

Sie blickt auf.

»Majvi, hej! Was gibt's?« Ihr offenes Lächeln wird von ihrem hellblonden Haar gerahmt.

»Ich hab' da so eine Idee, weiß aber nicht, ob das voll doof, komplett daneben oder ganz okay ist.«

»Schieß los.« Mira unterbricht ihre Arbeit und sieht mich erwartungsvoll an.

»Okay. Also der Flur hier auf der Station: Ich finde den so schrecklich … trist.«

»Hm, da könntest du recht haben. Darüber habe ich bisher noch gar nicht nachgedacht. Aber ja, ein bisschen langweilig sieht er schon aus«, stimmt sie mir zu.

»Was hältst du davon, wenn wir eine Aktion machen und mit den Bewohnern malen, also natürlich nur die, die das auch wollen. Und mit den Bildern, die daraus entstehen, könnten wir dann die Wände verschönern? Ich könnte das machen … ich … also … ich male ganz gerne.« War das meine Stimme? Ich räuspere mich. Was ich vorhabe, ist doch nichts Schlimmes. »Ist nur so eine Idee, vielleicht passt es auch gar nicht, dann ist es auch okay«, plappere ich schnell weiter in der Hoffnung, dass sie das Ganze nicht total dämlich findet.

»Oh, das klingt gut. Voll die gute Idee, Majvi. Für die Bewohner wäre das bestimmt auch richtig schön, so ein kleines Projekt, vom welchem sie dann auch profitieren.«

Ein erleichtertes Lächeln zieht an meinen Mundwinkeln und gleichzeitig bin ich froh, dass ich so mutig war, zu fragen.

»Okaaaay. Und was denkst du: Wen müsste ich da fragen, ob ich das machen darf?«

»Na, ich sage es mal so: Wenn du das außerhalb deiner Dienstzeit machst, dann niemanden, denke ich. Es sei denn, du willst es während der Arbeit machen, da haben wir halt jemanden von der Ergotherapie. Sie macht sonst solche Aktionen mit den Bewohnern. Du könntest ja generell mal mit ihr darüber reden, sie hat sicher auch den Schlüssel für den Raum, in dem die Materialien verstaut sind.«

»Gut. Dann schaue ich heute nach Feierabend noch bei ihr vorbei. Danke Mira.«

»Total gerne. Und Majvi? Du machst das hier echt richtig gut.«

»Danke.«

Ihr Lob fällt weich in meinen Bauch, sodass sich mein Mund wie automatisch zu einem Lächeln verzieht.

Als ich einige Stunden später mit Frau Svenningsen im Materialraum stehe, gibt sie mir einen kurzen Einblick über Ergotherapie und ihre Chancen in der Altenpflege. Überschwänglich lobt sie mich für meinen geplanten Einsatz und gibt mir ihren Segen für mein Vorhaben. Sie strahlt wie ein Grinseclown, ich bin unsicher, wo ich hinschauen soll.

Von ihrer Seite aus steht diesem nichts im Wege und ich freue mich über meinen Mut. Plane in Gedanken schon die Aktion, die ich mit den Bewohnern starten möchte.

Sie zeigt mir das Bastelmaterial, erklärt mir, wo ich Papier und Farben finde, und überlässt mir den Schlüssel für den Schrank, falls ich spontan noch etwas anderes mit den Bewohnern machen möchte. Offenbar freut sie sich, eine Verbündete gefunden zu haben.

Ich bin froh, dass sie nicht vorschlägt, bei dieser Aktion dabei zu sein, doch das behalte ich natürlich für mich. Ich möchte das allein machen, will nicht, dass mir jemand zusieht und mich bewertet. Und ein kleines bisschen steigt Vorfreude in mir auf, weil es etwas ist, das ich wirklich gerne tue. Weil es mein Hobby mit der Arbeit verbindet. Zeit mit den alten Menschen verbringen und malen. Und Dinge schöner gestalten. Quasi eine klassische Win-Win-Situation.

Ich lächle in mich hinein und trete meinen Feierabend an.

Eisiger Wind pfeift mir ins Gesicht, als ich nach draußen trete. Inzwischen hat der Winter Einzug gehalten. Kalt und klirrend legt er sich über die Landschaft, zuckert die Äste der Bäume und Hausdächer. Der Abend hüllt sich in Dunkelblau, alle paar Meter unterbrochen vom orangegelben Licht der Straßenlaternen.

Ich ziehe meinen Mantelkragen höher, vergrabe meine Hände in den Taschen, spüre, wie sich ein kribbeliges Glücksgefühl in mir breit macht und ich mit leicht federnden Schritten zur Bushaltestelle gehe. Ich fühle mich ein wenig, als wäre ich angekommen. Ein Stück weit gelöst. Von meinen Eltern und ihrer Meinung über mich. In meinem neuen Leben, abseits von Status und Prestige. In dem ich einfach nur versuche, meinen Platz zu finden. Das heute war definitiv ein Schritt in die richtige Richtung.

Ich genieße dieses Gefühl, dass ich selbst bestimmen kann, in welche Richtung mein Leben läuft.

Tief atme ich ein, steige dann in den Bus, um nach Hause zu fahren. In mein neues Zuhause, in dem mir keiner Vorschriften macht und in dem ich Majvi sein kann. Die Majvi, die ich sein möchte. Nicht die maskierte und funktionierende Person, die ich meinen Eltern und meinem Umfeld lange vorgespielt habe.

Ein paar Tage später sitze ich nach Feierabend zwischen einer Meute aufgeregt plappernder Senioren, Stapeln von Papieren und Farbpaletten, Keksen und Tee. Ich blicke in die leuchtenden Gesichter der alten Menschen. Sie sind gezeichnet von Liebe, Freude, Verlust, Trauer, Streit und Versöhnung. Aus jeder ihrer Falten dringt Leben. Jede erzählt eine Geschichte.

Ein leises Gefühl der Ehrfurcht gegenüber diesen weisen Menschen breitet sich in mir aus.

Ein paar mutige Bewohner hatten sofort zugesagt, als ich für diese Idee geworben habe. Ein paar Zögerliche waren nach einem »Vielleicht« und etwas Überredungskunst meinerseits dann auch dabei und so sind wir jetzt eine Gruppe von zehn Leuten.

Das Strahlen auf den einzelnen Gesichtern zeigt mir, dass ich mit meiner Idee nicht so falschgelegen habe.

Oma Lotte war natürlich sofort Feuer und Flamme, da sie schon früher gerne gemalt hat. Als Opa Carl davon Wind bekam, ließ er es sich nicht nehmen, von mir im Rollstuhl nach unten in den Aufenthaltsraum gebracht zu werden. Auch er wollte unbedingt dabei sein. Natürlich sitzt er neben Oma Lotte, wo sonst. Ich vermute, sie ist der Grund, warum er überhaupt dabei ist.

Doch auch die restlichen Teilnehmer sind voll Erwartung an diesen Abend. Sie plappern und kichern und versprühen gute Laune. Es kommt nicht oft vor, dass sie etwas Abwechslung zum üblichen Abendprogramm geboten bekommen. Zu viele Dinge stehen sonst abends in der Alltagsroutine des Heims an. Das allein macht mich schon glücklich.

Kurz räuspere ich mich, spüre, wie meine Wangen warm werden, und ergreife dann das Wort.

»Ich freu mich so, dass wir heute zusammen malen dürfen. Frau Svenningsen hat uns netterweise Farben und Papier zur Verfügung gestellt und ich freue mich, dass wir einen schönen Abend miteinander verbringen dürfen. Es soll vor allem Spaß machen. Probieren Sie sich einfach aus, niemand wird hier bewertet, nicht so wie früher in der Schule.«

Opa Carl stößt ein: »Gott sei Dank«, aus und Oma Lotte kichert.

Dann beginnen die ersten, sich mit den Malutensilien einzudecken.

Gerührt blicke ich in die Runde, schaue zu, wie sie eifrig Pinsel übers Papier bewegen und Kunstwerke entstehen lassen. Manche sind begeistert von ihrem Resultat, andere eher kritisch. Ich mache Mut, lobe, gebe Anregungen und bin über mich selbst erstaunt, wie frei ich mich in der Gegenwart der alten Menschen bewegen und entspannen kann. Sie schaffen es, dass ich weniger nachdenke, mich weniger beurteile, und ich genieße das Gefühl der Leichtigkeit für diesen Moment. Ich bin in meinem Element und als Oma Lotte begeistert mein Bild und meine Zeichenkünste lobt, wachse ich innerlich ein paar Zentimeter.

So vertieft in mein Tun, bemerke ich nicht, dass sich die Tür öffnet. Jemand steht plötzlich hinter mir und drückt mir einen Kuss auf den Scheitel. Ich spüre, wie ich knallrot anlaufe. Doch gleichzeitig schlägt mein Herz kleine Saltos. Jesper.

»Na, ihr Künstler«, sagt er lachend in die Runde, läuft von Bild zu Bild, lobt überschwänglich, klopft Opa Carl anerkennend auf die Schulter, der ihn sofort animieren will, mit uns zu malen.

»Das wollt ihr nicht wirklich, glaub ich. Zumindest könnt ihr das nirgendwo aufhängen. Ich hab kein Talent dafür«, erklärt er und zwinkert mir zu.

Ich fange seinen Blick auf, der nur mir gilt und in dem so viel Ungesagtes liegt. Doch ich bin gut darin, zwischen den Zeilen zu lesen. Seine Anerkennung ist spürbar und ich erahne, dass er stolz auf mich ist.

»Woher wusstest du ...?«

»Dass ihr hier seid?«, vervollständigt er meine Frage.

Ich schaue ihn dabei immer noch an. Kann meinen Blick nicht von ihm losreißen, so sehr macht es mich glücklich, dass er vorbeigekommen ist und sich dafür interessiert, was ich hier mache.

»Mira«, erklärt er, ich nicke lächelnd.

Wir verbringen einen lustigen Abend, erleben gelöste Senioren und fabrizieren kunterbunte Bilder. Wir trinken Tee, essen zu viele Kekse und halten uns irgendwann die Bäuche. Die Bilder legen wir zwei Stunden später glücklich dem Hausmeister ins Fach. Der hat sich im Voraus bereit erklärt, die Kunstwerke mit Rahmen zu versehen und aufzuhängen.

Es ist nach zweiundzwanzig Uhr, als ich zusammen mit Jesper müde, aber glücklich das Seniorenstift verlasse und in die kalte Nachtluft trete. Bis wir alle Senioren versorgt hatten und sie sicher in ihren Betten angekommen sind, verging doch einiges an Zeit. Zum Glück hat Mira uns dabei unterstützt. Sonst hätten wir diese Aktion nicht managen können.

Jesper greift nach meiner Hand, als wir zum Bus schlendern. An der Haltestelle angekommen, zieht er mich in eine Umarmung. »Ich bin stolz auf dich«, flüstert er in mein Haar und küsst meine Stirn.

Ich sauge diesen Moment auf wie ein trockener Schwamm, tauche ein in seine Worte, die sich wie eine wohltuende warme Dusche über mich ergießen, atme seinen Atem, der sich in der eisigen Luft mit meinem vermischt und in kleinen Wölkchen emporsteigt. Mein Schwammherz saugt all das auf. Bis es tropft.

Quietschend fährt mein Bus vor, Jespers warme Lippen

legen sich auf meine, er flüstert zwischen vielen kleinen Küssen: »Bis dann. Wir sehen uns morgen, zu unserem Surfdate. Ich hol' dich ab.«

»Mööööööööööp«, ertönt gellend die Hupe, ich erschrecke zu Tode, fahre herum und sehe den Busfahrer, der mit den Händen herumfuchtelt. Er bedeutet mir, endlich einzusteigen, doch Jesper will mich anscheinend nicht loslassen. Küsst mich nochmal, grinst und schiebt mich danach schnell in den Bus.

Sein Gesicht sehe ich leuchten, bis wir abbiegen, dann lehne ich mich im Sitz zurück und seufze glücklich.

»Muss Liebe schön sein«, kommentiert der Busfahrer inzwischen freundlich gestimmt und grinst. »Da wird man ja glatt neidisch.«

Lächelnd lehne ich den Kopf an die Scheibe, hoffe, dass er meine rot gefärbten Wangen nicht sehen kann, und fahre glücklich nach Hause.

Linn ist wach, als ich die Wohnung betrete. Im Schein der Stehlampe sitzt sie auf dem Sofa neben der Essecke, um sie herum ein Stapel an Arbeitsblättern, Büchern und Ordnern. Ihre Augen sind kleine Schlitze.

»Hej! Du lernst noch?«

»Ich muss.« Sie seufzt und massiert sich den vermutlich verspannten Nacken.

»Aber ich glaube, für heute höre ich auf, da geht eh nichts mehr rein«, erklärt sie, tippt sich an den Kopf und gähnt herzhaft.

»Tee?«, frage ich, sie nickt.

Ich nehme die Kanne vom Stövchen und schenke uns zwei

Tassen voll, setze mich dann neben sie und strecke ihr eine entgegen. Es duftet nach Zimt und Apfel, meinem Lieblingstee.

»Wo kommst du denn so spät noch her?« Leise Stimme, sie gähnt wieder.

»Und überhaupt, du siehst ziemlich glücklich aus, falls meine müden Augen das noch richtig deuten können.«

»Das bin ich auch«, flüstere ich und nippe an meinem Tee. »Ich habe heute nach Feierabend mit den Senioren eine Malaktion gestartet und wir hatten so viel Spaß. Jesper kam spontan dazu.«

»Jesper? Okaaaay.« Ihr Mund verzieht sich zu einem Grinsen. »Ist das jetzt was Ernstes mit euch?«

Ich nicke vorsichtig, selbst noch etwas ungläubig.

»Hej, das ist doch schön.« Linn lacht und knufft mich leicht in die Seite. »Ich freu mich für dich. Er scheint nett zu sein. Und hässlich ist er jetzt auch nicht, finde ich.«

»Ich auch«, sage ich und muss lachen, während Linn wieder beginnt zu Gähnen.

»Und jetzt lass uns schlafen gehen, ich bin fix und alle«, schlägt sie vor und streckt sich mit einem Stöhnen.

»Geht mir auch so«, erwidere ich und gähne ebenfalls.

Eine halbe Stunde später lösche ich das Licht meiner Nachttischlampe. Ich lasse mich schwer in die Matratze sinken und das Gefühl des Verliebtseins durch meinen ganzen Körper wandern. Der letzte Gedanke, bevor ich in einen tiefen Schlaf falle, ist Jesper.

Es ist Samstag und ich bin mit Jesper unterwegs nach Klitmøller zum Surfen. Vor Aufregung fühlt sich mein Magen an, als würde eine Horde Ameisen darin eine wilde Party veranstalten. Man könnte meinen, dass ich keine Angst mehr habe. Weil ich eigentlich weiß, was auf mich zukommt, aber so einfach ist das nicht. Nicht bei Majvi Friis. Einmal bedeutet bei mir tatsächlich keinmal und ich bin ja auch noch nie auf dem Brett gestanden. Also ist es wieder neu für mich und ich habe Angst, mich total zu blamieren, weil … ja weil …

Warum eigentlich? Wenn ich das wüsste.

Bevor ich so richtig Zeit habe, mich in meinem Gedankenlabyrinth zu verlaufen, hält Jesper am Parkplatz an und wir steigen aus. Wir haben einen sonnigen, nicht sehr windigen Tag erwischt, die Temperaturen liegen, dem Himmel sei Dank, nicht im Minusbereich.

Fröhlich pfeifend wuchtet Jesper die Boards aus dem Bus. Ich verschwinde im Inneren, um mich umzuziehen. Jesper erledigt das wieder im Freien. Mein Herz setzt für einen Moment aus, als er mit nacktem Oberkörper vor dem Bus steht, um sich dann in den Anzug zu zwängen.

Plötzlich hebt sich sein Kopf. Hitze steigt in mir auf, weil er mich beim Starren erwischt hat. Ein strahlendes Lächeln erhellt sein Gesicht und das Zwinkern, das er mir durch die Fensterscheibe zuwirft, trägt nicht gerade zur Stabilität meiner Knie bei.

Für einen Moment versuche ich mich zu sammeln, steige dann aus und wir schlendern durch den weißen Sand. Jesper sieht glücklich zuerst mich an, anschließend lässt er seinen Blick übers Wasser schweifen.

Einen Augenblick stehen wir still am Strand, lassen uns von der Weite überwältigen und vom Wind alle schweren Gedanken davontragen. Vorsichtig nimmt er meine Hand.

Die Sonne legt sich goldgelb auf unsere Gesichter, mit ihren Strahlen ein Glitzern auf unsere Augen. Und auf das Wasser.

Wir reißen uns von diesem atemberaubenden Anblick los und beginnen uns aufzuwärmen. Dann zeigt Jesper mir verschiedene Techniken, wie ich auf dem Board stehen kann. Er erklärt mir drei unterschiedliche Arten, um vom Liegen ins Stehen zu kommen. Die Drei-Schritte-Technik, den Po Up und das Durchziehen. Alle drei führt er mir vor, ich bin völlig ahnungslos, wie das je im Wasser funktionieren soll.

Zuhause habe ich immer wieder Übungen gemacht, auch auf diesem fiesen Trockenübungsteil, dessen Name mir gerade nicht mehr einfällt, um meine Muskulatur zu festigen und mehr Stabilität zu bekommen. Man könnte es auch das Beinmonster nennen, der Muskelkater nach Benutzung dieses Foltergerätes war unvergesslich. Wenigstens fühle ich mich dadurch in diesem Bereich vorbereitet. Für etwas muss das Ding ja gut gewesen sein.

Dann folgt der Moment, in dem wir ins Wasser waten. Kurz halte ich inne. Hat sich da etwa eine leise Freude zwischen meine Aufregung und Angst gemogelt?

Der Wind streichelt meine Haut, Jesper strahlt neben mir, die Sonne küsst sein Gesicht und seine Sommersprossen auf der Nase sind dadurch noch sichtbarer. Er drückt meine Hand, legt sich dann auf das Board.

So wie die Wellen um mich tanzen, tanzt in meiner Seele das Glück. Ich habe das Gefühl, gleich zu platzen, bekomme das Grinsen nicht mehr aus meinem Gesicht. Verstärkt wird das Ganze noch, wenn ich Jesper beobachte, der sich elegant durchs Wasser bewegt, wie ein Delfin. Ich fühle mich eher wie die Fraktion nasser Hund, wie ich so ohne Board durchs

Wasser wate, aber es ist egal, denn Jespers gute Laune überträgt sich mal wieder auf mich.

Als wir hüfttief im Wasser hinter einer Sandbank stehen, zeigt er mir, wie ich mich auf dem Board aufrichten kann. Ich rufe mir in Erinnerung, was er mir vorhin am Strand erklärt hat. Schulterbreit stehen, Knie leicht gebeugt. War da noch was? Ah ja, den Blick immer nach vorn. Wie ich allerdings jemals von der Horizontalen in die Vertikale kommen soll, mit diesem wackeligen Untergrund, ist mir ein Rätsel.

Nicht sicher, ob ich je so weit komme, scheint Jesper dagegen ziemlich überzeugt zu sein, denn er gestikuliert wild mit den Händen und erklärt mit einer Leidenschaft, was ich tun soll, dass das Glücksgefühl in meinem Körper und meiner Seele überhandnimmt, einfach nur, weil ich ihm dabei zuschaue. Ich schwöre, ich zerspringe gleich am Glück dieses Momentes, wenn ich kein Ventil finde. Und so bahnt sich ein Lachen den Weg aus meiner Kehle und lässt Jesper irritiert innehalten.

»Ähhhm … Hab ich was Lustiges gesagt?«

Immer noch lachend schüttle ich den Kopf, kann gar nicht mehr aufhören, Jesper stimmt einfach mit ein. Er kommt auf mich zu, packt mich, wirft mich über seine Schulter, als hätte ich das Gewicht einer Feder. Nur um mich dann ins Wasser zu werfen und anschließend zu ›retten‹, wie er behauptet. Da sein Board am Strand liegt und ich meines noch nicht mit der Leash befestigt habe, ist es ein wenig abgedriftet und er hüpft durch die Wellen, um es zurückzuholen. Dann steht er ganz nah bei mir, so nah, dass sein Gesicht vor meinen Augen verschwimmt und ich nur noch seinen Atem schmecke. Dann seine Lippen, seine Küsse, seine Zunge, wieder seinen Atem, warm, weich, Jesper.

Mein Körper besteht nur noch aus Kribbeln. Fast bin ich sicher, dass der Boden unter meinen Füßen nachgibt. Das Gefühl verstärkt sich durch den weichen Sand unter mir.

Kurz öffne ich meine Augen, denn mein Gleichgewicht spielt mir einen Streich. Wellen brechen sich an unseren Körpern, Wassertropfen tanzen um uns. In ihnen bricht sich das Sonnenlicht in Regenbogenfarben. Ich ertrinke in Jespers Küssen. Und in diesem Moment. Mein Schwammherz tropft. Tropft. Tropft.

»Wir müssen damit aufhören«, erklärt er, während er sich von mir losreißt.

Ich hebe nur amüsiert die Augenbrauen.

»Wo waren wir?« Grinsend reibt er sich mit der Hand über sein Gesicht, schüttelt sich kurz und erklärt dann weiter, wie ich das mit dem Aufstehen hinbekomme.

Ich stehe da, mit meinen Wackelknien, ein Lachen so breit wie der Äquator im Gesicht, und höre ihm zu. So gut es eben geht. Vermutlich sehe ich seltsam dabei aus.

Vermutlich ist mir das egal.

Meine Aufnahmefähigkeit ist gerade eher im unteren Level angekommen. Zu viele flatternde Gefühle wirbeln in meinem Kopf herum.

Wir beginnen mit der Drei-Schritte-Technik, die sich für mich noch am plausibelsten anhört. Den Körper wie beim Liegestütz hochdrücken, das Bein, das weiter hinten stehen soll anwinkeln, Schultern drehen, dann hochdrücken und das Bein, das noch gestreckt auf dem Brett liegt, nach vorn ziehen. Dann ist es geschafft und es gilt, die Surfposition zu halten. So die Theorie. Es ist ja nicht so, dass man den richtigen Moment erwischen muss, was sich innerhalb von Zehntelsekunden abspielt.

Jesper zeigt auf die Wellen, sagt mir, wann der richtige Moment ist, zu starten, damit ich ein Gefühl dafür bekomme, und ich versuche all die Infos zu verarbeiten, was nicht so einfach ist, denn mein Herz hüpft immer wieder aus dem Takt, wenn ich ihn nur anschaue.

Die ersten Versuche, auf dem Board aufzustehen, enden mit viel Gelächter und Arschbomben meinerseits. Jesper wird nicht müde, mich immer wieder zu ermutigen und nach einer gefühlten Stunde stehe ich tatsächlich für einen Moment auf dem Board. Wenn auch nur für Sekunden, aber es ist ein erhebendes Gefühl, sodass ich es gleich nochmal und dann nochmal versuche. Jetzt habe ich mich so richtig festgebissen und ein Blick in Jespers Augen, in denen so viel Bewunderung, Motivation und Freude liegt, sein Blick, in den ich viele Male eintauche, wenn ich kurz vorm Aufgeben bin, sorgt dafür, dass ich weitermache. Immer und immer und immer wieder.

Und dann passiert es. Es passt alles. Die Welle. Das Timing. Mein Stand Up. Meine Haltung. Ich gleite in die Welle und auch wenn ich sie nur kurz reite, schreie ich vor Glück. Jesper jubelt mit mir, reißt die Arme hoch und hüpft vor Freude im Wasser auf und ab.

Und dann mache ich wieder: »Platsch«, kreische und falle ins Wasser.

Jesper ist sofort zur Stelle. Entfernt mir die Leash, reißt mich in seine Arme und wirbelt mich im Kreis, um mich dann in die Luft zu heben. Langsam rutsche ich in seinen Armen herunter, stehe genau vor ihm und er blickt mir in die Augen. Das Blau des Meeres ist das Blau seiner Augen. Die Weite um uns, die Weite, die ich in meiner Seele fühle.

Die blonden Strähnen, die unter seiner Neoprenkapuze hervorschauen, haben den Ton des Sandes am Strand.

»Du bist der Hammer«, sagt er voller Stolz, ich wachse innerlich ein paar Zentimeter.

»Jetzt du«, bitte ich und zeige mit dem Kopf in Richtung Strand, wo sein Brett auf einen Einsatz wartet.

»Okayyy?« Es klingt nach einer Mischung aus Aussage und Frage.

Während er ins Wasser paddelt, versuche ich mein Brett wieder einzusammeln, setze mich an den Strand und bin vermutlich der glücklichste Mensch der Welt.

Jesper

Mein ganzer Körper kribbelt vor Freude, während ich auf meinem Brett stehe und in die Welle fahre. Ich weiß nicht, worüber ich mich mehr freue. Darüber, Majvis Ehrgeiz heute beim Üben erlebt zu haben, oder ihre überschwängliche Freude dabei. Oder, dass ich jetzt selbst auf dem Board stehe. Ich glaube, es ist eine Mischung aus allem. In meiner Blutbahn tanzen die Endorphine vermutlich gerade Samba. Ich fühle mich so lebendig, so voller Energie. Ich habe das Gefühl, ich könnte die ganze Welt erobern und bin diesem rothaarigen Mädel, welches da am Strand sitzt und mir zuschaut, hoffnungslos verfallen.

Und da ich mir Sorgen mache, dass ihr kalt sein könnte, packe ich mein Brett und paddle zum Strand zurück, wo ich mich neben sie in den Sand fallen lasse. Sie blickt mir glücklich in die Augen, die Sonne küsst die zahlreichen Sommersprossen auf ihrer Haut, ich küsse ihre salzigen Lippen, die sich leicht ins Bläuliche verfärbt haben.

»Lass uns in eines der Saunafässer gehen, was meinst du?«, schlage ich vor.

»Saunafässer?« Verunsicherung liegt in ihrem Blick. Ich liebe, dass ihr ihre Emotionen immer ins Gesicht geschrieben stehen.

»Ja, hier gibt es Saunafässer. Und keine Angst, du musst dich nicht ausziehen«, sage ich schmunzelnd. »Wir gehen mit Badebekleidung rein, okay, aber ich verspreche dir, es ist herrlich, vor allem, wenn man so richtig durchgefroren ist. Und du siehst definitiv so aus, als wäre dir kalt. Was meinst du, hast du Lust?«

Als sie flüchtig nickt, springe ich auf, ziehe sie hoch. Wir schälen uns aus unseren Anzügen, die wir im Bus verstauen, um anschließend eines der Fässer zu stürmen, was wir kreischend tun, denn inzwischen ist auch mir kalt. So richtig, richtig kalt.

Schnell entzünde ich ein Feuer in dem kleinen Holzofen, der vom Vorgänger noch glüht und das Fass zum Glück schon vorgewärmt hat. Kurz darauf hüllt uns Hitze ein, Majvis Lippen färben sich wieder rot. Wir sitzen auf einer Holzbank, blicken durch die große Glasfront aufs Wasser und ich hätte nichts dagegen, wenn die Zeit für einen Augenblick stillstehen würde. Denn danach fühlt sich dieser Moment an. Als befänden wir uns außerhalb der Zeit.

Die untergehende Sonne tupft orangene Streifen ins Blau und verschmilzt eine Weile später mit dem Horizont.

»So fühlt sich Magie an, oder?«, flüstere ich fast ehrfürchtig.

»Ich glaube schon, ja.« Majvis Stimme klingt warm, glücklich und einen Hauch wehmütig.

Ich lege einen Arm um sie und ziehe sie näher an mich heran. Küsse ihre Stirn, atme ihren Duft nach Vanille und etwas Blumigem, der sich mit dem Geruch nach dem Salz des Meeres vermischt. Ihre Stirn an meine gelehnt, seufzt sie tief. Ich fasse mir ein Herz und formuliere in meinem Kopf diese eine Frage, die mich schon länger beschäftigt.

»Majvi?«

»Hmm?«

»Was ich dich schon lange fragen wollte. Du hast gesagt, dass dir Social Media nicht gut getan hat.«

»Ja, stimmt.«

»Und dass da eine Sache außer der Reizüberflutung und dem Vergleichen war.«

»Ja.« Sie blickt mich mit großen Augen an, nickt und wirkt augenblicklich abwesend.

»Magst du vielleicht darüber reden?«, frage ich unsicher, als ich die Schwere bemerke, die plötzlich wie eine drückende Schwüle zwischen uns in der Luft hängt.

»Mobbing.« Ihre Stimme ist nur noch ein Flüstern und ich erahne den Schmerz, den sie fühlt. Ich will sie trösten, will alles über sie wissen, will für sie da sein, wenn sie mich lässt.

Während ich ihr die Zeit gebe, weiterzureden, stützt sie ihre Arme auf ihre aufgestellten Knie und vergräbt ihr Gesicht dazwischen.

Schlagartig überkommt mich ein schlechtes Gewissen. Mist verdammter, ich will sie nicht überfordern. Will diesen bisher perfekten Tag nicht zerstören und habe das Gefühl, ich habe es längst getan.

Zögernd lege ich meine Hand auf ihren Rücken, berühre sie sanft, unsicher, was ich jetzt tun soll. Himmel, ich kenne mich absolut nicht aus mit solchen Situationen, da hebt sie den Kopf und blickt mich wieder an. Tränen laufen über ihre Wangen. O nein. Ich Idiot habe sie zum Weinen gebracht.

»Majvi … ich … du musst auch nicht darüber reden … ich wollte nicht …«

»Schon gut. Du kannst nichts dafür.« Sie schnieft und wischt sich die Tränen aus dem Gesicht.

Ich ziehe sie in eine Umarmung, halte sie fest, während ihre Tränen meinen Oberkörper benetzen.

»Verdammt Majvi, ich wollte das nicht. Was ist denn auf einmal los?«

Sie schaut mich mit wässrigen Augen an, wischt sich erneut über das Gesicht und atmet tief durch.

»Es ist noch nicht so lange her. Und ich habe außer mit Emma, also meiner Freundin, noch mit niemandem darüber geredet. Nicht mal so richtig mit meinen Eltern. Die hätten es sowieso nicht verstanden. Zumindest den Grund dafür nicht, glaube ich.« Sie bläst angestaute Luft aus. »Instagram«, sagt sie dann plötzlich, völlig aus dem Zusammenhang gerissen. »Ich hatte einen Post hochgeladen zum Thema Hochsensibilität. Danach ist die ganze Geschichte völlig aus dem Ruder gelaufen und mein Leben war nicht mehr dasselbe. So gar nicht mehr.«

»Was ist passiert?«, murmle ich so leise, dass ich nicht sicher bin, ob sie es überhaupt gehört hat. Ich traue mich kaum zu atmen, aus Angst, sie könnte aufhören zu reden. Der Moment scheint so zerbrechlich, als könne er sich jederzeit durch die Ritzen der Holzwände verflüchtigen und Majvis Worte damit zeitgleich versiegen.

Sie sagt nichts. Verdammt. Sie sitzt da und schweigt. Und ich? Ich weiß verflucht nochmal nicht, was ich zu tun habe. Warum gibt einem niemand eine Gebrauchsanweisung für solche Situationen mit auf dem Weg ins Erwachsenwerden? *Das* sind doch die wirklich wichtigen Dinge, die man fürs Leben wissen muss. Aber auch in der Schule habe ich dazu nichts gelernt und es hilft mir in diesem Fall absolut nicht weiter, dass ich die Nullstelle einer linearen Funktion berechnen kann. Warum hat meine Mutter mir nicht erklärt, wie man in solchen Situationen mit Frauen umgeht? Woher soll ich das denn jetzt wissen? Toll, dass es ihr scheinbar wichtiger war, die Badarmaturen frei von Kalk zu halten oder dass die Fernbedienungen im rechten Winkel auf dem Couchtisch platziert lagen. Ja, damit kenne ich mich aus. Dank ihr. Mit Ordnung. Neurotischer Ordnung. In der Theorie. Ganz toll. Auch wenn ich sie, also die Ordnung, seitdem wie einen ungebetenen Gast behandle, den man nicht zum Bleiben einladen will. Aber wie man mit weinenden, verletzten Frauen umgeht? Damit bin ich heillos allein gelassen worden.

Leider hat mein Dad mir da auch kein gutes Beispiel gegeben. Ich sitze also hier und ziehe Majvi in eine feste Umarmung, sage erstmal gar nichts, streichle ihr Haar und flehe innerlich, dass es das Richtige ist, was ich tue.

Ich spüre, wie ihr eben noch angespannter Körper langsam weicher wird. Wie sie sich in meine Arme fallen lässt, und danke Gott, dass er mich das Richtige tun hat lassen.

Ich halte sie und werde es so lange tun, bis sie mich spüren lässt, dass es genug ist. Und wenn ich hier in hundert Jahren noch sitze, auch egal, doch just in diesem Moment schält sie sich aus meiner Umarmung, wischt die Tränen aus dem Gesicht, lehnt sich zurück.

»Hochsensibilität. Du hattest geschrieben, dass du davon schon gehört hast?« Sie fragt so vorsichtig, fast tastend, als hätte sie Angst, etwas Falsches zu sagen und damit Verachtung zu ernten. Sie wirkt unsicher und das kann ich mehr als verstehen.

»Ein wenig, ja«, sage ich dann und versuche, aufmunternd zu klingen. Ich will ihr auf keinen Fall das Gefühl geben, dass etwas nicht okay wäre an ihrer Frage. Ein wenig fühle ich mich, als würde ich auf dünnem Eis Schlittschuhlaufen. Als könnte es jederzeit einbrechen, falls ich nur eine falsche Bewegung mache, ein falsches Wort sage. Und in einer verwinkelten Ecke meines Herzens kommt mir ihre Geschichte bekannt vor. Ich erinnere mich an das Thema Hochsensibilität im Zusammenhang mit einem Instagrampost. Oder bilde ich mir das nur ein? Bestimmt tue ich das.

Was, wenn ich …? O Gott. Ich hatte damals unter solch einem Post kommentiert, oder? War das *dieser* Post? Das kann nicht sein. Ich habe keine Ahnung, es gab keine Fotos auf diesem Account, nur Text mit neutralen Bildern. Was, wenn ich …?

Ein Adrenalinstoß rauscht durch meinen Körper, mit aller Kraft dränge ich die Gedanken daran zurück, versuche mich ins Jetzt zu blinzeln.

»Okay. Das ist gut. Irgendwie. Dann muss ich nicht komplett von vorne anfangen«, höre ich ihre Stimme, ein bisschen wie durch Watte.

Ein kurzes Lächeln huscht über ihr Gesicht, verflüchtigt sich so schnell, wie es gekommen ist. Wie gerne würde ich es zurückholen, irgendetwas Lustiges sagen oder tun, nur damit sie erneut lächelt. So wie ich es mehrfach bei meiner Mutter versucht habe, wenn sie sich wiederholt mit meinem Vater gestritten hat. Um ihren Schmerz zu lindern. Wenn sie abermals weinend auf der Veranda saß und noch mehr rauchte als sowieso schon. Eine Zigarette nach der anderen. Und ich? Ich machte den Kasper für sie. Alles, was ich wollte, war, dass sie glücklich wird, wieder lächelt. Doch ich habe versagt. Ich weiß, dass es dumm ist, zu glauben, dass das eine Lösung sein könnte. War es damals schon nicht. Sie ist gegangen und der neunzehnjährige Jesper weiß im Gegensatz zum Zehnjährigen, dass man Probleme nicht mit flapsigen Sprüchen und Witzen löst. Und tiefen Schmerz schon gar nicht. Auch wenn ich mir das manchmal wünschen würde. Es würde so vieles vereinfachen.

»Dieser Post, den ich damals hochgeladen habe.« Ihre Worte reißen mich aus meinen Gedanken. »Ich habe über meine Hochsensibilität erzählt und wollte für dieses Thema sensibilisieren. Weißt du, jahrelang habe ich mich wie von einem anderen Stern gefühlt. So, als würde ich nicht in diese Welt passen. Die war mir oft zu schnell, laut, bunt, schrill, hektisch, leistungsorientiert ... Jahrelang habe ich mich gefragt, was mit mir nicht stimmt. Warum ich nicht mithalten kann. Oft fühle ich mich wie ein Schwamm. Alles, was ich erlebe, alle Eindrücke, sauge ich auf. Bis ich so voll bin, dass ich tropfe. Mein Kopf läuft dann über. Manchmal liege ich nachts im Bett und all das Erlebte spult sich in meinen Gedanken ab. Wieder und wieder. Ich brauche einfach viel mehr Ruhe und Zeit nur für mich. Und das Malen hilft mir auch. Dabei kann ich all die Bilder in meinem Kopf loslassen und komme wieder bei mir an. Als ich im Internet endlich eine Antwort fand, warum das so ist, war es wie eine Befreiung. So, als hätte ich den Schlüssel zu einer lange verriegelten Tür gefunden. Endlich konnte ich durchgehen und das Leben mit einer anderen Brille betrachten. Einer Brille, die mir half, mich zu verstehen.«

Kurz hält sie inne, blickt mich an, ich nicke. Jedes Wort, das sie spricht, lässt mich einen Blick in ihr Innerstes werfen, verstehen, was sie so sehr verletzt hat.

»Diese Brille war etwas, was ich teilen wollte. Ich wollte anderen Menschen helfen, sich ebenfalls mit anderen Augen sehen zu können. Das Gefühl vermitteln, nicht allein zu sein. Doch der Schuss ging nach hinten los. Ein Junge aus meiner Stufe fand das offensichtlich bescheuert und hat mich das deutlich spüren lassen. Er begann zu kommentieren und sich über mich lustig zu machen. Ich habe nicht in seine Normvorstellung gepasst, vermute ich. Sensibelchen, Heulsuse und Prinzessin auf der Erbse waren noch die netten Kommentare. Psycho, Loser, Alien, ich weiß nicht, was ich mir noch alles gefallen lassen musste. Die Beleidigungen waren leider noch lange nicht alles. In der Schule ging es gerade so weiter. Sie ließen keine Gelegenheit aus, mich spüren zu lassen, dass ich anders war. Nicht mehr dazugehörte. Ich wurde ausgegrenzt, beleidigt und gemieden. Fast jeden Morgen vor der Schule hab' ich mich übergeben. Und jeden Abend in den Schlaf geweint. Bis ich es nicht mehr ausgehalten habe. Dann habe ich die Schule gewechselt. Sonst wäre ich vor die Hunde gegangen. Psychisch und körperlich.«

Mich fröstelt, trotz der Hitze in diesem Saunafass.

»Und deine Eltern?«, frage ich leise. »Haben sie dir wenigstens geholfen? Weil du vorhin meintest, sie wussten fast nichts davon? Wie kann das sein?«

Sie lacht auf, viel zu schrill, unnatürlich laut, ihr Lachen klingt fremd. So fremd, wie ihr vermutlich ihre Eltern sind. Bisher ist alles, was sie über die Beziehung zu ihnen hat anklingen lassen, wie ein kleines Puzzleteil. Und immer mehr fügt sich dieses Bild in meinem Kopf zusammen, dass da keine wirkliche Beziehung zwischen Majvi und ihren Eltern ist. Vielleicht nie war?

»Du kennst meine Eltern nicht.« Jetzt wirkt ihr Lachen fast hysterisch. »Meine Eltern sind die Botschafter des Clubs der Verdrängenden. Was wir nicht thematisieren, existiert nicht, heißt das Motto dort, in dem sie natürlich die Vorsitzenden sind. Logisch. Pffffff.« Sie schüttelt den Kopf, den sie an die Wand lehnt, die Augen geschlossen, aber gleichzeitig wirkt sie so lebendig, weil all der Frust aus ihr herausbricht.

»Gott, du musst denken, ich bin völlig bescheuert. Vielleicht bin ich das auch? Keine Ahnung, echt. Ich weiß nur eines: Ich hasse meine Eltern. Ich hasse sie. Ich kann dir gar nicht sagen, wie sehr. Ich hasse sie, hasse sie, hasse sie.«

Ihr Schluchzen bricht mir das Herz und alles, was ich sagen kann, ist: »Ich verstehe dich.« Und das tue ich wirklich. Weil ich weiß, wie sehr es schmerzt, verlassen zu werden. Doch was mir noch schlimmer erscheint, ist diese Ablehnung, die sie erlebt. Sie ist nicht sichtbar, nicht greifbar. Und das macht sie so tückisch. Lässt einen innerlich leer zurück. So leer, dass nur eine dumpfe Hülle bleibt, in der der Schmerz ungehört verhallt. Uns verbindet diese Empfindung.

Wir sind so sehr verschieden und doch ist da diese Verbindung, die von Anfang an bestanden hat. Wir wurden beide auf unterschiedliche Arten allein gelassen. Denn nichts anderes bedeutet es, wenn man sich abgelehnt fühlt.

Doch warum nur fühle ich mich gerade wie ein Verräter?

Majvi

Was tue ich hier? Wenn ich so weiter mache, vergraule ich ihn noch, so wie ich mich gerade aufführe. Er muss denken, ich bin völlig bescheuert.

Ehrlich, ich weiß nicht, was passiert ist, dass ich mich so habe gehen lassen. Jesper hat einen verletzten Punkt getroffen und meine alte Wunde ist aufgebrochen. Diese Wunde, die eigentlich nie heil war. Wie denn auch? Wie soll etwas durch ignorieren heil werden? Wie soll sich eine Wunde, die nie gesäubert wurde, jemals schließen? Genau. Gar nicht.

Nun ist unaufhaltsam all das angestaute Gift herausgebrochen. Oder wie soll ich mir diesen Gefühlsausbruch sonst erklären? Denn wenn ich eines gelernt habe im vergangenen Jahr, ist es, nicht *darüber* zu reden. Nicht mehr. Nicht über meine Hochsensibilität. Nicht über das Mobbing. Nicht darüber, wer Majvi Friis wirklich ist, nicht über all die verdrängten Gefühle, die wie kleine fiese Holzwürmer Löcher in meine Seele nagen. Ganz viel NICHT. So viel, dass ich manchmal das Gefühl habe, es ist bald nichts mehr von mir übrig.

Das habe ich jetzt davon. Ich bin mir hundertprozentig sicher, dass ich Jesper heute das letzte Mal sehe. Denn das, was ich gerade abgeliefert habe, will kein Kerl sehen. Ich bin ein einziges Chaos. Und wer bitte will freiwillig Chaos in seinem Leben, wenn er auch das Gegenteil haben kann? Richtig. Niemand.

Schwierig und kompliziert will keiner, das hat mich das vergangene Jahr gelehrt und meine Eltern haben noch einen oben drauf gesetzt.

Du bist zu viel Majvi. Zu viele Gefühl, zu viele komplizierte Gedanken, zu sensibel. ZU VIEL!

Dabei hatte dieser Tag so gut angefangen. Ich bin auf dem Brett gestanden und der Stolz in Jespers Augen ließ mein verliebtes Herz Purzelbäume schlagen. Wie kann die Stimmung nur in wenigen Minuten so sehr ins Gegenteil umschlagen?

Fast muss ich über diese Frage in meinem Kopf lachen, denn genau so kenne ich mich doch. Ich bin die Königin der Stimmungsschwankungen, des Overthinkens, der Grübeleien. Die Gene meiner Eltern müssen sich kaputt gelacht haben, als sie sich ausgerechnet zu dieser, meiner Kombination formiert haben. Was dabei herausgekommen ist, ist diese suboptimale Verbindung aus hochsensibel und introvertiert. Und ich bin der Volldepp, weil ich damit zurechtkommen muss. Danke für nichts, mal wieder.

Da habe ich einmal Glück in meinem Leben und was mache ich? Ich sorge dafür, dass es seine Koffer packt und schreiend Reißaus nimmt.

Vorsichtig sehe ich Jesper an und bin irritiert angesichts seines mitfühlenden Blicks. Vielleicht deute ich ihn auch falsch und er überlegt sich gerade, wie er es schafft, diesen Tag möglichst schnell zu beenden, um mich dann nie wieder zu sehen.

»Majvi, es tut mir leid«, sagt er stattdessen und ich schüttle den Kopf.

»Das muss es nicht. Du kannst ja nichts dafür. Ich weiß, wir wollten heute noch zusammen malen, aber …«

»Schon okay, kein Problem, es läuft uns nicht davon, oder?«

Nein, denke ich. Gleichzeitig glaube ich mir selbst nicht, denn die Angst, ihn verloren zu haben, ist fast übermächtig.

Vielleicht läuft uns das Malen nicht davon. Du aber schon, denke ich in Wirklichkeit.

»Das stimmt«, sage ich, obwohl es nicht das ist, was ich eigentlich sagen will. Es ist nicht das, was ich wirklich denke. Und schon gar nicht, was ich fühle. Doch die Wahrheit behalte ich lieber für mich. Mal wieder. All die Fragen, ob er mich jetzt völlig bescheuert findet und er lieber eine »normale« Freundin hätte. Ob er denkt, dass ich nicht alle Latten am Zaun habe und mich für eine Psychotante hält. Wenn es so wäre, könnte ich es ihm nicht verübeln, denn gerade fühle ich mich mal wieder genau *so.* Weird und abnormal.

Jesper

Das Gefühl, diesen Tag durch diese eine neugierige Frage meinerseits völlig vermasselt zu haben, lässt mich nicht mehr los. Wieder Mal habe ich nicht genug überlegt, bevor ich losgeplappert habe.

»Erst denken, dann reden«, hat meine Mutter immer gesagt. Danke, denke ich zynisch und halte das Lenkrad fest umklammert.

In mir breitet sich ein Gefühl der Ohnmacht aus.

Vorsichtig linse ich zu Majvi, die stumm auf dem Beifahrersitz hockt. Total verkrampft, nur nicht wieder etwas Falsches zu sagen, finde ich gar keine Worte mehr und hasse diese Stille zwischen uns. Hasse mich dafür.

Wenn ich nur wüsste, was in Majvis Kopf vor sich geht. Doch ich will nicht wieder in einen riesigen Fettnapf treten, eine Tretmine auslösen, um dann erneut wie ein Volltrottel die Scherben zusammenfegen zu müssen, obwohl ich nicht mal weiß, wie man einen Besen richtig benutzt. Also natürlich schon, einen echten Besen, meine ich. Aber das hier? Das überfordert mich. Und ehe ich mich versehe, beginne ich mit sinnlosem Smalltalk, als wäre nichts wichtiger als die Klärung der Frage, wie das Wetter morgen wird und was Pepe wohl gekocht hat, weil ich das Schweigen zwischen uns nicht ertrage. Diese Stille, die viel zu laut ist. Mehr wage ich nicht zu sagen.

Zwanzig Minuten später halte ich vor Majvis WG und unser Abschied findet genauso unbeholfen statt, wie wir die letzten Minuten zusammen verbracht haben. Kurz umarmen wir uns, doch das, was zwischen uns steht, wirkt wie eine Kluft und lässt sich nicht überwinden.

Das kurze, fast abgehakt wirkende »Tschüss«, das aus ihrem Mund kommt, schmerzt mich mehr, als ich zugeben will.

Mein »Mach's gut« schmeckt schal auf der Zunge.

Frustriert starte ich den Motor, als sie hinter der hölzernen Tür verschwunden ist.

Ihr kurzer zögerlicher Blick, den sie mir, einen Moment, bevor die Tür ins Schloss fällt, noch zuwirft, trifft mich tief in meiner Seele und rüttelt dort diese alte Angst wach. Diese Angst, nicht zu genügen. Sie lässt mich irrationale Dinge tun. Und obwohl ich das weiß, kann ich nichts dagegen machen, dass diese alten Gefühle um sich schlagen und mich in dem Glauben lassen, mal wieder der Schuldige zu sein.

Dieses Mal ist es nicht meine Mutter, der es wegen mir schlecht geht. Es ist das Mädchen, das mir jetzt schon mehr bedeutet, als ich sagen kann.

»Ahhhhhhh!«, schreie ich meinen Frust gegen die Windschutzscheibe. Drehe die Musik auf volle Lautstärke, rase nach Hause. Der hämmernde Beat aus den Boxen wabert durchs Auto, die Landschaft fliegt hinter den Scheiben vorbei. Die Gedanken in meinem Kopf, viel zu laut.

Einige Zeit später betrete ich die WG und stürme in mein Zimmer. Gott sei Dank sind alle in ihren Räumen verschwunden. Oder nicht da. Ich würde es nicht ertragen, jetzt in irgendein Gesicht schauen zu müssen.

In meiner Not klappe ich meinen Laptop auf und beginne zu tippen.

Majvi

Mit hängenden Schultern betrete ich die WG, fühle mich wie eine Vollkatastrophe. Ich wünschte, ich könnte alles an diesem Tag zurückspulen. Dann würde ich es besser machen. Das würde ich doch, oder?

Als ich das Esszimmer betrete, kommt eine gut gelaunte Linn aus ihrem Zimmer.

»Naaaa, wie …?« Beim Anblick meines Gesichtsausdrucks hält sie inne. »War's … eher nicht so gut?«, flüstert sie jetzt und zieht eine Schnute. Sie schiebt einen Stuhl nach hinten und bedeutet mir, mich zu setzten. »Tee? Kaffee? Willst du reden?«

»Kaffee. Linn, ganz ehrlich, ich weiß nicht, ob ich das kann. Weil du mich dann nämlich vermutlich für vollkommen bescheuert hältst.«

»Denkst du wirklich?« Die Augenbrauen zusammengezogen, blickt sie mich an.

»Vielleicht ist mein Problem gerade eher, dass ich mich selbst dafür halte.«

»Wie gesagt, wenn du reden willst, ich bin da.« Kurz legt sich ihre Hand auf meine, streicht darüber.

»Danke. Ich glaube, ich will gerade einfach nur allein sein.«

»Das verstehe ich.« Linn streckt mir meinen Kaffee entgegen und ich verschwinde in mein Zimmer, um meine Gedanken zu sortieren.

Dort angekommen, werfe ich mich aufs Bett und lasse meinen Tränen freien Lauf. Die fiese Stimme der Angst flüstert mir tausend Lügen ins Ohr. Die, für Jesper nicht gut genug zu sein. Dass er jemanden Besseres verdient hat. Ich habe Angst, dass er mich für eine Enttäuschung hält, aber zu höflich ist, um mit mir Schluss zu machen. Deshalb beschließe ich, diesen Part *selbst* zu übernehmen.

Ich öffne meinen Laptop, um mein Mailprogramm zu starten, und sehe, dass sich eine ungelesene Mail von Jesper in meinem Posteingang befindet. Vermutlich ist er mir zuvorgekommen und alles in mir erstarrt. Will ich *wirklich* wissen, was er geschrieben hat?

Mit klopfendem Herzen öffne ich seine Mail.

An: majvi@friis.dk
Betreff: Es tut mir leid

Mensch Majvi,

verdammt. Ich hätte dich so nicht aussteigen lassen
dürfen. Es tut mir leid und ich weiß nicht, was ich
angerichtet habe, aber ich hasse mich dafür,
das musst du mir glauben.
Ich war absolut überfordert mit der Tatsache, dich
verletzt zu haben und schuld daran zu sein, dass es dir so
schlecht geht. Und ich wusste ehrlich nicht, was ich
sagen soll. Ich war der ganzen Situation nicht gewachsen,

verstehst du? Ich wollte es nicht noch schlimmer machen. Ich wollte es doch richtig machen. Deswegen habe ich auf der Heimfahrt solch einen Unsinn geredet. Wen interessiert denn das Wetter oder Essen in solch einer Situation?
Ich hoffe so sehr, du redest noch mit mir und kannst mir verzeihen?

Dein Jesper

Mit jeder Zeile, die ich lese, nimmt der Druck auf meiner Brust ab. Es ist, als würden all die schweren Gewichte, die darauf lagen, Stück für Stück entfernt. Ich kann wieder atmen.

Ungläubig starre ich auf meinen Monitor. Lese Jespers Worte nochmal. Und nochmal. Ich habe mich nicht verlesen.

Irritiert schüttle ich den Kopf. Mit vielem habe ich gerechnet, aber ganz bestimmt nicht mit einer Entschuldigung.

Er entschuldigt sich bei *mir?*

Wie kann das sein?

An: jesper@holst.dk
Betreff: Dir tut es leid?

Hallo Jesper,

entweder du bist der netteste Mensch der Welt oder ich träume oder … keine Ahnung …
Du entschuldigst dich bei mir? Echt, ich weiß nicht, was

ich dazu sagen soll. Und ganz ehrlich, ich hatte gedacht, ich hätte mich so bescheuert aufgeführt, dass ich dich nie wieder sehe. Und wenn ich noch ehrlicher sein soll, dann habe ich gerade meinen Laptop aufgeklappt, um mit dir Schluss zu machen. Damit du es nicht tun musst, falls du dich aus Höflichkeit nicht traust.
Hilfe, ich bin so verkorkst, Jesper, und du rennst immer noch nicht schreiend davon? Warum? Dies hier ist deine Chance, es zu tun. Du kannst ehrlich sein. Ich verkrafte die Wahrheit. Lieber jetzt als später.

(Deine?) Majvi

An: majvi@friis.dk
Betreff: Die Wahrheit

Liebe Majvi,

du willst die Wahrheit? Ich sagte doch, ich liebe Schokolade. Auch zartbitter. Noch Fragen?
Spinnst du, mit mir Schluss machen zu wollen? Ich bin der heißeste Typ von ganz Klitmøller. 😅
Aber mal im Ernst, was denkst du denn von mir? Dass ich dich wegen ein paar Tränen nicht mehr gut finden könnte? Da musst du dich schon ein bisschen stärker ins Zeug legen. So einfach wirst du mich nicht los.
Ich dachte eher, dass ich mich dumm angestellt habe, Majvi. Dass ich dich verletzt habe mit meiner Fragerei, und dann habe ich mich nicht mehr getraut, irgendetwas

in diese Richtung zu sagen. Weil ich dich nicht noch mehr verletzen wollte, verstehst du?
O Mann, ich bin froh, dass wir das jetzt geklärt haben. Weißt du, dieser Tag mit dir, du auf dem Brett, einfach alles, das war so unglaublich. Das schreit nach einer Wiederholung. Und wir haben da noch unser Date offen, an welchem wir malen wollten. Darauf freu ich mich doch schon so. Du auch? Wann? Heute? Jetzt? Ich hätte Zeit. Und Theos Bus, wie du weißt.

Dein Jesper

Jesper

Keine Stunde später stehe ich frisch geduscht vor ihrer Haustür. Ihr »Ja«, welches durch die Anlage klingt, ist das schönste Ja, das ich seit langem gehört habe. Es vertreibt all das Unbehagen, das sich die letzten Stunden in mir breitgemacht hat.

Immer zwei Stufen auf einmal nehmend, spurte ich die Treppen hinauf, kann es kaum erwarten, sie zu sehen, dabei ist es noch keine drei Stunden her, dass ich sie genau vor dieser Tür abgeliefert habe. Drei Stunden, in denen meine Gefühle Achterbahn gefahren sind. Die mit wilden Loopings.

Majvi steht an der offenen Tür, ein vorsichtiges Lächeln umspielt ihre Lippen. Ich ziehe sie in meine Arme und küsse sie, ohne lange zu überlegen.

Ein Räuspern lässt mich innehalten.

»Hallo Jesper.« Eine sichtlich amüsierte Linn grinst mir entgegen. »Komm doch rein.« Dann nimmt sie ihre Tasche und spaziert an uns vorbei. Mit einem »Tschüss« fällt die Tür hinter uns ins Schloss, plötzlich sind wir allein.

»Magst du vielleicht etwas trinken?« Majvis Unsicherheit schwingt wie Schallwellen in der Luft.

Ich nicke und folge ihr in die Küche.

»Saftschorle, Kaffee, Tee?«

»Kaffee klingt verdammt gut.«

Mit den Tassen in der Hand gehen wir in ihr Zimmer, leise Musik kommt aus einer Box, in der Ecke entdecke ich eine Staffelei.

»Hier wohnst du also.« Ich blicke mich um, bewundere all die Meermotive an der Wand, die sie gemalt hat, und mag ihr Zimmer jetzt schon. Es ist gemütlich. Kerzen in Gläsern verbreiten ein warmes Licht, es riecht nach etwas Blumigem.

»Warum dachtest du, du hättest etwas falsch gemacht?«, flüstert sie und ich drehe mich zu ihr um.

»Warum dachtest du, ich könnte dich komisch finden? Oder was auch immer?«, kontere ich.

»Das ist unfair, du antwortest mit einer Gegenfrage.«

»Stimmt.« Mein Lachen verselbständigt sich, so erleichtert bin ich, dass wir das zwischen uns klären konnten.

»Okay. Ich fange an, dann du«, schlage ich vor.

Sie nickt und setzt sich auf ihr Bett. Ich setze mich neben sie.

»Ich habe ein Problem mit weinenden Frauen. Weil … weil …«

Auf einmal klingt meine Stimme so holperig. Ich schlucke trocken. Schlucke den Kloß in meinem Hals hinunter.

»Bevor meine Mutter uns verlassen hat, hat sie viel geweint. Und da sie oft so unzufrieden war mit mir, dachte ich, ich hätte Schuld daran. Dieses Gefühl hat sich heute wiederholt. Ich dachte, es wäre wie damals. Dein Weinen hat mich total aus der Spur gebracht. Hätte ich nicht so dumm gefragt, hätte ich dich nicht verletzt, dachte ich. Was auch immer.«

»Du hast mich nicht verletzt. Du hast nur einen wunden Punkt getroffen. Dafür kannst du doch nichts, dass ich so kompliziert bin.«

Kopfschüttelnd blicke ich sie an. Denkt sie das wirklich über sich? »Wer sagt, dass du kompliziert bist?«

Ihr tiefes Seufzen lässt mich erahnen, wie sehr diese Überzeugung auf ihr lastet.

Ich rutsche näher an sie heran, wende mich ihr zu. Nehme ihr Gesicht in meine Hände. Unsere Blicke verhakt, ihr warmer Atem streift meine Haut. Die Worte, die ich ihr sagen will, treten auf einmal in den Hintergrund, während ich im Blau ihrer Augen ertrinke. Dann blinzle ich mich aus meinen Gedanken.

»Majvi Friis. Du bist nicht kompliziert. Kannst du mir das bitte glauben? Gefühle zu haben, heißt doch nicht gleichzeitig, kompliziert zu sein.«

»Sag das mal meinen Eltern«, wispert sie.

Ich verstehe sie so gut, fühle ihren Schmerz und ziehe sie in meine Arme, halte sie einfach fest.

»Ich wäre jetzt bereit, mit dir zu malen und mich damit komplett lächerlich zu machen, wenn ich die Bilder an deiner Wand hier so sehe«, flüstere ich an ihrem Hals. Nervös fahre ich mir durch die Haare.

»Lass uns schnell loslegen, bevor ich es mir doch anders überlege.«

Wir lösen uns voneinander und sie schürzt die Lippen.

»So schlimm wird es schon nicht werden. Außerdem hab ich mich auf dem Board auch angestellt wie der erste Mensch, der versucht, zu surfen. Wir sind dann ab heute wieder quitt, würde ich sagen.«

»Tssss«, mache ich und schüttle den Kopf. »Das denkst du nicht ernsthaft, dass du dich beim Surfen angestellt hast, oder? Ich erinnere dich an heute Morgen. Du bist auf dem Brett stehen geblieben. Hallo? Du hast definitiv Talent.«

Das Lächeln, das sich mit leichter Röte auf ihrem Gesicht

ausbreitet, jagt mir einen Glücksschauer über den Rücken. Sie nimmt meine Hand und zieht mich in Richtung Staffelei.

»Willst du hier malen oder sollen wir uns lieber auf den Boden setzen?«

»Boden klingt gut, dann kann ich bei dir abschauen.«

Lachend lasse ich mich auf den Boden plumpsen und schaue zu, wie Majvi nacheinander Zeitungen, Papier, Farben, Pinsel und ein Wasserglas vom Schreibtisch holt und auf dem Boden drapiert.

»Ich bin so unhöflich, ich hätte dir helfen sollen. Sorry«, sage ich schuldbewusst.

Plötzlich tapst ein Kater unter dem Bett hervor, über die Papiere, um sich kurz darauf wieder zu verziehen.

»Ach Quatsch, kein Problem. Das war übrigens Findus«, erklärt sie und lacht. »Los geht's.«

Sie setzt sich neben mich, tunkt einen Pinsel ins Wasserglas, dann in die blaue Farbe und beginnt übers Blatt zu streichen.

»Jetzt du«, fordert sie mich auf.

Zögernd nehme ich mir auch einen und versuche, sie zu imitieren. Sie blickt zur Seite, ihr Blick bleibt an meinem hängen. Mit dem Pinsel in der Hand lasse ich sie nicht aus den Augen und präpariere ihn nebenher, ohne hinzuschauen, mit Farbe. Zuerst male ich auf dem Papier blaue Wellen. Ich muss lachen, denn es sieht eher aus, als hätte ein Kindergartenkind seine ersten Zeichenversuche gestartet. Egal. Ich habe es versprochen, ich werde mir Mühe geben.

Ich mische Blau und Grüntöne, so wie Majvi es vormacht, und male mit wilden Pinselstrichen auf meinem Blatt, als Majvi zu kichern beginnt.

»Du lachst mich aus?« Gespielt empört hebe ich die Augenbrauen.

»Nein, ich finde es nur so cool, dass du das mitmachst.«

»Hast du etwas anderes von mir erwartet?«

»Keine Ahnung. Ich könnte mir vorstellen, dass das nicht jeder machen würde.«

»Da könntest du recht haben. Ich bin selbst verwundert. Es muss an dir liegen. Und daran, dass du verdammt mutig warst. Dagegen ist das hier ein Klacks. Bis auf die Schande, die danach über mich kommen wird. Doch wer weiß, vielleicht werde ich nach meinem Tod berühmt und bin der neue Picasso? Also bewahr' mein Bild gut auf.«

Sie kichert. »Danke«, flüstert sie dann und es klingt so ehrlich, dass ich Gänsehaut bekomme.

Dieses Mädchen macht mich im besten Sinne fertig. Ich blicke ihr in die Augen und kann meinen Blick nicht mehr von ihr losreißen. Heimlich schnappe ich mir meinen Pinsel und male einen Klecks auf ihre Nase.

»Hej!« Sie kichert, schnappt sich ebenfalls ihren Pinsel und bemalt meine Wange. Dann meine Stirn. Meine Nase, mein Kinn. Ich lasse es geschehen und kann nicht verhindern, dass mir abwechselnd heiße und kalte Schauer über meinen Körper jagen.

Mein Blick bleibt an ihren Lippen hängen und alles, was ich denken kann, ist, dass ich sie küssen will. Verdammt, ich werde bald wahnsinnig, wenn ich sie nicht küsse. Ich nehme ihr Gesicht in meine Hände und als meine Lippen ihre berühren, seufzt sie leise.

Das Verlangen in mir wächst ins Unermessliche. Und doch will ich vorsichtig sein, denn immer noch habe ich Angst, zu schnell zu sein.

Kurz halte ich inne, blicke ihr tief in die Augen. Ihr Nicken bringt mein Herz zum Rasen und als meine Zunge ihre findet, habe ich keine Worte mehr für das, was ich empfinde.

Ich küsse ihre Wangen, ihren Hals, ihr Schlüsselbein. Meine Hände wandern über den Saum ihres Pullovers, suchen sich einen Weg unter den Stoff, streifen erst über ihren Rücken, dann über ihren Hals und erkunden jeden Zentimeter ihrer nackten Haut. Immer wieder suche ich Blickkontakt, schaue, ob es ihr gut geht, will sie nicht überrumpeln.

Verdammt, ich bin kurz davor, meinen Verstand zu verlieren, die Sehnsucht nach ihr duelliert sich mit der Angst, etwas falsch zu machen. Zu schnell zu sein. Zu viel zu wollen. Denn eigentlich bin ich doch hier, um mit ihr zu malen.

»Majvi … ich …«, stammle ich und sie öffnet die Augen. Ich nehme ihre Hände und küsse die Stelle unter ihrem Puls.

»Was ist?«, wispert sie.

»Ist das okay, was wir hier machen?«, frage ich unsicher. Und genau das bin ich auch.

»Ich glaube schon, oder?« Sie lächelt sanft und ich ziehe sie näher an mich heran. So, dass ihre Beine über meinen liegen. Unsere Gesichter sind sich so nah, unser Atem vermengt sich und dann frage ich: »Hast du schonmal mit jemandem geschlafen?«

Sie schüttelt den Kopf.

»Du?«, flüstert sie.

»Nein. Noch nie.«

Ihr Blick bleibt an mir haften.

»Nicht?« Ungläubigkeit schwingt in ihrer Stimme.

Ich schüttle den Kopf.

»Wie kann das sein, Jesper?«

»Wie kann was sein, Majvi?« Ich verstehe nicht, was sie meint.

»Na ja, du wirkst jetzt nicht so, als hättest du keine Gelegenheit dazu gehabt. Und schüchtern wirkst du auch nicht. Du hattest doch bestimmt schon eine Freundin, oder?«

Ich nicke.

»Ich verstehe also nicht, woran es liegt, dass du noch keinen Sex hattest.«

»Das habe ich nicht gesagt«, widerspreche ich und grinse. »Aber ich habe noch nie mit einer Frau geschlafen, falls du das meinst. Es hat einfach nicht gepasst, weißt du.«

Ihre Stirn lehnt an meiner Stirn, unscharf kann ich sie Lächeln sehen.

»Und jetzt? Denkst du, es würde jetzt passen?« Ihre Frage jagt mir eine Gänsehaut über meinen Rücken und ich bin nicht sicher, ob ich mich verhört habe.

»Frag das nochmal«, flüstere ich an ihrem Hals und sie erschaudert.

»Würde es jetzt passen?«, flüstert sie mir ins Ohr.

In diesem Moment weiß ich, dass ich verloren habe. Meinen Verstand, meine Beherrschung, mein Herz.

»Wir wollten malen«, widerspreche ich ihr und ziehe sie zwischen den Farben und Papieren auf den Boden. Ich küsse mich ihren Hals entlang und als meine Hände sich ihren Weg unter all dem Stoff suchen, erschauert sie.

Majvi

Während ich dabei bin, mich unter Jespers Berührungen völlig aufzulösen, kann ich immer noch nicht fassen, dass wir das hier gemeinsam erleben. Und das nimmt mir so viel von dem Druck, mich beweisen zu müssen, denn das muss ich nicht. Es gibt keine Vergleiche, weder für ihn noch für mich, nur uns und meinen Kopf, der gleich explodiert, und all die Sehnsucht, die mich fast wahnsinnig werden lässt.

Während wir unsere Körper erkunden, habe ich das Gefühl, neben mir zu stehen. All das macht mich so unfassbar schwindelig und als seine Hände unter meinen Slip wandern, ist es vorbei mit meiner Beherrschung und ich habe keine Ahnung, wie ich gerade einen einzigen klaren Gedanken fassen soll. Soll ich das? Muss ich das?

Noch kann ich das hier abbrechen. Meine Vernunft schreit mir mal wieder laut ins Ohr, dass dies hier ein Wagnis ist. Ich bewege mich auf unbekanntem Terrain und habe die vage Vermutung, dass ich danach eine andere sein werde. Eine, die ihr Herz komplett verloren hat. Doch was soll falsch daran sein, sein Herz zu verlieren? Ich halte meiner Vernunft in meinen Gedanken den Mund zu und lasse mich fallen.

Jespers Hände tasten zaghaft über meinen Körper.

»Darf ich?«, flüstert er, bevor seine Finger meinen BH streifen.

Ich nicke.

Er nestelt am Verschluss, bekommt ihn nicht auf, ich helfe ihm und lasse den BH über die Schultern gleiten. Immer wieder fragt er nach, ob das, was er tut, okay für mich ist. Immer wieder bejahe ich. Als er meine Brüste berührt, küsst, bin ich so erregt, dass ich meine Hände in die Kissen kralle.

Jesper küsst sich weiter nach unten. Am Saum meines Slips hält er inne.

»Okay?« Seine Stimme klingt rau, mein »Ja«, heiser. Als er unter meinen Slip fährt, pocht meine Mitte.

Stromschläge jagen von meinem Kopf bis zu den Zehen und ich recke mich ihm entgegen. Seine Küsse machen mich schwindelig, seine Berührungen lassen mich erschauern und als ich durch seine Hände zum Höhepunkt komme, kann ich nichts anderes zu tun, als seinen Namen zu stöhnen.

Jespers Strahlen über mir lässt mich zufrieden lächeln.

»War es gut?«, fragt er unverschämt ehrlich und ich halte meine Hände vors Gesicht, die er sachte in seine nimmt und sich dann neben mich legt.

Ich rolle mich auf ihn, spüre seine Härte, und vergrabe meine Hände in seinen Haaren. Küsse ihn mit allem, was in mir ist. Mein Herz ist kurz vorm Zerspringen und Jespers Stöhnen, als ich den Bund seiner Jeans öffne und über den Stoff seiner Boxershorts fahre, bewirkt ein Gefühl in mir, welches ich noch nie zuvor gefühlt habe. Was macht er mit mir? Was macht das alles mit mir? Es ist ein Gefühl von tiefem Geerdetsein und gleichzeitigem Schweben, und als ich unter den Stoff seiner Shorts fahre, reißt er mich herum und wir ziehen uns gegenseitig aus.

Immer wieder hält er inne, fragt, ob das wirklich okay ist.

Allen leisen Zweifeln, die sich neben all die Sehnsucht drängen, zum Trotz nicke ich. Denn alles, was ich will, ist mich unter seinen Berührungen aufzulösen.

Er fischt grinsend ein Kondom aus seiner Hose und bringt mich damit zum Schmunzeln. Meinen fragenden Blick quittiert er mit einem Schulterzucken.

»Vorhin schnell eingeschoben.«

Der Schmerz, den ich beim Eindringen empfinde, lässt mich die Luft anhalten, ich wimmere leicht, Jesper hält inne, fragt tausend Mal, ob er aufhören soll. Doch ich verneine. Denn gleichzeitig macht mich die Vorstellung, ihm so nahe zu sein, schwindelig vor Glück.

Als ich mich wieder entspanne, bewegt er sich sanft in mir, blickt mir dabei tief in die Augen, vergewissert sich, dass es mir gut geht.

Ich habe das Gefühl, nicht nur unsere Körper, sondern, ich bin fast sicher, auch unsere Seelen verschmelzen in diesem Moment. Vermutlich werde ich gleich in Tränen ausbrechen vor lauter Glück, das ich empfinde, weil wir uns so unfassbar nahe sind. Etwas in mir sucht nach Worten dafür und findet keine.

Unsere Körper bewegen sich im selben Rhythmus, unsere Blicke sind miteinander verwoben, ich muss ihn jede einzelne Sekunde ansehen und er mich. Jede noch so kleine Regung in seinem Gesicht will ich mir einprägen, all das, was es mit uns macht, während seine Bewegungen immer intensiver werden. Ich spüre ihn so nah bei mir, in mir, dass ich glaube, nie wieder etwas anderes als Liebe für diesen Kerl empfinden zu können.

Als Jesper plötzlich innehält, zittert, stöhnt, schmilzt meine Seele zu Wachs und mein Herz ebenso. Er sinkt schwer auf mich, sein schlaffer Körper liegt auf meinem. Verschmolzen, verwoben.

Ich fühle mich so frei.

Eine Weile liegen wir nur da, ich bin unfähig, in Worte zu fassen, was ich fühle, vermutlich geht es ihm genauso?

Er rollt von mir herunter und zieht mich in seinen Arm. Ich bin von Kopf bis Fuß erfüllt von warmen Wellen, die sich durch meinen Körper bewegen.

Jesper atmet tief aus und küsst mich auf die Stirn. »Majvi?«, flüstert er in mein Haar, ich blicke ihn fragend an. »Ich wollte nur deinen Namen sagen«, wispert er an meinem Hals und ich kann ihn lächeln spüren. »Erzähl mir etwas, was keiner über dich weiß.«

»Ähm …?«

»Ähm, was? War das dein Geheimnis?«

»Ich glaube, ich habe keines. Hast du denn eins?«

»Ich glaube, ja. Willst du es hören?«

Als ich nicke, fährt er fort.

»Das hier gerade, was zwischen uns passiert ist. Das ist mein schönstes Geheimnis.«

Ich seufze tief vor Glück, spüre genau, was er meint.

»Kennst du Michel?«, flüstere ich und blicke in sein zufriedenes Gesicht.

»Michel?«

»Ja, Michel aus Lönneberga. Es war mein liebstes Kinderbuch. Weil Michel so mutig und frech war. Und wegen Michel und Alfred. Die haben immer zusammengehalten.«

»Okaaaaay?«

»Ja«, sage ich mit einem Lächeln im Gesicht.

»Die beiden hatten immer diesen *einen* Satz, der ihren Zusammenhalt ausdrückte: Du und ich, Michel. Und dann sagte Michel: Ja, Alfred, du und ich. Da war so eine tiefe Verbundenheit. Das fand ich immer so schön als Kind.«

Kurz ist es ruhig, dann blickt Jesper mir tief in die Augen.

»Du und ich, Jesper«, flüstere ich.

»Du und ich, Majvi«, sagt er leise und strahlt mich an. Sein Lächeln ist alles.

Er und ich.

Obwohl Sonntag ist, muss ich arbeiten. Das Los der Menschen in Pflegeberufen. Nichts kann heute meine Laune trüben, da bin ich mir fast sicher. Es ist früh, es ist kalt und trotzdem hüpfe ich gut gelaunt aus meinem Bett.

Jesper ist gestern Abend noch spät nach Hause gefahren, weil auch er heute zur Arbeit muss.

Als ich gerade gehen will, piepst mein Handy. Ich schaue kurz nach, wer geschrieben hat. Meine Mutter? Oha. Verwundert lese ich, was sie mir zu sagen hat. Ist ihr plötzlich eingefallen, dass sie noch eine Tochter hat?

Hej Majvi!
Wir geben nächsten Sonntag ein Mittagessen. Dein Bruder wird auch da sein. Es gibt etwas zu feiern. Falls du ebenfalls kommen magst, zwölf Uhr. Gib mir bitte kurz Bescheid, damit ich weiß, für wie viele Personen ich planen muss.
Gruß Mama

»Tssssss«, entweicht mir ein genervtes Stöhnen durch meinen zusammengekniffenen Kiefer. Ist das jetzt ihr Ernst? Seit Wochen nichts, außer ein knappes: »Wie geht es dir?

Hoffentlich hast du dich gut eingelebt.« Nicht mehr. Weniger wäre unmöglich, denn das wäre gleichzusetzen mit nichts. Sie haben sich nicht einmal mein eingerichtetes Zimmer angeschaut.

Doch ich beschließe, mich nicht zu ärgern. Nicht heute. Ich werde mir von ihr nicht meine Laune verderben lassen, gerade fühle ich mich so lebendig und stark und pfeffere das Handy wieder in meine Tasche. Dann verlasse ich die Wohnung und tauche ins Dunkel der Stadt, die noch schläft.

Eine halbe Stunde und eine Busfahrt später gehe ich über den Flur, auf dem Weg zu meinem Spind, und werde prompt von Schwester Hanne abgefangen. Der Tag fängt ja schon richtig gut an. Ihre Bitte, gleich nach dem Umziehen ins Dienstzimmer zu kommen, macht mich unsicher. Sie klingt so streng. Wobei, so klingt sie immer, es ist also nichts Neues. Eigentlich.

Was will sie von mir? In mir regt sich Unsicherheit, diese Frau hat etwas an sich, womit ich Schwierigkeiten habe. Ihre Gegenwart macht, dass ich mich klein fühle. Ich komme mit ihrer autoritären Ausstrahlung nicht klar. Also straffe ich die Schultern, atme tief durch und klopfe dann an die geöffnete Tür des Dienstzimmers.

»Komm rein, Majvi, und setz dich.«

O Gott, so förmlich? Setzen? Das heißt, das wird etwas Längeres. Jetzt bin ich nicht mehr nur etwas unsicher, sondern rutsche auf meinem Stuhl herum. Bin genervt, dass ich mich so schlecht fühle. Erst die Nachricht meiner Mutter und jetzt auch noch Schwester Hanne.

»Majvi. Mir kam zu Ohren, dass du in Eigeninitiative einen Abend mit den Senioren gestaltet hast.«

Oh, darum geht es. Sie will mich loben? Erleichterung macht sich in mir breit und ich lächle sie an.

»Ja, das stimmt.«

»Warum wurde das nicht mit mir abgestimmt?«

Zack! Da war er wieder. Der Eimer mit eiskaltem Wasser ins Gesicht. Warum tut sie das?

Wie konnte ich nur annehmen, dass sie mich loben will?

Ich wappne mich innerlich für das, was jetzt kommt. Mein nervöser Magen beginnt zu rumoren.

»Ich … ich hatte das mit der Ergotherapeutin abgesprochen. Mira meinte, wenn ich das nach Feierabend mache, wäre das ausreichend.«

»Mira?« Sie schüttelt den Kopf. »Seit wann bestimmt Mira, was hier wie gemacht wird. Das hättest du mit mir abklären müssen. Oder was steht hier auf meinem Namensschild?« Demonstrativ tippt sie mit dem Zeigefinger auf das kleine Wort, das unter ihrem Namen steht: Pflegedienstleitung.

Ein Wunder, dass sie es mir nicht noch buchstabiert.

»Ich habe diese Bezeichnung nicht zum Scherz, Majvi. Es ehrt dich, dass du Initiative ergriffen hast, jedoch hättest du es mit mir besprechen müssen. Es geht hier auch um eine professionelle Distanz zu den Bewohnern. Und wenn du solche Dinge nach Feierabend anbietest, verwöhnst du die Bewohner auch.«

Bitte, was? Und was daran ist falsch, denke ich, traue mich jedoch nicht, die Worte laut auszusprechen.

»In diesem Beruf ist es wichtig, sich abzugrenzen«, erklärt sie mir weiter und es ist nicht das Verständnis, welches ich von dieser Arbeit habe. Dieses Heim hier ist das Zuhause der Senioren und oft alles, was diese Menschen noch haben.

In mir regt sich eine ganze Menge an Widerstand. Ich spüre deutlich, dass es nicht in Ordnung ist, nichts zu sagen. Die ungesagten Worte klopfen von innen gegen meinen zusammengebissenen Kiefer, doch ich lasse sie nicht frei. Ich kann nicht.

Schweiß steht auf meiner Stirn, ich balle meine Hände zu Fäusten. In diesem Moment hasse ich meine Schüchternheit. Dass ich nicht schlagfertig genug bin, denn all die Ungerechtigkeit, die ich bei ihrer Aussage empfinde, hämmert laut von innen gegen meinen Brustkorb.

»Das sehe ich anders«, denke ich, doch als ich die Worte aus meinem Mund fallen höre, schwer und plump, direkt vor Schwester Hannes Füße, schaue ich erschrocken in ihr verärgertes Gesicht. Verdammt. Ich habe laut gedacht. Das ist mir in meinem Leben zuvor noch nie passiert. Was mache ich denn jetzt?

»Das mag sein, trotzdem ist es falsch«, herrscht sie mich an. »Das nächste Mal geht so eine Aktion nicht ohne eine Absprache mit mir über die Bühne. Ende der Durchsage und an die Arbeit.«

Ende der Durchsage? Wirklich jetzt?

Ich unterdrücke das drängende Gefühl, meinen Kopf zu schütteln, und verlasse das Dienstzimmer mit einem verwundeten Herzen, wenn ich an die Bewohner denke und wer im Zweifelsfall hier für sie einsteht. Diese Person, die so gar keine Liebe für diese Menschen hat, sondern nur ihre Statistiken, Normen und nicht zu vergessen die professionelle Distanz.

Mir laufen die Tränen über die Wangen.

Mira kommt mir mit dem Wäschewagen entgegen, wir müssen heute Betten beziehen. Schnell wische ich mir die Tränen aus dem Gesicht, doch sie hat sie längst gesehen.

»Hej, was ist los?« Ihre besorgte Stimme macht mich noch trauriger, doch ich kann gerade nicht darüber reden.

»Schwester Hanne«, murmle ich nur. »Nicht jetzt. Lass uns anfangen, ich brauche Ablenkung, ja?«

»Kein Problem.« Mira nickt nur, streichelt mir liebevoll über den Rücken und wir beginnen mit der Arbeit.

Und ich hatte recht. Die Ablenkung tut mir gut, die Begegnungen mit den Menschen machen mich glücklich, ihre Freude, mich zu sehen, all das erfüllt mich mit so viel Zufriedenheit. Würden meine Eltern das wissen, würden sie mir meine Mündigkeit absprechen. Für sie gibt es nur einen Weg: eine akademische Laufbahn. Doch meinen anderen Wunsch, etwas Künstlerisches zu erlernen, behandeln sie ebenso abschätzig, sodass es vermutlich egal ist, was ich tue. Denn alles Kreative ist ihrer Meinung nach brotlose Kunst. In ihren Augen ist es so oder so das Falsche, egal wofür ich mich entscheide.

Schwester Hanne ist weit in den Hintergrund gerückt, verdrängt von den schönen Erlebnissen, die der Tag und die Zeit mit den Senioren mit sich brachten.

Es ist kurz vor Feierabend, doch ich kann nicht gehen, ohne noch einmal bei Oma Lotte vorbeigeschaut zu haben. Sachte klopfe ich an ihre Zimmertür und trete ein, als ich ihr »Ja« vernehme.

Lächelnd sitzt sie in ihrem Fernsehsessel.

»Majvi, wie schön, dass du vorbeischaust.«

»Ich wollte Ihnen noch einen schönen Abend wünschen, Oma Lotte. Kann ich Ihnen noch etwas Gutes tun?«

»Das kannst du.« Ihr eifriges Nicken unterstreicht die Dringlichkeit ihrer Aussage.

»Okay? Und was genau?«

»Bringst du den Carl zu mir? Wir wollen zusammen fernsehen. Kannst du das für mich machen, bevor du in den Feierabend gehst? Ich wäre dir so dankbar dafür.«

Ihre Ernsthaftigkeit bringt mich zum Lächeln.

»Das kann ich, aber wie kommt er wieder zurück? Er kann ja noch nicht selbstständig gehen.«

Jetzt ist es Oma Lotte, die lächelt.

»Das lass mal meine Sorge sein.« Sie kichert und steckt mich damit an.

»Okay, wenn Sie meinen.«

»Meine ich. Ich frage die Nachtschwester, ob sie mir hilft. Und zur Not schiebe ich ihn mit dem Rollstuhl rüber. Das schaffe ich bestimmt, wenn er schon darin sitzt. Nur allein bekomme ich ihn halt nicht in den Rollstuhl hinein.«

»Alles klar, bin gleich wieder da. Ich nehme an, Ihr Carl weiß schon Bescheid?«

»Weiß er, wir haben uns beim Abendessen verabredet.« Sie schürzt die Lippen und ich verlasse grinsend das Zimmer, um fünf Minuten später mit einem aufgeregten Carl Andersen im Rollstuhl wieder zurückzukommen. Die Freude auf beiden Gesichtern hinterlässt ein wohliges Gefühl in mir.

»Gibt es einen Plan, was Sie anschauen wollen?«, frage ich interessiert.

»Das ist egal, Hauptsache zu zweit.«

Carl und Oma Lotte strahlen um die Wette.

O mein Gott, die beiden sind so süß und ich so glücklich, ihnen diesen Gefallen getan zu haben. Ich wünsche den beiden noch einen schönen Abend und verabschiede mich dann in den Feierabend.

Zu Hause angekommen, ziehe ich zuerst meinen Laptop hervor, hoffe auf eine Nachricht von Jesper und will ihn außerdem fragen, ob er sich vorstellen kann, mich zu diesem Essen bei meinen Eltern zu begleiten.

Mir macht die Vorstellung Angst, ihnen allein unter die Augen treten zu müssen, vor allem wenn mein Bruder mit Begleitung da ist. Außerdem habe ich ihnen noch nicht von Jesper erzählt, wann denn auch? Es wäre also die passende Gelegenheit dafür, wie ich finde.

An: majvi@friis.dk

Betreff: Hej!

Alles, was ich wissen will, ist, wie war dein Tag?
Ich vermisse dich etwas mehr als geplant. 😇

Dein Jesper

An: jesper@holst.dk
Betreff: Hej zurück!

Mein Tag war richtig doof. Ich habe einen Einlauf von Schwester Hanne, ach entschuldige, Pflegedienstleitung Hanne bekommen. Wie konnte ich ihren Titel vergessen? Merkt man, dass ich etwas zynisch bin?
Was ich dich fragen wollte, Jesper. Du darfst aber ganz ehrlich sein, ja? Könntest du dir vorstellen, nächsten

Sonntag mit mir zu meinen Eltern zu gehen – sie haben mich zum Mittagessen eingeladen. Ich weiß noch nicht so richtig, wie ich das finden soll.
Ich vermisse dich auch.

Deine Majvi

An: majvi@friis.dk
Betreff: Logo

Na klaro. Ich bin dabei, du kannst auf mich zählen.
Ich freue mich, dass du mich fragst.
Oh, das klingt aber nicht gut mit Schwester Hanne.
Wie doof. Das tut mir leid.
Erzähl mir davon, wenn du magst.

Dein Jesper

An: jesper@holst.dk
Betreff: Logo

Ich erzähl dir davon, wenn wir uns sehen, okay? Ich kann gerade nicht.
Sollen wir uns dann bei meinen Eltern direkt treffen? Ich kann dir die Adresse schicken, oder wie machen wir das?

Majvi

An: majvi@friss.dk
Betreff: Immer noch logo

Nee, wir machen das anders. Ich hol dich mit unserem Surfbus ab, ja?
Apropos Surfen. Nachdem wir so professionell gemalt haben *hust*, wäre es mal wieder Zeit für eine Surfeinheit, oder was denkst du? 🏄
Ich hoffe, du hast mein Kunstwerk aufgehoben? 😉

Jesper

An: jesper@holst.dk
Betreff: Logoooo

Logo hab ich das aufgehoben. Was denkst du denn?
Ich würde unglaublich gerne wieder mit dir surfen gehen, nur werde ich es vor dem Essen bei meinen Eltern nicht schaffen.
Mein Dienstplan für die kommende Woche ist etwas chaotisch, ich habe ständig Spätschicht und Samstag muss ich auch arbeiten, da ich Sonntag dann frei habe.
Aber danach gerne.

Majvi

An: majvi@friis.dk
Betreff: Okay

Ja, dann wird es wohl echt nix, ich hab immer Frühdienst nächste Woche. Schade. Aber ich freu mich umso mehr auf das nächste Mal. Und auf Sonntag.
Wir lesen uns. Ich mag dich … so sehr.

Jesper

An: jesper.@holst.dk

Betreff: ❤

Ich mag dich auch … Sehr!

Majvi

Majui

Ich wälze mich seit Stunden im Bett hin und her.

In meinem Zimmer ist es stockdunkel, ich setze mich auf, öffne meine Vorhänge einen Spalt und starre in den schwarzen Nachthimmel. Die grauen Wolken ziehen vorbei, lassen den Mond immer wieder verschwinden. Ich wünschte, mit meinen Gedanken würde das auch funktionieren.

Zum hundertsten Mal grüble ich über Schwester Hannes Worte nach. Sie haben mich mehr verletzt, als ich mir zuerst eingestehen wollte. Doch jetzt in der Dunkelheit, wenn es leise ist, ist der Schmerz in mir darüber umso lauter. All die ›Warums‹ in mir wirbeln in meinen Gedanken herum, sodass ich nicht zur Ruhe komme. Ich bin überdreht, überreizt, wütend.

Hatte sie recht? Habe ich mich falsch verhalten? Ich habe doch nur versucht, das Richtige zu tun. Den Bewohnern eine Freude zu machen. Warum werde ich dafür bestraft? Warum habe ich den Mund nicht aufbekommen? Warum kann ich mich deswegen gerade nicht leiden? Warum ist die Welt so ungerecht?

Das Gedankenchaos in mir lässt mich nicht zur Ruhe kommen. Mich fröstelt und ich kuschle mich wieder in mein Bett. Tränen lösen sich endlich aus meinen Augen, ich weine den ganzen Frust aus mir heraus. Mein Körper bebt, wie sehr würde ich mir gerade wünschen, dass mich jemand hält. Mich versteht.

»Sensibelchen.« Das Wort, das plötzlich in meinen Gedanken herumgeistert, ist wie ein giftiger Pfeil, der durch mein Hirn wirbelt und mich mitten in meiner Seele trifft.

»Jetzt ist aber mal gut«, hat Mama immer gesagt, wenn ich nicht aufhören konnte zu weinen. »Steigere dich doch nicht so hinein.«

Nichts ist gut, denke ich. Warum habt ihr mich nie akzeptiert, so wie ich bin?

All der Schutt aus der Vergangenheit legt sich zusätzlich schwer auf mich, sodass ich das Gefühl habe, keine Luft zu bekommen.

Ich kann hier nicht liegen, meine Gedanken sind zu laut, die Nacht zu leise.

Seufzend stehe ich auf, tapse ins Wohnzimmer, setze mir Teewasser auf. Baldriantee. Ich hoffe, dass er hilft und ich ein bisschen runterkomme.

Ich nehme einige Schlucke, kuschle mich auf dem Sofa unserer Wohnküche in eine Decke und atme mehrmals tief ein und aus, bis mein Herz wieder langsamer schlägt.

Am nächsten Morgen erwache ich auf dem Sofa. Mein Körper bleischwer, meine Seele noch schwerer. Ich spüre jeden Knochen. Mein Nacken, mein Herz, alles verspannt. So sehr, dass ich mich krankmelde. Allein die Vorstellung von Schwester Hanne löst Bauchschmerzen in mir aus.

Ich kann nicht. Ich kann einfach nicht.

Die Woche vergeht wie im Flug. Nach einem Tag Pause bin ich wieder arbeiten gegangen. Schwester Hanne habe ich zum Glück nicht mehr gesehen, da sie sich auch krankgemeldet hat. Dem Himmel sei Dank! Wenn sie nicht da ist und ihre Strenge auf der Station versprüht, geht es mir um Welten besser. Ich fühle mich freier und nicht so unter Beobachtung.

Heute ist Sonntag, Jesper hat mich abgeholt, wir sitzen in Theos Bus, auf dem Weg zu meinen Eltern. Gerade habe ich ihm vom Vorfall mit Hanne erzählt und wie traurig ich ihre Einstellung finde. Ich versuche, mich abzulenken, denn ich bin schrecklich aufgeregt wegen des Besuchs bei meinen Eltern.

»Sie muss schon sehr unglücklich sein«, philosophiert Jesper über Hannes Gemütszustand.

»Ja, das glaube ich auch, nur wie traurig ist es erst, dass andere darunter leiden müssen?«

»Das ist traurig, ja. Ich kann nicht verstehen, wie man so starr in seinen Ansichten sein kann. Was ist falsch daran, Zeit mit den Senioren zu verbringen?«

Ich zucke mit den Schultern, als Jesper in die Straße einbiegt, in der meine Eltern wohnen, und den Bus parkt.

»Heiliger Bimbam«, entfährt es ihm, als er unser Haus erblickt.

Jetzt, wo ich so lange nicht mehr da war, kann ich verstehen, was er meint.

»Es ist ... beeindruckend«, sagt er. Ehrfurcht schwingt in seiner Stimme mit.

»Noch kannst du es dir anders überlegen, wenn du ...«

»Quatsch. Ich habe zugesagt, ich lass dich doch jetzt nicht hängen.«

Nervös streift er über seinen Pullover und ich ahne, dass er mächtig aufgeregt ist. Er drückt meine Hand, als wir nach dem Klingeln wartend auf dem Treppenabsatz stehen. Dann öffnet sich die Tür.

Meine Mutter. Ihr Gesicht verbirgt sie unter einem perfekten Make-up. Wie immer. Sie lächelt, doch ihr Lächeln erreicht ihre Augen nicht. Es wirkt aufgesetzt. Auch wie immer. Ich sehe, wie sie Jesper unverhohlen mustert. Er scheint es ebenso zu spüren, denn er zupft nervös an seinem Pullover herum.

Ich habe noch nicht mal einen Fuß über die Schwelle gesetzt und bin trotzdem schon maximal genervt vom Verhalten meiner Mutter.

»Kommt rein. Schön, dass ihr das seid«, flötet sie überschwänglich. Es klingt unnatürlich und lässt mir keine Zeit, um darüber nachzudenken.

»Mama, das ist Jesper«, stelle ich ihn vor, während ich meine Jacke an die Garderobe hängen will, doch meine Mutter ist schneller und nimmt sie mir ab.

»Hallo Jesper.«

Falls sie sich wundert, dass ich in Begleitung komme, kann sie es gut verbergen. Immer noch trägt sie dieses maskierte Lächeln, welches ich ihr so gar nicht abkaufe.

»Und jetzt kommt rein und setzt euch, wir warten schon alle auf euch.«

Wer bitte ist ›*alle*‹, denke ich noch, doch als meine Mutter die Tür zum Salon öffnet, ist es mir klar. Und, ja, so heißt der Raum bei uns. Esszimmer wäre erstens zu gewöhnlich und zweitens tatsächlich nicht ganz passend, denn von einem Zimmer kann man in diesem Fall wirklich nicht sprechen. Es ist ... imposant.

In der Mitte steht ein riesiger Tisch aus edlem Holz, über dem ein Kronleuchter hängt. Dort sitzt eine fremde Person neben meinem Bruder und meinem Vater. Ihr freundliches Lächeln wirkt etwas verkrampft, vermutlich ist sie genauso nervös wie Jesper und ich.

Als mein Bruder aufsteht, springt sie fast gleichzeitig auf. Noch ehe ich überhaupt ein Wort hervorbringen kann, stellt er sie in perfekter Manier vor.

»Majvi, das ist Melody, meine Freundin.«

Melody? Klar. Natürlich hat seine Freundin einen ausgefallenen Namen, was auch sonst, denke ich. Mein Bruder ist immer für eine Überraschung gut und schafft es generell, mir die Show zu stehlen.

Meinte meine Mutter das, als sie sagte, es gäbe etwas zu feiern? Oder will mein perfekter Bruder vielleicht gleich noch seine Verlobung bekanntgeben? Wundern würde mich in diesem Haus gar nichts mehr und ich bin kurz davor ein lautes »MÄÄÄÄÄHH«, von mir zu geben, so sehr komme ich mir wie das schwarze Schaf der Familie, vor. Ich passe hier einfach nicht dazu. So überhaupt nicht.

Ich bin bei Weitem kein zynischer Mensch. Doch sobald ich mit einigen Mitgliedern dieser Familie in einem Raum bin, verwandle ich mich in ein zynisches Etwas, das ich selbst nicht kenne. Vermutlich ist das für mich der einzig erträgliche Weg, mit diesem Druck klarzukommen, der wie klebrige Spinnweben unter der Zimmerdecke hängt. In diesem Haus gibt es keinerlei echte Spinnweben an den Decken, dafür sorgt schon die »Perle« des Hauses, wie Mutter sie immer nennt. Leider schafft es die Perle nicht, die Schwaden von Perfektion und Druck zu entfernen. Wie denn auch?

Jesper räuspert sich verlegen. Ich sammle mich und stelle ihn ebenfalls vor, dann nehmen wir an den uns zugewiesenen Stühlen Platz.

Mein Vater, der natürlich an der Stirnseite des Tisches sitzt und bisher noch in eine Fachzeitschrift vertieft war, hat nun auch endlich die Güte, sich uns zuzuwenden.

»Hallo Majvi. Und du bist …?«

Na klar. Er hat wieder nichts mitbekommen.

»Jesper. Mein Freund«, führe ich seinen Satz fort.

»Aha.«

Aha? Ob er für Melody wohl auch nur ein karges ›Aha‹ übrig hatte? Ich wage es, zu bezweifeln.

Ich bin bis zum Anschlag gefüllt von so viel angestauter Wut meinerseits, dass ich das Gefühl habe, demnächst zu implodieren, so viel Druck lastet von außen auf mir. Als meine Mutter mit den silbernen Platten, gefüllt mit Essen, hereinkommt, springt mein Bruder sofort auf, um sie ihr abzunehmen, und das begeisterte »Ahhhhh« meines Vaters setzt dem Ganzen noch die Krone auf.

Jesper wirft mir ein aufmunterndes Lächeln zu. »Das sieht ganz köstlich aus, Frau Friis«, lobt er meine Mutter.

»Friis-Petersen«, verbessert diese ihn und Jesper blickt etwas irritiert in die Runde.

»Meine Mutter wollte ihren Namen, den sie sich hart erarbeitet hat, nicht aufgeben«, erkläre ich. »Stimmt doch Mama, oder?«, frage ich spitz und hasse es, zu welcher Person ich in diesem Haus werde.

»Ja, das stimmt, ich habe schließlich nicht aus Langeweile promoviert, Majvi.« Ihr strenger Blick klatscht mir mitten ins Gesicht, spitz und stechend wie ein Eishagel.

»Und jetzt lasst es euch schmecken.«

Eine Weile herrscht Stille, bis mein Bruder das Wort an sich zieht.

»Ich wurde für ein Stipendium vorgeschlagen, aufgrund meiner guten Leistungen.«

Ich blicke ihn an und wünschte, der Boden würde sich in diesem Augenblick auftun und ihn mitsamt seiner wunderschönen Freundin verschlingen. Wie macht es dieser Mensch, so perfekt zu sein?

Mein »Applaus!« flüchtet aus meinem Mund, noch ehe ich es stoppen kann. Es klingt nicht so, wie es sollte. Es klingt nach Neid und härter als geplant.

Man sollte nicht neidisch auf seinen Bruder sein. Man sollte stolz auf ihn sein, doch ich kann nicht. Denn er ist der Grund, warum ich für meine Eltern quasi nicht existent bin. Er schafft es immer wieder, dass ich mich klein und unbedeutend neben ihm fühle. Weil er erfolgreich ist in seinem Studium und sich so verhält, wie meine Eltern es von ihm erwarten.

Und genau im selben Moment, in dem ich darüber nachdenke, dass es nicht schlimmer kommen kann, sagt er: »Und Melody übrigens auch.«

Bääääääämmmmm!

Die Messlatte hängt jetzt an der ohnehin schon höheren Stuckdecke, direkt unter dem Kronleuchter. In meinen Gedanken sehe ich mich an einer Leiter nach oben klettern, um meinem Bruder das Wasser zu reichen. Doch diese beginnt bedenklich zu schwanken und ich lande mit dem Gesicht direkt auf dem gebohnerten Parkett der Tatsachen.

»Majvi hat vor einiger Zeit einen wunderschönen Abend mit den Senioren im Heim selbst gestaltet.« Jespers Stimme dringt wie gedämpft an mein Ohr.

Als hätte mir jemand kaltes Wasser ins Gesicht geklatscht, starre ich ihn an. Hat er das gerade wirklich gesagt? O Gott, er kennt meine Eltern nicht. Damit kann man in diesem Haus absolut niemanden beeindrucken. Nicht einmal die Stubenfliege, die gelangweilt an einem der Fenster spaziert und immer wieder hilflos dagegen donnert beim Versuch, zu flüchten. Ich fühle mich plötzlich auf merkwürdige Weise mit ihr verbunden.

»Aha«, macht mein Vater wieder und meine Mutter flötet: »Das ist ja wunderbar, Majvi. Und was machst du, Jesper? Beruflich, meine ich.«

Natürlich. Beruflich. Als würde das Leben aus nichts anderem bestehen.

»Ich arbeite im selben Seniorenheim wie Majvi und mache dort ebenfalls mein FSJ.«

»Du machst auch ein FSJ? Interessant.« Meine Mutter aka die schlechteste Lügnerin der Welt säuselt Interesse, doch Jesper lässt sich davon nicht irritieren und erzählt munter von unserem Alltag in der Altenpflege, bis er unhöflich von meinem Vater unterbrochen wird. Sein Interesse gilt offensichtlich Melody, die er nach ihrem Studium ausfragt.

Ich schüttle den Kopf angesichts dieser komplett absurden Situation und wäre es nicht so traurig, würde ich in Lachen ausbrechen.

»Ich studiere Psychologie«, erklärt sie meinem Vater, der wohlwollend nickt.

Unwohlsein macht sich in meinem Magen breit, kriecht meinen Hals nach oben und lässt sich dort nieder, in Form eines dicken Kloßes. Schlagartig ist mir der Appetit vergangen.

Stöhnend schiebe ich den Teller von mir, womit ich mir einen tadelnden Blick meiner Mutter einfange.

»Schmeckt es dir etwa nicht, Majvi?«

»Ich bin satt«, ist alles, was mir über die Lippen kommt.

»Und ich möchte nach Hause«, sage ich an Jesper gewandt.

»Nach Hause? Dies hier ist doch dein Zuhause.«

Ein Kopfschütteln ist alles, was ich zustande bringe. Ich kann die Bestürzung in der Stimme meiner Mutter nicht wirklich nachvollziehen. Jedes Wort, das ich ihr entgegenschleudern möchte, verhallt ungesagt in meinem Inneren. Hämmert gegen die Kammern meines Herzens, treibt dort sein Unheil. Doch ich habe weder den Mut noch die Kraft, all das Toben in mir auszusprechen.

Jesper blickt mich verwirrt an, der Rest seines Lächelns fällt nun endgültig aus seinem Gesicht. In seinem Blick liegen tausend Fragezeichen. Hastig schiebt er noch seine gefüllte Gabel in den Mund, um sich dann zu verabschieden.

»Auf Wiedersehen, Herr Friis und Frau Friis-Petersen. Danke für die Einladung.«

Mehr schafft er nicht zu sagen, denn ich ziehe ihn an der Hand aus dem Salon und ein paar Sekunden später stehen wir schweigend draußen. Mein Hals ist wie zugeschnürt, weil der schmerzende Kloß dort sitzt.

Er öffnet mir stumm die Beifahrertür zu Theos VW-Bus.

Als er den Motor startet und der Bus sich in Bewegung setzt, breche ich in Tränen aus, welche kurz darauf von einem hysterischen Lachen abgelöst werden.

Jespers: »Heiliger Bimbam, was zum Henker war das denn?«, sorgt dafür, dass ich mich schüttle vor Lachen.

»Das war meine wundervolle Familie. Ein Drama in drei Akten. In der Hauptrolle Majvi Friis, das schwarze Schaf der Familie.« Das letzte Wort kommt nur noch flüsternd über meine Lippen, dann bricht meine Stimme weg und die geballte Traurigkeit sucht sich ihren Weg nach draußen.

Jesper fährt an den Straßenrand, hält mich, tröstet mich, fängt mich auf, denn das Gefühl, mich aufzulösen und auseinanderzufallen, übermannt mich und will mir den Boden unter den Füßen wegziehen. Ich hasse es, dass meine Familie so ist. Mich wie einen Menschen zweiter Klasse fühlen lässt. Doch seine Arme halten mich, sein: »Schschsch«, beruhigt mich und so weine ich all den ungehörten Schmerz aus meiner Seele, die sich durch meine Tränen reinigt. All der Schmutz, all der Druck wird herausgespült und eine Weile später fühle ich mich wie nach einem Gewitter. Gereinigt und klarer.

»Vielleicht verstehst du jetzt, warum ich da nicht allein hingehen wollte?«

»Und wie ich das tue und noch viel mehr. Das war …« Er ringt nach Worten. »Höchst merkwürdig. Sie sind um dich herumgetänzelt als hättest du die Pest. War das schon immer so?«

Ich schüttle den Kopf.

»Eigentlich ist es erst so schlimm geworden, nachdem ich mein Studium abgebrochen habe. Davor auch etwas, weil sie mit meiner Hochsensibilität nicht klarkamen, aber das konnte ich durch meine Leistungen noch kompensieren. Bis … ja, bis ich auch an dieser Stelle ihren Erwartungen nicht mehr gerecht wurde.«

»Das ist traurig.«

»Ist es.«

Resigniert ziehe ich die Schultern hoch, atme abgehakt ein und langsam und tief wieder aus.

»Ich bring dich nach Hause, oder?«, fragt er und ich nicke.

»Danke«, flüstere ich und sein wunderschönes Lächeln fällt warm in meine aufgewühlte Seele, streichelt dort ein klein wenig die Wogen glatt.

Jesper

Irgendwie habe ich das Gefühl, Majvi ablenken zu müssen. Sie aufmuntern zu müssen. Ich kann es schlecht ertragen, wenn es ihr nicht gut geht.

»Was hältst du davon, wenn ich dich doch noch nicht nach Hause bringe?«, frage ich ins Blaue.

Ihr Gesichtsausdruck wirkt angespannt.

»Sondern?«

»Wie wäre es, wenn wir meinen Vater und meine Schwester besuchen? Ich müsste sowieso mal wieder vorbei, dann könnte ich dich gleich vorstellen. Vielleicht hilft es dir auch, um auf andere Gedanken zu kommen. Und nachdem der Mittag bei deiner Familie dann doch schneller als geplant zu Ende war, hätten wir ja noch Zeit, oder? Was denkst du?«

»Vielleicht hilft das, ja? Warum nicht?«, stimmt sie mir zu.

Meine Mundwinkel heben sich, mein Grinsen spüre ich bis zu den Ohren.

Ich lenke den Wagen an der nächsten Ausfahrt von der Schnellstraße herunter, in Richtung meines Zuhauses.

Wenig später fahre ich in die vertraute Einfahrt aus Kies. Das kleine Haus mit dem Reetdach, den Sprossenfenstern, das so viele Erinnerungen beherbergt, liegt zwischen hohen Bäumen.

Wir steigen aus, Majvi blickt sich ausgiebig um.

»Schön hier«, sagt sie, während sie sich schrittweise im Kreis dreht.

Dann fällt ihr Blick auf unser Gewächshaus. Langsam geht sie darauf zu.

»Wow, baut hier jemand Gemüse an?«

Sie hält ihre Hände schützend rechts und links an die Augen und drückt ihre Nase an die Scheiben.

»Da ist ja ein Boden drin? Kein Gemüse?«

»Seit meine Mutter ausgezogen ist, nicht mehr. Mein Vater hat es dann umgebaut. So kann man es für Feiern oder so nutzen.«

»Verstehe«, sagt Majvi und genauso hört sich das kleine Wort an. Nach Verständnis.

Kurz nimmt sie meine Hand, drückt sie leicht und sucht meinen Blick.

Ich seufze, bin für einen Augenblick überfordert mit meinen Erinnerungen.

»Lass uns reingehen«, schlage ich vor.

Sie nickt und wir gehen in Richtung Eingang.

Ich hoffe, dass überhaupt jemand da ist, doch als ich klingle, geht wenig später die Tür auf und meine kleine Schwester öffnet mit neugierigen Augen.

»Liva, schön dich zu sehen«, sage ich und ziehe sie in eine Umarmung. Spüre, wie sie währenddessen Majvi mustert.

»Das ist Majvi. Meine Freundin. Lässt du uns rein?«

»Ja klar. Hallo, ich bin Liva.« Sie schütteln sich die Hände und wir betreten den Hausflur. Majvi etwas schüchtern, doch ich lasse ihr keine Zeit zum Nachdenken, nehme ihre Hand und plappere munter darauf los.

»Ist Papa auch da?«, frage ich an meine Schwester gewandt, im selben Moment höre ich ihn die Treppe herunterkommen.

»Welch hoher Besuch. Was verschafft uns denn die Ehre?« Sein tiefes Lachen erfüllt den Raum, er streckt Majvi die Hand entgegen.

»Ich bin Yorick«, sagt er.

Ihre zarte Hand versinkt in seiner großen, er bietet uns Kaffee und Æblekage an.

Majvi

Als Jespers Vater uns Æblekage serviert, ist er mir deshalb augenblicklich sympathisch. Den hat mein Vater früher immer mit mir gebacken.

Eigentlich bin ich völlig erschlagen von den Erlebnissen bei meinen Eltern, doch Jespers Idee, mich seiner Familie vorzustellen, um mich abzulenken, ist so lieb gemeint, dass ich nicht ablehnen konnte. Auch wenn alles in mir nach Ruhe schreit und ich mich am liebsten allein in meinem Zimmer zurückziehen würde. Doch ein Blick in Jespers leuchtendes Gesicht und mein Wunsch nach Ruhe war plötzlich zweitrangig. Ich stelle mein Bedürfnis hinten an, später kann ich mich ja dann noch ausruhen. Schließlich ist er auch mir zuliebe mit zu meinen Eltern gegangen, sodass es nur fair ist, dasselbe für ihn zu tun, oder?

Nun sitzen wir hier, in diesem Wohnzimmer, das so ganz anders ist als bei meinen Eltern. Es ist schlicht und klein und urgemütlich. Im Kamin prasselt ein Feuer und verströmt angenehme Wärme und Geborgenheit. Durch die Sprossenfenster blickt man ins Grüne und in der Ferne kann man das Meer glitzern sehen. Ebenso wie die Augen von Jespers Vater, die voller Freundlichkeit sind, wenn er mit mir spricht. Ein Gefühl, das ich bei meinem Vater schon lange nicht mehr hatte. Wann ist es verloren gegangen? An welcher Stelle sind wir falsch abgebogen?

Früher las er mir stundenlang Geschichten vor oder er erfand selbst welche. Doch der Alltag wurde voller und diese Momente immer seltener. Sie rannen wie Sand durch die Finger, bis nichts mehr davon übrig war.

Ich blicke mich um. An den Wänden hängen zahlreiche Bilder von Jesper, Liva und ihrem Vater, alle beim Surfen.

Ich spüre, wie Yorick mich beobachtet.

»Surfst du auch?«

»Nein, ... ich ...«

»Tut sie«, fällt Jesper mir ins Wort. »Sie ist sehr begabt.«

Ich schüttle den Kopf.

»Jesper versucht es mir beizubringen«, winke ich ab.

»Sie ist neulich das erste Mal auf dem Brett gestanden. Sie hat Talent.«

»Ich habe einen guten Lehrer«, erkläre ich und Jespers Vater schmunzelt.

»Ja, das glaube ich. Wenn es um das Surfen geht, brennt Jesper regelrecht. Er ...«

»Wo ist eigentlich Liva hin?«, platzt Jesper in die Ausführungen seines Vaters.

»Wo ist Liva hin?«, äfft seine Schwester ihn liebevoll nach, die genau in diesem Moment die Treppen herunterkommt und meinen Blick auf die zahlreichen Gemälde zieht, die das Treppenhaus schmücken. Auf vielen ist das Meer zu sehen. Surfer und Sonnenuntergänge. Blumenbilder, Landschaften in Aquarell.

»Wer malt denn bei euch?«, frage ich vorsichtig und blicke in gespannte Gesichter.

»Äh, niemand«, winkt Jesper schnell ab.

Habe ich jetzt etwas Falsches gesagt?

Während ich mir darüber Gedanken mache, unterbricht Liva den peinlichen Moment.

»Meine Mutter hat gemalt.« Ihre Stimme klingt trotzig. Verletzt.

»Darf ich sie mir mal näher anschauen?«, frage ich vorsichtig.

»Natürlich. Nur zu«, ermutigt Jespers Vater mich.

Ich stehe auf, betrachte die Gemälde aus der Nähe. Sie sind gut. Richtig gut. Die Bilder berühren mich. Fast ist es so, als würde ich durch ihr Anschauen Jespers Mutter ein wenig kennenlernen, was sich verrückt anhört. Aber ich fühle, dass es so ist. Ihre Bilder erzählen mir von ihr.

Kunst hat die Kraft, mich ganz tief in meinem Inneren zu berühren, dort wo sonst fast nichts Zugang findet, im hintersten Winkel meiner Seele. Genau dort landen all die Farben, die ich auf Leinwände male, und bringen etwas in mir zum Leuchten.

In diesem Moment frage ich mich, wann ich damit aufgehört habe, davon zu träumen, Kunst zu studieren. Und warum? Weil meine Eltern zwar meine Bilder gut fanden, jedoch nicht gut genug, um es beruflich zu machen? Es gab in ihren Augen immer jemanden, der besser war. Ich kannte das schon.

Ja, du malst toll. Aber hast du mal die Bilder der großen Maler gesehen? Wahre Meisterleistungen. Viele wurden erst nach ihrem Tod berühmt.

Der Mut, diesen Wunsch zu verfolgen, zerbröselte unter dem Druck, den sie mit solchen Sätzen auf mich legten.

»Ich ... ich würde es auch gerne lernen.« Livas Aussage bringt mich in den Moment zurück. »Aber Papa meint, wir haben schon genug Bilder hier hängen.« Sie zeigt mit ausufernden Bewegungen in Richtung Treppenhaus. »Als ob ich darauf bestehen würde, dass meine Bilder hier aufgehängt werden. In Wirklichkeit kann er sich nur nicht von Mamas Bildern trennen.«

Etwas trotzig schiebt Liva sich ein Stück Æblekage in den Mund.

»Liva! Du hältst jetzt besser deinen Mund!« Der strenge Blick ihres Vaters lässt sie verstummen.

Jesper blickt etwas ungläubig zwischen den beiden hin und her, es ist ihm sichtlich unangenehm, dass seine Familie allem Anschein nach ebenso beschlossen hat, peinlich zu werden. Ich bin ein klein wenig froh darüber, auch wenn ich das nicht sein sollte. Doch so fühle ich mich mit ihm verbunden und komme mir angesichts der Show, die meine Familie abgezogen hat, nicht so allein vor.

»Majvi malt auch«, wirft Jesper plötzlich völlig neutral in den Raum, vermutlich, um die angeheizte Stimmung etwas zu beruhigen.

»Oh, wirklich?« Jetzt hibbelt Liva aufgeregt auf ihrem Stuhl herum. »Schon lange? Also bist du gut darin? So gut, dass du mir was beibringen kannst, meine ich?«

»Liva, sei doch nicht immer so aufdringlich.«

Für diese Bemerkung erntet er eine herausgestreckte Zunge seiner Tochter und damit scheint der Streit begraben zu sein.

»Ich kann dir ein bisschen was beibringen. Wenn du magst? Und wenn es dein Vater erlaubt?«

»Waaaaaaas?« Liva springt vom Stuhl auf und hüpft kreischend durchs Wohnzimmer.

»Noch habe ich nicht ja gesagt. Wir müssen Majvi schließlich dafür bezahlen. Sie macht das sicher nicht nur zum Spaß«, meldet sich Yorick vorsichtig.

»Ähm, doch. Das würde ich. Ich habe da wirklich Spaß daran und möchte ganz bestimmt nichts dafür haben.«

»Ohhhhh!« Jetzt quietscht Liva vor Freude und tänzelt aufgeregt um ihn herum. »Darf ich? Bitte Papa, bitte, bitte, bitte …«

»Willst du dir das wirklich antun, Majvi?« Kopfschüttelnd sieht Yorick zu mir.

»Ja, ich mach das wirklich gerne.«

»Na, dann werde ich der Sache ganz bestimmt nicht im Weg stehen.«

»Werde ich vielleicht auch noch gefragt?«, beschwert Jesper sich nun.

»Immerhin geht das von meiner Zeit mit Majvi ab«, sagt er zwinkernd.

»Du darfst uns in der Zeit dann Æblekage backen«, sage ich und schürze die Lippen.

»Oh, wenn du willst, dass die Küche abbrennt, ist das eine prima Idee.« Yorick lacht am lautesten über seinen eigenen Witz.

»Kein Wunder, dass ich nicht kochen oder backen kann, wenn ihr mich so entmutigt. Ich werde hier so dermaßen unterschätzt. Ich nehme die Challenge an. Während der ersten Unterrichtsstunde backe ich einen Æblekage. So!«

Majvi

Mein schlechtes Gewissen nagt an mir wie ein gieriges Kaninchen auf Futtersuche. Jesper wollte mit mir nach dem Besuch bei meinen Eltern und seiner Familie noch auf diese Party, die heute bei Pepes Kommilitonen stattfindet, aber ich bin erschöpft. Der Tag war für mich mehr als genug und ich kann die Überforderung schon anklopfen hören. Erneut steht sie vor der Tür wie ein ungebetener Gast und stärker als je zuvor würde ich alles dafür geben, sie zu öffnen und dann wieder zuzuknallen.

Meine Gedanken rotieren und ich weiß ganz genau, dass es nur einen Weg gibt, das zu stoppen. Dieser Weg heißt leider nicht Party mit Jesper, sondern Ruhe und Alleinsein. So sehr mir das meist egal ist, weil ich gerne mit mir allein bin, wünsche ich mir gerade, dass ich nicht so schnell überreizt wäre. So viele Eindrücke sind heute auf mich eingestürmt und alles, was ich jetzt brauche, ist mein Zimmer und Zeit nur für mich.

Ich nippe an einem Tee, wärme meine Wange an der heißen Tasse, atme tief durch. Vor meinen Augen taucht Jespers enttäuschtes Gesicht auf. Er, der auflebt unter vielen Menschen und ich, das krasse Gegenteil.

Meine Familie hat heute jegliche Kraft aus mir herausgesaugt. Und auch wenn ich es genossen habe, Jespers Familie kennenzulernen, so hat es gleichzeitig Kraft gekostet. Erneut bin ich genervt von meinem Sein. Immer wieder kommen diese Momente, in denen ich nicht zufrieden bin mit mir, in denen ich mir wünsche, anders zu sein. Normaler. Belastbarer. Aber da bin ich, Majvi Friis, ein Gefäß, in das alles ungefiltert hinein sickert. Das Schlechte wie das Gute. Es fließt durch meine Venen, pulsiert in mir und drückt sämtliche Knöpfe in meinem Inneren. Lässt meine Sinne auf Hochtouren arbeiten und ich kann nichts dagegen tun, außer mir die nötigen Pausen zu gönnen.

Inzwischen gibt es zum Glück auch die Momente, in denen ich mich annehmen kann. In denen ich ungefiltert glücklich bin und zufrieden. Ich erlebe alles intensiver und bin, wenn ich happy bin, von den wild-buntesten Farben durchdrungen.

Es ist so schön, dass ich mich so gut in diese alten Menschen einfühlen kann und sie mich dafür schätzen. Sie sagen Dinge zu mir wie: »Du hast solch ein goldenes Herz.« Oder: »Du bist wirklich ein Geschenk auf dieser Station.« Dann fühle ich, dass meine Hochsensibilität eben nicht nur dieser Klotz am Bein ist. Nicht uncool oder störend. Das ist der Moment, in dem ich die Stärken an mir wahrnehme und mich ein bisschen dafür feiere. Ich wünsche mir so sehr, dass ich das immer mehr kann.

Aber jetzt gerade ist nicht so ein Moment. Gerade bin ich enttäuscht von mir und fühle mich mies, dass ich Jesper nicht die Freundin sein kann, die ich gerne wäre. Die er verdient.

Ich hätte mich verbiegen können. Mich zwingen können. Hätte im Strom mitschwimmen können. Das wäre im ersten Moment einfacher erschienen. Doch die Quittung kommt immer hinterher, wenn ich Tage brauche, bis ich wieder in der Spur bin. Und das möchte ich nicht mehr. Ich versuche es zumindest. Ich bin mir selbst zu wichtig geworden, um über meine Bedürfnisse zu trampeln wie ein Elefant über eine Blumenwiese. Jeder weiß, wie die Blumen danach aussehen.

So sitze ich jetzt hier, halte das schlechte Gewissen aus und versuche, mich zu entspannen.

Ich sitze neben Liva im Wohnzimmer der Familie Holst, vor uns zwei Staffeleien, unter uns viel ausgebreitete Zeitung und neben uns auf dem Tisch jede Menge Farbe. Ich erkläre Liva die verschiedenen Grundtechniken, das Lasieren, Lavieren, die feine Technik, wenn nur wenig Wasser genutzt wird, um präzise Striche zu zeichnen, und das Granulieren. Ich führe ihr alles beispielhaft vor, damit sie es sich besser vorstellen kann. Konzentriert hört sie zu, scheint alle Information aufzusaugen wie ein Schwamm, während sie auf ihrer Unterlippe herumkaut.

Jesper hantiert in der Küche und hat sein Versprechen wahr gemacht, einen Æblekage zu backen. Immer wieder streckt er seinen Kopf aus der Tür und fragt Liva, wo er Schüsseln oder Rührgerät findet.

»Mann, Jesper, echt jetzt? Wie soll ich mich konzentrieren, wenn du dauernd störst. Du nervst«, meckert sie, als er uns zum wiederholten Mal unterbricht.

»Sorry.« Jesper hebt beschwichtigend die Hände. »Ich hab jetzt alles, ich schwöre, ich lass euch ab jetzt in Ruhe.«

»Da bin ich gespannt. Ich glaub's erst, wenn ich's sehe.« Liva kichert, fährt konzentriert mit ihrer Zunge über die Oberlippe und vollendet voller Stolz ihre Übung.

Natürlich lobe ich jeden noch so kleinen Fortschritt, denn ich weiß, wie mühsam der Anfang ist.

Eine Stunde später sitze ich mit Jesper über dampfendem Æblekage in seinem alten Kinderzimmer. Dort hängen ebenfalls Bilder, auf denen er beim Surfen zu sehen ist, und mein Blick bleibt an einem davon haften. Darauf ist er höchstens zwölf Jahre alt und steht mit dem Board unter dem Arm vor dem großen Meer. Er blickt in Richtung Horizont. Seine blonden Haare zerzaust vom Wind, während die Sonne ein Glitzern auf die Wellen legt.

»Ich mag dieses Bild. Wolltest du es nicht in dein WG-Zimmer mitnehmen?«

Kauend schüttelt er den Kopf.

»Warum nicht? Es ist so wunderschön.«

»Zu viele Erinnerungen.«

»An deine Mom?«

Er nickt und ich spüre, wie er meinem Blick ausweicht.

»Willst du darüber reden?«, flüstere ich und schiebe mir noch ein Stück warmen Kuchen in den Mund.

»Ich …«, beginnt er und sagt dann doch nichts.

»… bin der beste Æblekagebäcker der Welt?«, vollende ich seinen Satz und entlocke ihm dadurch ein amüsiertes Schmunzeln. Eines der Sorte, welches mein Herz aus dem Takt bringt.

Wie macht er das nur? Ein Lächeln reicht aus und mein Herz füllt sich mit bunten Farben, lässt meine Seele tanzen. Wir sind wie Magnete. Er mein Südpol, ich sein Nordpol. Wir können nichts dagegen tun, dass wir uns anziehen und alles, was mir gerade einfällt, ist, dass ich ihn küssen will. Sofort.

Wir sitzen auf seinem Bett, zwischen uns die Teller mit den Resten des Kuchens, und als sein Blick meinen trifft, halte ich kurz die Luft an. Seine weichen Lippen treffen auf meine, er schmeckt nach Apfel und Vanille und nach Jesper und er schmeckt so, so gut.

Als seine Zunge meine berührt, seufze ich leise und mal wieder bin ich mir sicher, gleich vor Glück zu zerspringen. Weil das mit ihm so perfekt ist.

»Kannst du die Tür vielleicht lieber zuschließen?«, wispere ich an seinem Ohr.

Er lächelt vielsagend, ich sehe, wie sein Blick flackert, als er aufsteht und den Schlüssel umdreht.

Wir küssen und berühren uns gefühlte Ewigkeiten und ich fühle ich mich wunderschön unter seinen Berührungen. Ich hätte nichts dagegen, würde die Zeit für immer stillstehen. Alles in mir bebt in dem Bewusstsein, dass ich ihm gleich ganz nahe sein werde.

Ich bin mir sicher, dass es kein schöneres Gefühl geben kann.

»Es liegt daran, dass ich mich schuldig fühle. Deswegen habe ich das Bild hiergelassen. Weil es mich daran erinnert.«

Jesper und ich liegen eng umschlungen noch nackt auf seinem Bett, nur eingehüllt in ein Laken, als er plötzlich anfängt, darüber zu reden.

»Warum? Ich meine, warum fühlst du dich schuldig? Warum genau?«

»Weil sie uns verlassen hat. Ich war der Grund, warum sie ihr Studium abbrechen musste. Ich war es, der anstrengend war. Chaotisch, laut. Ich war zu viel für meine Mutter, vermute ich. In mir rumort seither das Gefühl, dass ich einen Teil Schuld an ihrem Gehen trage. Warum sonst hat sie sich nie auf meine Briefe gemeldet? Wir sind ihr scheißegal, glaube ich. Manchmal habe ich Angst, dass sie mich … hasst.«

Beim letzten Wort bricht seine Stimme.

Jesper

Habe ich diese Worte gerade wirklich ausgesprochen? Ist es das, was ich denke?

Erschrocken über mich selbst reibe ich mir die Stirn, denn mir war all die Zeit nicht bewusst, dass ich das denke. Dass ich glaube, der Schuldige in dieser Geschichte zu sein. Warum ich Konflikten seither aus dem Weg gehe. Lieber wahre ich den schönen Schein und mache gute Miene zum bösen Spiel. Um nicht in diesen dunklen Abgrund meiner Seele blicken zu müssen. Verdächtig oft bin ich an seinem Rand herumspaziert. Spätestens da hätte mir klar sein müssen, dass das nicht auf ewig funktionieren kann, so zu tun, als wäre da nichts. Denn wenn ich ehrlich bin, habe ich Angst, genau dort hineinzufallen. In dieses schwarze Loch, dass sich, seit ich zwölf bin, in meiner Seele befindet. Seither gären diese Gefühle in mir.

Aus diesem Grund habe ich kein Foto in meiner WG, welches mich an meine Mutter erinnert. All die Erinnerungen an sie habe ich in einen Pappkarton gepackt und ganz hinten im Schrank verstaut. In dem auch manches zu kleine Kleidungsstück lagert oder das andere ausrangierte Zeug, das eigentlich weg kann, von dem ich mich aber nicht trennen will. Oder kann. Ganz hinten, damit ich nicht darüber nachdenken muss, was das mit mir gemacht hat, als sie ging.

Doch warum kommen diese Gefühle ausgerechnet jetzt an die Oberfläche? Nun, da sich ein Mädchen in meinem Leben befindet und ich so vieles fühle. So vieles, dass ich manchmal denke, high zu sein vor Liebe. Warum fordern sie ausgerechnet jetzt Aufmerksamkeit?

Ich will das nicht. Will das nicht fühlen. Will nicht darüber nachdenken. Will das alles vergessen. Will …

»Darf ich dich etwas fragen?«, unterbricht Majvi meine Gedanken.

Ich nicke.

»Hast du nie wieder versucht, mit ihr darüber zu reden?«

Vorsicht schwingt in ihrer Stimme. Und doch legt sie mit ihrer Frage ihren Finger in die Wunde, von der ich bis gerade noch nicht wusste, dass sie eitert. Manches Mal glaube ich, sie kann hören, was ich denke, hören, was ich fühle. Verdammt.

Vehement schüttle ich den Kopf.

»Willst du es denn? Willst du es vielleicht versuchen?«

Mein Achselzucken fühlt sich plötzlich so schwer an. So, als läge die Last der ganzen Welt auf meinen Schultern.

»Ich weiß nicht … ob das was bringt. Ehrlich gesagt, weiß ich auch nicht, ob ich das will. Sie hat sich damals auf keinen meiner Briefe gemeldet. Und auch sonst nie wieder. Ich finde, das ist doch ein klares Zeichen, oder? Sie will nichts mehr mit mir zu tun haben.«

Majvi nickt verständnisvoll. »Ja, das verstehe ich. Ziemlich gut sogar. Ich traue mich auch nicht, mit meinen Eltern zu reden. Es ist zu kompliziert. Ich denke immer, sie würden mich sowieso nicht verstehen.«

Dieses Mädchen. Himmel, ich bin so heftig in sie verknallt, dass es nicht mehr normal ist. Doch war Dad das früher nicht auch in meine Mutter und umgekehrt? Was ist passiert? Kann man diesen Gefühlen trauen? Ich will es so, so gerne glauben. Und weil ich mir das mit Majvi nicht kaputt denken will, mache ich, was ich immer mache in solchen Situationen. Ich schiebe die Gedanken weit von mir und gehe zur Tagesordnung über, indem ich mich ablenke.

»Hast du Lust zu surfen?«, höre ich mich sagen.

Majvi lächelt und nickt.

»Warum nicht, okay.«

Dankbar darüber, dass sie das Thema von eben ruhen lässt, ziehe ich sie in meine Arme. Mein Lächeln liegt in ihrer Halsbeuge, weil es sich so gut anfühlt. Viel zu schön. Weil ihr Duft sich längst einen Weg in meine Erinnerung gegraben hat.

Vanille, Blumen, Majvi.

Das Haus meiner Eltern liegt unweit einer Bucht, man kann das Meer locker zu Fuß erreichen. Einer der Gründe, warum mein Vater es vor Jahren gekauft hat. Er war damals total aus dem Häuschen. Weil es bedeutete, in jeder freien Minute aufs Brett zu können. Und meine Mutter abends im Bett das Meer rauschen hören konnte. Leider hat auch das sie nicht hier gehalten.

Keine Viertelstunde später stehen Majvi und ich in voller Montur am Strand und wärmen uns auf, bevor wir uns in die Fluten stürzen. Majvi wird immer mutiger und ihr Strahlen, wenn sie es schafft, für eine Weile senkrecht auf dem Board zu stehen, wärmt mich, so wie die Sonnenstrahlen, die sich auf unsere Gesichter legen.

Ich inhaliere diesen perfekten Moment und bin mir sicher, nie zuvor in meinem Leben so glücklich gewesen zu sein.

Ich beobachte Majvi, wie sie hochkonzentriert wiederholt aufsteht, egal, wie oft sie das Gleichgewicht verliert. Sie versucht es, beißt sich durch und dann, dann passiert es erneut.

Sie steht auf, zur richtigen Zeit, es ist dieser magische Augenblick, den man Take-off nennt. Sie fährt in die Welle und ich halte für ein paar Sekunden den Atem an. Weil dieser Moment perfekt ist. Mehr, als ich mir je gewünscht habe.

Ich habe ein Mädchen an meiner Seite, in welches ich so krass verliebt bin. Und mehr noch. Ein Mädchen, das sich für mich aufs Board gewagt hat. Jackpot.

Vielleicht hat mein Dad auch davon geträumt? Ich weiß, dass er öfter versucht hat, meine Mutter zu überreden. Doch sie wollte nie. Ob sie eifersüchtig war auf seine Liebe zu diesem Sport? Auf die Zeit, die er lieber auf dem Meer als mit ihr verbracht hat?

Warum denke ich denn nun schon wieder an meine Mutter? Ich muss damit aufhören. Das macht alles keinen Sinn, ich werde allein durchs Nachdenken keine Antworten bekommen. Ihr jahrelanges Schweigen war mir Antwort genug, es war ohrenbetäubend laut, obwohl es doch so leise war.

Wie laut kann die Stille sein? Schmerzhaft laut.

Ich wollte nicht noch stärker enttäuscht werden. Was also blieb mir anderes übrig, als zu akzeptieren, dass wir nicht weiter in ihr Leben passten? Dass sie nichts mehr von uns wissen wollte. Dass wir ihr ein Klotz am Bein waren. Den sie jahrelang versuchte abzuschütteln, bis sie es endlich geschafft hat.

Doch jetzt will ich nicht darüber nachdenken. Jetzt will ich den Moment genießen.

Ich lege mich auf mein Brett, paddle weiter raus. Näher zu

Majvi. Ihr Lächeln fällt direkt in meine Seele, streut buntes Konfetti dort hinein, lässt jede Zelle in mir kribbeln.

Sie paddelt näher und als sie vor mir steht, ziehe ich sie heran, küsse ihre salzigen roten Lippen. Küsse sie und will nie wieder damit aufhören. All meine grüblerischen Gedanken sind auf einmal ganz weit in den Hintergrund gerückt und würden wir beide nicht in diesen engen Neoprenanzügen stecken, könnte ich für nichts garantieren.

Jesper

Vor ungefähr einer Stunde habe ich Majvi nach Hause gefahren und spontan beschlossen, heute bei meinem Vater zu übernachten. Deswegen bin ich wieder hier. Zu Hause.

Nun sitze ich dick eingemummelt für ein paar Augenblicke mit ihm vor unserem Haus, auf der hölzernen Bank neben dem Eingang. Die Initialen meiner Eltern sind mit einem Herz in die Lehne eingeritzt. Mein Vater hat sie vor Jahren meiner Mutter zum Hochzeitstag geschenkt. Sie saß gerne dort. Um das Meer zu beobachten oder um zu malen. Irgendwann wurde diese Bank zu ihrer Raucherbank. Dann saß sie schweigend da, den Blick in der Ferne, den Kopf in einem anderen Universum. Nervös an ihren Fingernägeln kauend.

Nun schweigen mein Vater und ich hier. Doch auf eine gute Art. Es ist kein unangenehmes Schweigen, eher eines der entspannten Sorte.

Der Platz so nah am Haus ist relativ windgeschützt, in unseren dicken Jacken lässt es sich gut aushalten. Vorne in der Bucht sehe ich eine Familie bunte Drachen steigen lassen, was ein bisschen verrückt ist, mitten im Winter. Vater, Mutter, Kind. Sie lachen. Rennen. Sehen glücklich aus.

»Waren wir auch mal so?«

Mein Vater lässt seine Tasse, welche er gerade zum Mund

führen will, wieder sinken. Kleine Dampfwölkchen steigen daraus auf. Kurz blickt er mich nur an. Hinter seiner Stirn scheint es zu arbeiten. Seine wasserblauen Augen wandern zwischen meinen Pupillen hin und her. Vermutlich sucht er die richtigen Worte.

Ich rücke meine Wolldecke über den Beinen zurecht.

»Du meinst, so glücklich?«

Als er mein Nicken wahrnimmt, fährt er fort: »Das waren wir. Es gab eine Zeit, da waren wir wie diese Familie hier. Ist schon eine Weile her.«

»Schwer vorstellbar, irgendwie.«

Zwischen uns steht eine Dose mit Butterkeksen. Ich greife hinein, schiebe mir einen davon in den Mund und kaue genüsslich. Der zarte Geschmack von Vanille katapultiert mich noch stärker in meine Kindheit, als mir lieb ist. Meine Mutter hat die Kekse immer gebacken.

»Ich verstehe es einfach nicht«, murmle ich zwischen den Kekskrümeln hindurch.

»Es ist nicht zu verstehen, Jesper. Manche Entscheidungen, die Menschen treffen, versteht man nicht. Trotzdem muss man mit ihnen leben. Es tut mir leid, dass du diese Erfahrung schon so früh machen musstest. Ich hätte es mir auch anders gewünscht.«

»Was hättest du dir anders gewünscht?« Liva tritt aus dem Haus. Sie schnappt sich die Keksdose und lässt sich zwischen uns auf die Bank fallen.

»Echt jetzt, Liva? Musst du dich überall in den Mittelpunkt drängen?« Ich bin genervt, weil ich dieses Gespräch mit meinem Vater allein führen wollte, und fühle mich gleichzeitig schlecht, weil sie das ja nicht wissen kann. Und schon gar nichts dafür kann.

»Ist ja gut. Tut einfach so, als wäre ich gar nicht anwesend.« Sie zieht eine Schnute, verschränkt die Arme vor der Brust, steht auf, nur um sich dann auf der anderen Seite neben meinen Vater zu quetschen, der grinsend zu mir auf rutscht.

»Sorry, Liva, es war nicht so gemeint.« Und an meinen Vater gewandt, frage ich:

»Aber ihr habt euch doch geliebt, oder nicht?«

Ich will es genau wissen, damit ich die ganzen Fragen in meinem Kopf zum Schweigen bringen kann. Die Stummen im hintersten Winkel meiner Erinnerung und die Lauten, die so präsent sind.

»Ja. Das haben wir. Aber manchmal reicht das nicht aus. Das ist die bittere Realität. Leider! Deine Mutter ... Sie war hier wie ein Vogel im Käfig. Sie war nicht glücklich. Nicht frei. Das hat aber nichts mit dir und Liva zu tun, das musst du mir glauben. Das war allein unser Konflikt.« Dad legt seinen Arm um mich und zieht mich zu sich. Strubbelt durch mein Haar, ein Seufzen entfährt ihm. »Ich hoffe, du weißt, dass du mir sehr wichtig bist, Jesper. Und du auch Liva.« Er zieht sie ebenfalls in seinen Arm.

Ich nicke. »Danke, Dad. Ich bin froh, dass es dich gibt.«

Liva drückt unserem Dad einen Kuss auf die Wange.

Eine Weile sitzen wir drei nur da, Arm in Arm. Schauen der Sonne zu, wie sie im Meer versinkt und über alles einen goldenen Filter legt.

Livas: »Ahhhh, das ist so schön, oder?«, wird vom Wind davongetragen.

»Das ist es. Ich werde mich nie daran sattsehen«, stimmt mein Vater mit ein.

Ich sitze nur da. Denke an meine Mutter und daran, warum sie gegangen ist. Mal wieder.

Wolkenschwer und dunkelgrau hängt der Himmel über mir, als ich das Seniorenstift verlasse. Schneeflocken wirbeln durch die Luft wie weißes Konfetti.

Den Jackenkragen und die Schultern weit hochgezogen, gehe ich eiligen Schrittes den Weg zur Bushaltestelle entlang, die kurz nach dem Park des Heims liegt. Der Weg schlängelt sich vorbei an einem zugefrorenen See, die Äste der Bäume sind ummantelt von Weiß.

Im wild-stöbernden Schnee nehme ich eine Gestalt wahr. Sie kommt mir entgegen. Ebenso eingemummt wie ich schützt sie sich vor dem eisigen Wind und verlangsamt dann ihren Schritt, um vor mir stehenzubleiben.

»Jesper?«

Mein Herz gerät aus dem Takt. Wann habe ich diese Stimme zum letzten Mal gehört?

Und warum habe ich plötzlich das Gefühl, keine Luft mehr zu bekommen?

Ich kann nichts erwidern. Die Ärmel tief in den Jackentaschen vergraben, stehe ich da. Mitten im nachtschwarzen Schneegestöber. Verloren. Überfordert. Überwältigt.

Leise und etwas kratzig kommt meine Stimme zurück: »Was machst du hier?«

»Ich möchte mit dir reden, Jesper. Geht das?«

Meine Mutter blickt mich an. Das Licht der Lampen reflektiert auf dem weißgezuckerten Boden. Und in ihrem Gesicht. Es wirkt älter, faltiger als ich es in Erinnerung habe. Und doch vertraut. Der Leberfleck auf ihrer Wange. Die steilen Falten über ihrer Nase. Der stetige Duft nach Maiglöckchen, den ich nie vergessen werde. Der mich direkt in meine Kindheit zurückwirft.

Mein erster Schultag. Mamas Parfum war neu. ›Maiglöckchenglück‹. Mein Vater hatte es ihr geschenkt. An diesem Morgen hatten sie heftig gestritten. Keine Ahnung warum. Und ich?

Ich war auf der Flucht. Vor dem Fotografen. Zumindest dem äußeren Anschein nach. Ich wollte kein Foto von mir machen lassen. Und schon gar nicht wollte ich in die Kamera lächeln. Denn mir war eher nach weinen zumute. Also rannte ich auf dem Schulhof im Kreis. Immer wieder.

Damals dachte ich, ich flüchte nur vor dem Knips der Kamera. Heute ist mir klar, dass ich vor allem vor der bitter schmeckenden Wahrheit geflüchtet bin. Der, dass zwischen meinen Eltern die Welt ins Wanken geraten war. Und somit auch meine Welt.

Das war mehr, als ich damals verkraften konnte, denn ich wollte, dass alles so blieb, wie es war. Konstant. Sicher. Zuhause.

Und nun, viele Jahre später, steht meine Mutter vor mir. All die jahrelang weggedrückten Erinnerungen stürzen schmerzhaft vor meine Füße. Sie graben diese Kluft zwischen uns.

Uns trennen Jahre. Welten.

Ich will weglaufen. Will sie einfach stehen lassen, mitten im Park. Mitten im Schneegestöber. Denn mitten in meinem Herzen ist auf einmal auch so viel wildes Durcheinander. Verdammt nochmal, ich hätte jedes Recht dazu, wegzulaufen. Denn das hat sie damals genauso getan. Vor Papa, vor mir, vor Liva. Vor ihrer verdammten Verantwortung. Dem Leben.

Sie hat nicht gefragt, wie es uns damit geht. Warum also sollte ich ihr zuhören? Nur weil sie gerade beschlossen hat, zurückzukommen? In mein Leben zu platzen. Dort alles aufzuwirbeln wie ein Sturm, der im Herbst die Blätter von den Zweigen rüttelt.

Ich schlinge meine Arme um mich.

»Worüber?«, frage ich knapp. Spüre, wie der Schmerz an all die Erinnerungen in meine Stimme sickert. Ich räuspere mich. Dann: »Mein Bus wartet nicht … im Gegensatz zu mir.« Die letzten vier Worte schmecken bitter auf meiner Zunge.

»Ich habe Jahre auf dich gewartet. Du hast verdammt nochmal nie reagiert.«

Mehr sage ich nicht. Ich kann nicht. Es geht nicht.

Ich gehe an ihr vorbei. Ein Schritt vor den anderen. Atmen, gehen, atmen, gehen. Ich muss laufen. Laufen. Denn ich will nicht erfrieren. Und das werde ich in ihrer Gegenwart. Wenn ich hier stehen bleibe. Wenn ich weglaufe, tut es nicht so weh, rede ich mir ein.

Der Bus fährt an der Haltestelle vor, die Türen öffnen sich zischend, ich steige ein.

Schwer lasse ich mich auf einen Platz fallen. Starre nach draußen in die Nacht, die sich zwischen meine Mutter und die Erinnerungen schiebt, nehme schemenhaft ihre Gestalt wahr. Und frage mich, wie ich mich auf diese Begegnung hätte vorbereiten können.

Noch nie kam mir eine Busfahrt so endlos vor. Ich bin zu aufgewühlt, um nur auf meinem Platz zu sitzen und nichts zu tun. Meine Finger tippen nervös auf meinem Handy herum. Ich scrolle, um mich abzulenken. Scrolle, um nicht denken, scrolle, um nicht fühlen zu müssen. Doch so sehr ich es auch versuche, so sehr meine Finger auch auf dem Display zappeln, es gelingt mir nicht.

In der WG angekommen, ist das Erste, was ich tue, zum Hörer zu greifen.

»Holst«, ertönt die basslastige Stimme meines Vaters.

»Mama … war … da.« Die Worte kommen nur abgehakt über meine Lippen und auch beim Aussprechen ergeben sie noch immer keinen Sinn für mich. Fast kommt es mir so vor, als würde ich wirres Zeug von mir geben.

»Jesper? Bist du das?«

»Ja.«

Pause.

»Sie stand auf einmal vor mir. Auf meinem Weg zum Bus.«

Mein Vater sagt nichts. Ich höre nur ein tiefes Seufzen. Dann ein Einatmen. Ausatmen. Stille.

Er scheint ebenso überfordert zu sein wie ich.

»Was wollte sie?« Er klingt so verdammt leise. Viel zu leise für meinen Vater, der sonst immer so sicher ist in dem, was er tut. Und sagt. In allem eigentlich.

»Reden. Sie wollte mit mir reden. Aber ich … ich konnte nicht … Ich habe sie stehen lassen. Einfach stehen lassen. Verstehst du? Und jetzt fühle ich mich beschissen. Mein Bus war fast da und ich … konnte nicht. Ich …«

Tränen brennen in meinen Augen. Mein Herz fühlt sich so verloren an. So wund. Bisher konnte ich all die Gefühle, die ich mit meiner Mutter verband, ganz gut wegschieben. So waren sie die meiste Zeit aushaltbar. Die meiste Zeit nicht präsent, indem ich sie in dieses Eck meines Herzens drängte. In dieses ausgebeulte Eck, das dafür reserviert war. Vermutlich war es so ausgebeult, weil ich den Schmerz zu oft weggedrückt habe. Zu oft in diese Ecke gedrängt. Was blieb meinem Herzen also anderes übrig, als sich in eine Richtung auszuweiten? Nun habe ich ein verbeultes Herz.

»Jesper. Alles gut. Mach dir keine Vorwürfe, ja? Deine Reaktion ist völlig verständlich. Sie hätte dich nicht einfach so überfallen dürfen. Das war nicht fair.«

»Hm, hmmm«, mache ich. Zu mehr bin ich gerade nicht in der Lage. Da sind zu viele Gefühle, die mir den Weg zu normaler Konversation abschneiden. Meine Worte verheddern sich irgendwo auf dem Weg von meinem Herzen zu meinem Mund. An dem dicken Kloß, der seit der Begegnung mit meiner Mutter in meinem Hals steckt.

»Dad?«

»Hmmm«, macht jetzt er. Es klingt nachdenklich. Aber nach Verständnis und nach Zuhause. Nach Sicherheit. So, dass auch ich etwas ruhiger werde.

»Danke. Ich musste es jemandem erzählen. Einfach nur erzählen. Wir reden ein anderes Mal weiter, ja? Ich musste deine Stimme hören, damit ich nicht das Gefühl habe, im falschen Film festzustecken. Wir sehen uns bald. Danke, für dein offenes Ohr.«

»Schlaf gut, Jesper. Dich trifft keine Schuld, okay?«

»Okay«, sage ich. Auch wenn ich mir nicht sicher bin, ob das stimmt.

Denn okay fühlt sich das gerade so gar nicht an.

Träge hängt der Nebel vor meinem Fenster, als ich am nächsten Morgen die Augen aufmache. Die kahlen Äste recken sich zum Himmel, als wollten sie die Sonne beschwören, endlich hinter den Wolken hervorzukriechen. Doch auch die Sonne scheint heute wie so viele Tage davor träge zu sein.

Müde ziehe ich mein Handy vom Nachttisch und reibe mir die Augen. Eine ungelesene Nachricht leuchtet auf dem Display, als ich den Flugmodus entferne.

Jesper. Verzeih mir, dass ich gestern einfach so aufgetaucht bin. Ich würde so gerne mit dir reden. Vielleicht gibst du mir eine Chance? Bitte.
Mama

Mein noch müder Kopf versucht, zu verstehen, was ich da lese.

Bitte, was?

Woher hast du meine Nummer? Was soll das?

Liva hat sie mir gegeben.

Wütend werfe ich das Handy auf mein Bett.

Ist Liva denn nun vollkommen übergeschnappt? Warum tut sie so etwas? Warum kann sie nicht einmal darüber nachdenken, welche Konsequenzen das hat?

Ich wähle ihre Nummer.

Das Tuten in der Leitung scheint mich auszulachen.

»Hier ist die Mailbox von Liva Holst. Bitte sprechen sie nach dem Ton. Piiiiiieeeeep.«

Kaum ist der fiepsige Ton verklungen, mache ich meinem Ärger Luft.

»Sag mal, spinnst du? Was hast du dir dabei gedacht, Mama meine Nummer zu geben? Und überhaupt, wie hast du mit ihr Kontakt aufgenommen? Und warum? Was, verdammt noch mal, soll das, Liva? Ruf mich gefälligst zurück.«

Ich weiß, das war nicht nett. Doch ich bin verärgert.

Darüber, dass meine Schwester manchmal nicht nachdenkt. Und ich jetzt irgendwie reagieren muss.

Oder?

Frustriert schüttle ich meinen Kopf und überlege, was ich tun soll.

Ich schnappe mir mein Handy, nur um es erneut neben mich auf das Bett zu werfen.

Mein Hirn rattert, meine Finger zucken immer wieder in Richtung Display, das grell aufleuchtet. Ich starre an die Decke, schiebe verschiedene Formulierungen in meinem Kopf hin und her, nehme das Handy wieder zur Hand und tippe.

Warum willst du nach so langer Zeit mit mir reden?

Ich verstehe, dass du das fragst, und würde dir das gerne persönlich sagen.

Ich denke darüber nach und melde mich dann.

Majvi

An:majvi@friis.dk
Betreff: Pepes Geburtstag

Liebe Majvi,

meine Mutter ist plötzlich aufgetaucht. Kannst du dir das vorstellen? Sie stand einfach eines Abends auf meinem Heimweg vor mir. Das war so krass. Ich war so überrumpelt. Keine Ahnung, was sie sich dabei gedacht hat.
Sie will mit mir reden. Nach so vielen Jahren? Ich weiß echt nicht, was ich dazu sagen soll. Ich komme im Moment nicht darauf klar.
Aber noch was ganz anderes. Pepe hat demnächst Geburtstag und gibt eine Party. Er feiert am Wochenende und ich soll dich einladen. Er würde sich sehr freuen. Ich natürlich auch.
Kommst du? Ich würde dich abholen, wenn du willst.

Dein Jesper

Ich klappe meinen Laptop zu und denke über Jespers Mutter nach. Darüber, wie es ihm damit gehen muss. Und über seine Frage nach Pepes Geburtstag. Immer diese Partyeinladungen. Manchmal habe ich das Gefühl, die ganze Welt feiert gerne – nur ich nicht.

Mit einem frustrierten Seufzen lasse ich mich in meine Kissen sinken. Ich muss mit Emma reden. Jetzt. Also klappe ich meinen Laptop wieder auf und öffne FaceTime. Kurze Zeit später erscheint ihr vertrautes Gesicht auf meinem Monitor.

»Seestern!« Ihr Mund formt sich zu dem schönsten Emma Lächeln, das sie nur Leuten schenkt, die sie sehr liebt.

»Hej Gummibärchen.« Immer wieder haben wir die Angewohnheit, uns mit den kitschigen Kosenamen unserer Kindheit anzusprechen.

Ich muss kichern, Emma stimmt mit ein.

»Wie geht es dir? Was macht dein Studium? Kann ich eventuell einen kurzen Rat haben?«

»Huch! Welche Frage soll ich denn nun zuerst beantworten?«

»Alle.« Ich grinse in die Kamera. »Einfach der Reihe nach, würde ich vorschlagen.«

»Okay. Also Erstens, mir geht es gut, bisschen viel Stress. Ich muss die nächsten Tage einige Klausuren schreiben, aber es macht verdammt viel Spaß. Ich glaube, ich habe echt meinen Platz gefunden.«

»Oh, Emma, wie schön. Ich freue ich so für dich.«

»Ja, oder? Somit habe ich die zweite Frage auch schon beantwortet. Und welchen Rat brauchst du?«

»Ich kann mich nicht entscheiden, Emma. Ich will Jesper unbedingt am Wochenende sehen. Die einzige Möglichkeit dazu ist am Samstag, ansonsten muss ich arbeiten. Unsere Schichten sind gerade so unterschiedlich, dass es nie passt. Doch da feiert sein bester Kumpel Geburtstag. Ich bin auch eingeladen. Wenn ich ihn also sehen will, muss ich zu dieser Geburtstagsparty. Ich weiß gerade nicht, ob ich dazu bereit bin. Blöder Mist ist das.«

Ich schlinge die Arme um mich, mein Inneres ist aufgewühlt, mein Herz in einem Zwiespalt.

»Mhhh ... verstehe. Weißt du denn, ob das eine große Party wird? Oder eher überschaubar?«

»Gute Frage. Keine Ahnung. Da müsste ich Jesper fragen.«

»Mach das mal. Denn wenn das eher im kleinen Rahmen ist, könntest du dich ja vielleicht trauen, oder was meinst du? Vielleicht hilft dir das? Ich meine, dann sind es nicht zu viele Fremde, Jesper ist da und Pepe kennst du ja auch. Und dieser ... wie hieß der dritte Mitbewohner noch?«

Emmas Augenbrauen wandern nach oben. Ihr Blick ebenfalls.

»Theo.«

»Genau. Theo. Vielleicht ist es dann machbar, wenn du die drei schon kennst.«

»Zwei.«

»Zwei?«

»Ja. Jesper und Pepe – Theo war bisher nie da, wenn ich in der WG war.«

»Okay. Dann die beiden. Aber klär das einfach ab, wie groß die Party wird und entscheide dann, ob du das möchtest. Oder?«

»Und wenn ich es nicht möchte?«, frage ich, obwohl ich die Antwort kenne.

»Dann ist es auch okay. Das weißt du, oder?«

»Ich weiß es. Hier drin.« Ich tippe mit dem Zeigefinger an meinen Kopf. »Aber hier drin …« Ich lege meine Hand auf mein Herz. »Ist es noch nicht hundertprozentig angekommen.«

Ich bin froh, dass ich es mir inzwischen eingestehen kann, dass ich schneller an meine Grenzen komme als andere. Dafür die Welt bunter sehe. Einfühlsam bin. Viel fühle. Manchmal so verdammt viel, dass ich davon wie von einer Welle überrollt werde. Dass meine jahrelang angenommene vermeintliche Schwäche meine Stärke ist.

Nur gegenüber anderen fällt es mir immer noch schwer. Das ist mein Lernfeld und ich weiß es.

Ich bin nicht uncool, nur weil ich Partys mit zu vielen Menschen blöd finde, sage ich mir in Gedanken und hoffe so sehr, dass meine Worte endlich Wurzeln in meinem Herzen schlagen. Damit niemand sie mehr ausreißen kann und sie zu einem starken Baum werden, der jedem Sturm trotzt.

»Okay, ich denke, so mache ich es. Ich klär das ab und entscheide dann. Und stehe dazu, dass ich das so brauche und möchte. Also, dass ich nur komme, wenn es sich im kleinen Rahmen bewegt.«

»Guter Plan, Seestern!«

»Danke, Emma.«

»Total gerne.« Sie lächelt mit einem Augenzwinkern in die Kamera.

Wir reden noch eine Weile über die Uni und sie erzählt mir strahlend, dass sie einen netten Typen kennengelernt hat. Sie versichert mir, mir bald mehr zu erzählen. Kurz darauf verabschieden wir uns, damit sie noch zum Sport kann.

Endlich ist Samstag und nachdem Jesper mir versichert hat, dass es eine gemütliche kleine Runde wird, habe ich zugesagt. Ich bin ein bisschen eher da, um den beiden beim Vorbereiten zu helfen.

Ein strahlender Jesper reißt die Tür zur WG auf, vor welcher mich Linn abgesetzt hat, weil sie sowieso in die Stadt musste. Er kommt mir ein paar Schritte entgegen, ich falle in seine Arme.

»Ich hab dich vermisst«, flüstert er zwischen vielen Küssen, die er auf meinem Gesicht verteilt.

Ich komme mir vor wie die Grinsekatze aus Alice im Wunderland persönlich, ein Schauer wandert von meinen Armen über meinen Rücken. O Gott, wie sehr kann man in einen Menschen verliebt sein? Wie gut kann man riechen? Ich vergrabe meine Nase an seinem Hals, lasse mich halten.

»Ihhhhhh, ihr seid ja widerlich verknallt, das ist ja nicht auszuhalten.« Pepe grinst frech hinter der Flurtür hervor. »Könnt ihr mal bitte mit der ekligen Knutscherei aufhören? Wir haben noch zu tun.«

»Nerv nicht, Pepe. Wir kommen gleich. Ich muss Majvi erst noch etwas zeigen.«

»Ja, ja, zeigen, ist klar.« Pepe wackelt mit den Augenbrauen, während Jesper mich mit in sein Zimmer zieht.

Hastig verschließt er die Tür und presst seine Lippen auf meine. An die Tür gelehnt küssen wir uns, unsere Zungen berühren sich, meine Knie entwickeln eine extrem weiche Konsistenz, ich unterdrücke ein Stöhnen, so schön fühlt sich das an.

Als mir wieder einfällt, wo ich mich befinde und warum ich eigentlich hier bin, unterbreche ich das Ganze widerwillig.

»Ich weiß.« Jesper versteht ohne Worte. »Ich muss mich kurz sortieren«, erklärt er und läuft ein paar Runden durchs Zimmer. »Wenn ich so rausgehe, bekomme ich von Pepe gleich einen dummen Kommentar.«

Ich blase mir eine Haarsträhne aus dem Gesicht, versuche das Pochen in meinem Körper zu ignorieren.

Wir schmücken die Wohnküche mit unzähligen Ballons, denn Pepe liebt Ballons, wie er mir ungefähr in jedem zweiten Satz erklärt.

Ich gratuliere ihm und überreiche mein Geschenk, das ich vor ein paar Tagen in der Buchhandlung gekauft und in Geschenkpapier mit einer dicken Schleife verpackt habe. Ich habe ein hippes Kochbuch mit veganen Rezepten ausgewählt, den Tipp hat mir Jesper gegeben.

»Aaaaahhhh, wie cool«, gluckst er freudig, als er es aus dem Papier zieht. »Danke, Majvi.« Er drückt mich, gibt mir auf jede Wange schmatzend ein Küsschen. »Du feierst doch mit heute Abend, oder?« Aufgeregt hüpft er durch die Küche, ohne meine Antwort abzuwarten, kontrolliert den Hefeteig, den er für die Pizzen vorbereitet hat, die er dann servieren will.

Dann blickt er mich plötzlich an.

»Ich bin auch dabei, ja!«, sage ich deshalb, er klatscht vor Freude in die Hände.

Jesper und Pepe schleppen Getränkekisten aus dem Keller nach oben, ich hänge weitere Ballons im Flur und Treppenhaus auf, dann erstellen wir eine Playlist für den Abend, drapieren den Alkohol und die anderen Getränke auf einem Tisch in der

Ecke, die Teller und das Besteck daneben. Wir schnippeln Zutaten für die Pizzen und sinken nach getaner Arbeit erschöpft auf die abgewetzte braune Ledercouch in der Ecke.

Die blauschwarze Winternacht malt von außen dunkle Vorhänge an die Fenster, als die ersten Gäste eintrudeln. Insgesamt werden nicht mehr als zehn Leute erwartet, Pepe hat keine Lust, sein ganzes Erspartes für eine Horde Alkoholsüchtige auszugeben. So seine Worte. Außerdem liebt er es kulinarisch, will ein perfekter Gastgeber sein und nicht eine breite Masse abfertigen, sondern wirklich Zeit mit jedem Gast verbringen. Das hat er mir während der Vorbereitungen erklärt und es passt so sehr zu ihm.

Eine Weile später ist die WG-Wohnküche erfüllt von Lachen und Pizzaduft und ein paar Menschen, die noch etwas zaghaft mit Getränken in der Hand zur Musik hin- und herwippen.

Ich mache mich nützlich, helfe Pepe mit Jesper beim Belegen der Pizzen, was mir gleichzeitig hilft, um mich nicht so deplatziert im Raum zu fühlen und auch innerlich auf der Party anzukommen.

Als die ersten dampfenden Pizzen aus dem Ofen kommen, stürzen sich ein paar hungrige Gäste darauf.

Pepe lächelt zufrieden, bietet jedem den passenden Rotwein dazu an. Italienisch, wie er immer wieder betont.

Ich mag ihn. Er ist so sehr er selbst, in seiner Nähe mache ich mir keinen Kopf mehr, wie ich wirke, ob ich das Richtige sage oder tue.

Pepe macht es einem leicht, sich zu entspannen. In diesem Punkt sind Jesper und er sich sehr ähnlich.

Ich habe mich auf der Ledercouch niedergelassen. Ein Glas Wein in der Hand, ein Stück Pizza auf einem Teller neben mir, beobachte ich die Gäste. Meine Lieblingsbeschäftigung. Ich sammle all die Emotionen, die sich im Raum befinden, ein.

Jesper ist ins Gespräch mit Liva vertieft, die auch eingeladen ist. Ich habe keine Ahnung, worüber die beiden reden, doch sie gestikulieren wild mit den Händen, lachen zwischendurch, was mich lächeln lässt. Auch weil Liva mir mit großen Augen in einer unserer Zeichnen-Sessions erzählt hat, wie stolz sie ist, dass sie ebenfalls auf die Party darf.

Ich atme tief ein, genieße den Moment, in dem ich mich einfach nur wohlfühle.

Jesper lässt sich neben mich auf die Couch fallen. Strahlend wie die Sommersonne persönlich. »Alles gut?«

»Ich denke schon, ja.« Ich lächle zurück. Er küsst mich kurz auf den Mund.

»Falls du tanzen willst, weißt du ja, wo du mich findest.«

Ich muss grinsen. Denke an unsere erste Party. Unseren ersten Tanz.

»Ist gut. Vielleicht komme ich darauf zurück.«

Ich zwinkere ihm zu. Er steht auf und tanzt völlig frei, mitten im Raum. Allein. Bis Liva sich kreischend dazugesellt. Jemand dreht die Musik lauter, Jesper und Liva wirken ansteckend, einige gesellen sich tanzend dazu, vor allem als ›Green green Gras‹ aus den Boxen dröhnt. Schlagartig bewegen sich alle synchron, kichern, manche verhaspeln sich in ihren Bewegungen, die Stimmung wird immer gelöster.

Jesper streckt mir fragend die Hände entgegen.

Ich schüttle den Kopf. Bleibe lieber hier, in meiner Beobachterpose, wobei ich genüsslich an meinem Rotwein nippe.

Jemand schlägt vor, Wahrheit oder Pflicht zu spielen. Bevor ihnen einfällt, dass ich mitspielen soll, stehe ich auf und gehe ins Bad und schließe die Tür hinter mir. Schlagartig wird die Welt ein bisschen leiser.

Eine Weile sitze ich nur da, auf dem Wannenrand, höre, wie die anderen lachen, und es ist okay. Okay, dass ich nicht mitspielen möchte. Ich fühle mich deswegen nicht mehr nur schlecht. Und ich zwinge mich nicht mehr dazu. Nicht so wie früher, als ich mir ständig wie eine Spaßbremse vorkam. Noch schaffe ich es nicht, auf der Couch sitzen zu bleiben und »Nein« zu sagen, wenn ich nicht mitspielen möchte. Noch flüchte ich. Irgendwann werde ich bleiben können.

Kleine Schritte sind okay.

Wie oft habe ich meine Hochsensibilität nicht als Superpower empfunden. Doch genau das ist sie. Das erkenne ich immer mehr. Ich spüre, dass ich die eine Seite nicht mehr für die andere aufgeben will.

Denn die Hochsensibilität nicht zu wollen würde im Umkehrschluss bedeuten, dass ich all die schönen Dinge auch nicht so intensiv empfinde. Und dazu habe ich diese Seite zu sehr liebgewonnen. Die, die mich so viel fühlen lässt. Die, die das Verliebtsein in Jesper wie das schönste Feuerwerk erscheinen lässt. Vielleicht wären meine Empfindungen sonst nur eine kleine Wunderkerze, so aber sind sie ein wildbuntes Durcheinander an Raketen und anderer Pyrotechnik. Und ja, das will ich gegen nichts auf der Welt eintauschen. Diese Seite liebe ich viel zu sehr. Ebenso wie mein mitfühlendes Herz. Dass ich mit anderen fühle. Dass ich ihre Freude so fühle, als wäre sie meine, natürlich auch ihren Schmerz. Jeder Triumph, den meine Freunde und Menschen, die mir nahestehen, feiern, ist auch meiner. Und das ist etwas so Kostbares, das ich nicht mehr missen will.

Nach einer Weile stehe ich auf, wasche kurz mein Gesicht, um mich wieder unter die Menschen zu mischen. Im Flur verharre ich für einen Augenblick, als ich Jespers Stimme höre. Sie scheint aus Theos Zimmer zu kommen.

Warum klingt er so ärgerlich? Mit wem redet er? Theo? Und warum feiert er nicht mit, wenn er doch hier ist?

»Du kannst ganz ruhig sein und tu jetzt bloß nicht so, als wärst du ein Heiliger.« Die Stimme klingt ebenso wütend wie Jespers.

Ich verstehe den Sinn ihrer Worte nicht.

Im Flur lehne ich mich an die Wand, immer noch leicht verwundert. Vielleicht braucht Jesper ja meine Hilfe?

Klar, Majvi. Weil Jesper ja so sehr auf den Mund gefallen ist, dass er sich nicht selbst verteidigen kann. Trotz allem stehe ich da und lausche. Ich komme mir etwas schäbig dabei vor, schaffe es aber nicht, wegzugehen.

»Was soll das, Theo? Was meinst du mit deinen Anspielungen?«

Komisch, dass ich Theo noch nie in der WG getroffen habe, wenn ich dort zu Besuch war. Er war immer unterwegs. Doch diese Stimme kommt mir seltsam bekannt vor.

Ich werfe einen vorsichtigen Blick in den Raum. Erstarre im nächsten Moment zu einem unbeweglichen Etwas. Das ist Theo?

Plötzlich wird es in meinem Hals ganz eng. Ich ermahne mich selbst, ruhig zu bleiben, doch es gelingt mir nicht. Der Theo?

Schwindel feiert in meinem Kopf eine wilde Party, der

Rotwein tut sein Übriges dazu, ich muss mich an die Wand lehnen, um nicht umzukippen.

Es ist derselbe Theo, der vor gut einem Jahr mit den Beleidigungen unter meinem Instagram-Post begonnen hat.

Das kann nicht sein, oder? Ich habe nur zu viel von dem Wein getrunken.

Ich stütze mich mit den Händen an der Wand ab. Versuche, tief und gleichmäßig zu atmen. Die Musik aus der Wohnküche dringt nur noch verzerrt an mein Ohr, mein Magen krampft sich zusammen.

»Du weißt genau, was ich meine, Jesper. Ja, verdammt, ich habe dieses dämliche Mobbing angezettelt unter dem Post deiner Freundin. Ja, ich habe mich scheiße verhalten. Weil … weil …« Seine Stimme stockt.

Ich halte die Luft an. Ich muss den Grund dafür wissen. Es ist wie ein Unfall. Man will nicht hinschauen, in meinem Fall hinhören, und tut es doch.

»Scheiße Mann, ich war in sie verknallt. Und sie hat mich ständig ignoriert. Und ja, ich weiß heute auch, dass das total beschissen von mir war. Ich hab das so nicht gewollt und es ist verdammt nochmal ein Jahr her.«

Bitte, was? Ich kann nicht glauben, was ich höre.

»Ich hab nicht nachgedacht, Jesper. Und überhaupt, warum kommst du jetzt auf einmal damit an? Pepe hat es dir gesteckt, oder? War ja klar. Im Zweifelsfall hält er immer zu dir. Du kannst mir trotzdem nicht verbieten, mich in der WG aufzuhalten. Die Wohnung gehört meinen Eltern und ich bleibe heute Abend in meinem Zimmer, also stell dich gefälligst nicht so an. Sie wird mich schon nicht zu Gesicht bekommen. Das war doch der Deal, oder?«

»Du bist so ein Arsch, Theo.«

Kurz scheint es, als würde Jesper in der nächsten Sekunde aus dem Zimmer stürmen, und ich halte die Luft an, weil ich so schnell nicht unbemerkt verschwinden kann.

»Du bist kein Stück besser, Jesper. Und wärst du ehrlich, hättest du deiner Freundin längst erzählt, dass du damals genauso kommentiert hast. Also tu nicht so, als ob du was Besseres wärst, verdammte Scheiße.«

Die Worte, die ich höre, klatschen mir ins Gesicht wie Eiswasser. Spitz und schmerzend.

Schlagartig bin ich völlig klar und doch gleichzeitig wie benebelt im Kopf. Jesper hat bei dieser ganzen Aktion damals mitgemacht? Bitte, was?

Fassungslosigkeit ergreift Besitz von mir und eine Welle der Enttäuschung bricht über mir zusammen. In meinem Inneren wird es ganz eng. Jesper? Mein Jesper? Das kann nicht sein. Ich muss mich verhört haben. Habe ich mich wirklich so in ihm getäuscht? Oder hat Theo das gerade nur behauptet, weil er eifersüchtig auf ihn ist?

Plötzlich tritt Jesper in den Flur. Als er mich sieht, gefriert sein Blick. In diesem Moment ist mir klar, dass Theo die Wahrheit gesagt hat.

»Majvi, ich …«, setzt er an, doch ich schüttle den Kopf.

Ich überlege, etwas zu erwidern, und lasse den Gedanken im gleichen Augenblick wieder fallen. In meinem Herzen schließt sich eine Tür. Ich möchte ihn anschreien, doch kein Wort findet den Weg aus meinem Mund.

Stumm sehe ich in sein Gesicht, das mir bis gerade noch so vertraut war.

»Ich … Du … Warum …?« Die Worte verhaspeln sich auf meiner Zunge. Ich schlucke sie herunter.

Schlucke, um nicht an ihnen zu ersticken.

Hastig drehe ich mich um, da ich nicht in Tränen ausbrechen will. Nicht vor ihm. Nicht jetzt, wo er mir plötzlich so fremd vorkommt. Nicht auf dieser Party, auf der ich mich endlich mal wohlgefühlt habe.

Ich spüre seine Hand auf meiner Schulter, die Wärme, die von ihr ausgeht, doch ich schüttle sie ab. Versuche verzweifelt all die Worte, die ich gehört habe, abzuschütteln.

»Ich brauche Abstand.« Meine Stimme klingt fremd.

Alles ergibt plötzlich keinen Sinn mehr. Der Beat hämmert in meinem Kopf, mein Herz in meiner Brust.

Das Lachen der anderen Gäste schmerzt in meinen Ohren. Der Druck in meinen Augen verstärkt sich.

Ich ringe mit meiner Fassung, schnappe mir meine Jacke im Flur und verlasse ohne ein Wort die WG.

Jesper

»Majvi …!«

Für einen Augenblick bin ich wie versteinert. Alles passiert innerhalb Sekunden.

»Verdammt Theo. Genau das wollte ich vermeiden«, schnauze ich ihn an. Nervös fahre ich durch mein Haar.

»Ja, klar, schieb mir ruhig für alles die Schuld in die Schuhe, du Arsch.«

Ich verlasse das Zimmer, hinter mir fliegt mit einem lauten Knall die Tür zu.

Ich suche Majvi in der Wohnküche, doch ich kann sie nirgendwo entdecken. In diesem Moment ist mir klar, dass Majvi nicht mehr da ist. Keine Ahnung, wie sie nach Hause kommen will. Vermutlich steht sie ein paar Straßen weiter an der Bushaltestelle.

Als der Gedanke von meinem Hirn erfasst wird, stürme ich aus der Wohnung die Treppen hinunter. Ich hoffe so sehr, dass ich sie noch erwische.

Ich hechte die Straße entlang, die kalte Luft schneidet in meine Lunge. Ich japse. Doch ich kann nicht langsamer gehen. Ich *muss* mit ihr reden, muss das klären. Sie hat das alles komplett falsch verstanden.

Als ich um die Ecke biege, sehe ich sie stehen. Sie schaut

nicht her, ihr Blick geht ins Leere, wie mir scheint. Ich glaube, sie weint.

Gleich bin ich bei ihr. Doch hinter mir höre ich den Bus anfahren. Scheiße. Warum kann ich nicht schneller laufen? Ich habe eindeutig zu viel getrunken.

Der Bus zieht an mir vorbei, hält an der Haltestelle. Majvis wässriger Blick trifft mich kurz, verpasst mir einen schmerzhaften Stich in der Magengegend, dann öffnet sich die Bustür und sie steigt ein.

»Scheiße, verdammt!«

Ich habe keine Puste mehr, lasse meinen Oberkörper nach vorn fallen, stütze mich mit meinen Händen auf den Oberschenkeln ab. Atme hektisch ein und wieder aus.

Vermutlich bin ich der größte Idiot auf Erden. Vermutlich habe ich es nicht anders verdient. Was habe ich mir dabei gedacht? Warum habe ich nicht sofort mit ihr darüber geredet? Über Theo. Und dass ich in meinem testosterongesteuerten Jungendummsein auch kommentiert habe.

Ich hatte es verdrängt. Und dann vor mir hergeschoben. Weil ich nichts davon so meinte, wie ich es geschrieben hatte. Und trotzdem war ich zu feige, ihr die Wahrheit zu sagen. Aus Angst, sie zu verlieren. Ich hab es aus Angst auf nach dem Geburtstag verschoben. Jetzt habe ich die Quittung.

Ich schwamm damals einfach nur mit im beschissenen Strom. Nichts davon war meine wirkliche Meinung. Ich war ein unreifes Arschloch, auch wenn das keine Entschuldigung dafür ist.

Mein Hirn überlegt fieberhaft, wie es dazu kam. Nicht mal das fällt mir mehr ein, weil es mir nicht wichtig war. Ich muss mit Pepe darüber reden.

Jetzt.
Sofort.

Die Party ist noch immer in vollem Gange, als ich wieder in der WG ankomme.

»Wo ist Majvi?«, fragt Pepe mich, als er mich in der Menge trifft, doch ich zucke nur mit den Schultern.

»Sie ist weg«, sage ich tonlos. Hilflos.

»Sie ist WAS?« Pepes Miene verfinstert sich so schlagartig wie der Himmel, wenn sich ein Gewitter zusammenbraut.

»Warum?«

Wieder zucke ich mit den Schultern, obwohl ich doch genau weiß, warum Majvi gegangen ist.

»Ich habe ... sie hat ...«

Ich sehe die Verwunderung in Pepes Blick.

»Können wir reden? Unter vier Augen? Bitte?«, frage ich deshalb.

Als ich die Tür schließe, wird der Lärm der Musik ein paar Dezibel leiser und ich atme tief ein. Vielleicht, um mir Mut zu machen. Vielleicht auch aus purer Überforderung. Vielleicht ist es beides.

»Was ist denn los? Wieso vergraulst du mir meine Gäste?«, platzt Pepe heraus.

Ich weiß, er meint es nicht so, wie es klingt, es ist Pepe.

Trotzdem hat er recht.

»Sie hat Theo und mich gehört.«

»Was gehört?«

»Es ging um ihren Insta-Account.«

»Scheiße!«

Ich nicke betroffen. Schuldig.

»Kannst du dich noch an damals erinnern? Also genau, meine ich? Weil ... ich muss das unbedingt wieder hinbekommen.« Meine Stimme klingt auf einmal ganz dünn. Fast so, als würde sie gleich reißen.

»Ich weiß nur noch, dass ich damals auch einen dummen Kommentar hinterlassen hab. Und das hat sie gehört. Mehr weiß ich nicht mehr. Aber ich muss Näheres wissen, damit ich mich entschuldigen kann und ihr die Sache erklären. Auch wenn es vermutlich nichts anderes als pure Dummheit war. Anders kann ich mir das nicht erklären.«

»Verstehe«, seufzt Pepe mehr, als dass er es sagt, und lässt sich neben mich auf mein Bett sinken.

»Ich weiß auch nicht viel mehr. Nur, dass Theo damals damit herumgeprahlt hat, dass er es einem Mädchen in seiner vorherigen Schule, in das er verknallt war, gezeigt hat. Die wäre so arrogant und hätte ihn mit dem Arsch nicht angeschaut und was die sich überhaupt einbildet. So hat er es uns verkauft, als er zu uns in die Klasse kam. Alle fanden ihn damals ja so cool. Jeder hat den Insta-Account des Mädels gestalkt und ausgeteilt. Weil sie war ja laut Theo die Bitch und er der Arme. So hat er es hingestellt. Sie hatte keine Fotos von sich dort gepostet, nur Texte. Ich erinnere mich nur noch, dass du damals aus Solidarität auch kommentiert hast. Irgendwas mit: Einen auf sensibel machen und andere scheiße behandeln.«

»Ich erinnere mich, ja. Ich bin so ein Vollidiot.« Ich vergrabe mein Gesicht in meinen Händen. »Ich habe es befürchtet.« Ein verzweifelter Unterton mischt sich in meine Stimme. Ich kann mich gerade selbst nicht mehr ausstehen.

Pepe nickt. »Du hast was befürchtet?«

»Sie hat mir vor einiger Zeit davon erzählt. Und irgendwie habe ich geahnt, dass ich beteiligt war. Dass es ihr Account war. Doch ich wollte es nicht wahrhaben und habe es wieder verdrängt. Ich hatte Angst, dass … verdammt, ich wollte sie nicht verlieren. Doch das macht es nicht besser für Majvi. Vor allem, da ich ihren Teil der Geschichte kenne. Mann Pepe, das hat so Kreise gezogen, dass sie die Schule wechseln musste. Da half es wohl auch nichts mehr, dass Theo ebenfalls die Schule verlassen hat. Ihr Ruf war eh schon ruiniert.

Warum hat sie damals ihren Account nicht schneller gelöscht?«, flüstere ich fast nur noch, als würde das etwas ändern.

»Keine Ahnung? Aber würdest du sofort klein beigeben und Schwäche zeigen, nur weil ein paar Vollidioten auf deiner Schule meinen, sich Scheiße verhalten zu müssen? Vermutlich hat sie einfach auch erstmal abgewartet, was passiert. Das musst du sie fragen, nicht mich.«

»Pffff«, ist alles, was mir über die Lippen kommt.

Ein Gefühl der Ohnmacht beschleicht mich. Es kriecht meinen Hals hinauf und drückt mir dort die Luft ab. Ich fühle mich wie ein Versager.

»Rede mit ihr, sie wird es schon verstehen, oder?« Meine Schultern wandern fast selbstständig hoch und runter und ich weiß, was ich zu tun habe. Ich muss das in Ordnung bringen. Und zwar so schnell wie möglich.

Jetzt. Sofort.

Genau deshalb verlasse ich die Party. Pepe verspricht mir, dass er nicht sauer auf mich ist.

Als ich wenig später vor ihrer Tür stehe, bekomme ich von Linn nur die Auskunft, dass sie mich nicht sehen will.

Meine schlimmste Befürchtung wird wahr. Sie will Abstand. Das hatte sie mir schon auf der Party gesagt, ich wollte es nicht hören. All die zurechtgelegten Worte waren überflüssig. Ich konnte keines davon loswerden. Nun treiben sie in meinen Gedanken ihr Unwesen und ich fühle mich mehr als schlecht. Ich habe nicht den Hauch einer Chance bekommen und kann es so gut verstehen.

Majvi

Tränen laufen mir übers Gesicht. Inzwischen ist Emma in die WG gekommen, um nach mir zu sehen. Zwischen vielen Schluchzern habe ich am Telefon versucht, zu erklären, was vorgefallen ist, sodass sie sich kurzerhand ins Auto gesetzt hat und vor meiner Tür stand.

»Schschsch«, macht sie immer wieder, streichelt meinen Rücken und lässt mich weinen. Wie viele Tränen können aus zwei Augen fließen?

Wie konnte ich mich so sehr in Jesper täuschen? All die Unterschiede kommen mir auf einmal wie unüberwindbare Hindernisse vor. Wie konnte ich annehmen, dass das mit uns passen könnte?

»Er ist einfach zu … laut und ich bin viel zu … leise für ihn. Ist das nicht eigentlich offensichtlich?«, sage ich schniefend an Emmas Schulter gelehnt.

»Hm, ich weiß nicht. Du bist verletzt. Du siehst das gerade alles durch diese Brille.«

»Ich will das nicht hören«, sage ich bockig. »Ich will wütend auf ihn sein. Das ist ja auch nicht der schlimmste Grund. Was ist das bitte für ein Freund, der mich so lange belügt? Er wusste doch, dass ich damals gemobbt wurde. Ich hab ihm davon erzählt. Er hat keinen Ton gesagt. Keinen einzigen

Ton, dass er auch mitgemacht hat. Ich hab verdammt nochmal jeden Grund, verletzt zu sein. Ich fühle mich so verraten, Emma. Wahrscheinlich lacht er sich mit Pepe und Theo jetzt ins Fäustchen, dass die dumme sensible Kuh wiederholt so blöd war, auf einen aus dieser beschissenen Clique reinzufallen.«

Mich überrollt eine Welle der Verzweiflung und ich habe das Gefühl zu fallen. Ohne zu wissen, ob da ein Boden ist, der mich trägt. Mich auffängt.

Emma schüttelt den Kopf.

»Das klingt nicht wirklich nach dem Jesper, von dem du mir erzählt hast.«

Als ich ihre Worte höre, schluchze ich laut auf. Denn genau das ist der Punkt. Meine Erlebnisse passen nicht zu dem Jesper, den ich kennengelernt habe. Ich verstehe es nicht. Mein Herz fühlt sich so wund an. So verletzt. Es kann keines der Worte glauben, die Emma sagt. Kein einziges davon. Sie fallen durch all die Risse hindurch, die durch die Verletzungen entstanden sind. Treffen auf alte Narben, die wieder aufgerissen werden.

Ich weiß nicht, was ich glauben soll. Ich weiß es nicht mehr.

Die Morgensonne lässt helle Schatten auf der Wand tanzen, in meinem Herzen ist es grau.

Als ich mich zur Seite drehe, liegt Emma noch immer neben mir. Scheinbar sind wir gestern vor Übermüdung irgendwann eingeschlafen.

»Guten Morgen«, sagt sie leise, als sie die Augen aufschlägt.

Ich möchte meine am liebsten wieder schließen. All die Enttäuschung von gestern überrollt mich wie eine Welle und ich ziehe mir die Decke über den Kopf, um mich vor der Welt zu verstecken. Ich will nichts sehen. Nichts fühlen. Nichts von alledem. Ich will mich nicht mehr erinnern, an das, was ich gestern gehört habe.

Ich werde mich nie wieder aus meinem Bett bewegen, da bin ich mir sicher.

Als mir ein paar Minuten später die Decke weggezogen wird, pflanzt Emma sich neben mich und streckt mir eine Tasse Kaffee entgegen. Dankbar nehme ich das dampfende Getränk.

»Er war gestern noch da, das weißt du?«

Emmas Stimme klingt vorsichtig, so als wollte sie mich nicht noch mehr aufregen, doch dieser eine Satz reicht aus und mein Blick verschwimmt.

»Was tust du?«, fragt Emma, als ich instinktiv nach meinem Laptop greife. Ich habe die leise Ahnung, dass er mir geschrieben hat.

Als ich mein Mailprogramm öffne, ist da eine ungelesene Mail von Jesper.

An: majvi@friis.dk
Betreff: Lass es mich dir erklären

Liebe Majvi,

können wir reden? Bitte!

Dein Jesper

An: jesper@holst.dk
Betreff: Ich kann nicht.

Ich brauche Zeit. Und Abstand.

Majvi

Traurig klappe ich den Laptop wieder zu.

Jesper

Seit über einer Woche habe ich nichts von ihr gehört. Absolut nichts. Sie braucht Abstand und ich habe keine andere Wahl, als es zu akzeptieren.

Ich fühle mich wie ausgekotzt. Seit Tagen gehe ich Theo aus dem Weg und Pepe schaut mich jedes Mal so mitleidig an, wenn wir uns begegnen. Ständig versucht er, mich mit leckerem Essen aufzuheitern, doch das hilft in diesem Fall nicht. Nach ein paar Bissen schiebe ich den Teller von mir und bekomme nichts mehr runter.

Die Stimmung in der WG ist angespannt, die meiste Zeit sitze ich in meinem Zimmer, frage mich, was ich tun soll, damit Majvi wieder mit mir redet. Oder mich wenigstens anschreit. Mir ihre Wut um die Ohren haut. Irgendetwas. Denn nichts ist schlimmer und lauter als dieses ohrenbetäubende Schweigen.

»Du hast es vermasselt«, schreit es mir die ganze Zeit ins Gesicht. »Du hast versagt.«

Ich brauche jemanden zum Reden. Jemanden, der mir zuhört. Mich versteht. Und nicht in meiner WG wohnt. Jemand, der weiß, was man in schwierigen Situationen macht.

Mein Dad. Er hat zumindest eine Ahnung davon, wie

Frauen ticken. Im Gegensatz zu mir, im Moment. Ich weiß so gar nichts mehr.

Doch ich will ihn nicht am Telefon sprechen. Ich muss ihn sehen. Ich brauche die beruhigende Gewissheit, dass er da ist.

Kurzentschlossen schnappe ich mir meine Jacke, schlüpfe in meine Schuhe und marschiere zur Bushaltestelle. Ich werde Theo bestimmt nicht nach seinem Auto fragen. Lieber laufe ich den gesamten Weg zu Fuß. Oder stehe mir die Beine an der Haltestelle in den Bauch. Oder, oder, oder. Aber Theo? Den möchte ich im Moment um so ziemlich gar nichts bitten, nachdem er mir diese *eine* Bitte nicht erfüllt hat.

Das kleine Gartentor quietscht so vertraut, fast, als würde es mich begrüßen. Ich lege den kurzen Kiesweg bis zum Haus zurück, stecke den Schlüssel ins Schloss, atme den bekannten Duft ein und erleichtert ein kleines bisschen auf. Das Gefühl von Zuhause legt sich tröstlich um mich.

Ich lasse Schuhe und Jacke fallen und trete ins Esszimmer. Mein Dad sitzt am Tisch und blickt von seiner Zeitschrift auf, als er mich wahrnimmt.

»Jesper, Hi. Ist alles okay? Du siehst traurig aus.«

Das Seufzen, das meinen Mund verlässt, ist Antwort genug.

»Okay«, flüstert er. »Setz dich zu mir. Tee? Kaffee?«

Ich nicke.

»Kaffee wäre gut.«

Eine Weile hantiert er in der Küche, das Gluckern der Kaffeemaschine ist fast meditativ, ich ziehe mir einen zweiten Stuhl heran und lege die Füße hoch, stütze meinen Nacken mit meinen verschränkten Händen.

Eine Weile lasse ich meine Gedanken schweifen, bis mein Dad eine Tasse in mein Sichtfeld stellt.

»Magst du darüber reden?« Seine tiefe Stimme klingt einladend und warm. Tröstlich.

»Es geht um Majvi. Sie redet nicht mehr mit mir und ich weiß nicht, was ich tun soll. Ich dachte …«

»Dass ich dir einen Tipp geben kann?«, vollendet mein Dad den Satz.

Ich nicke.

Kurz liegt unser Schweigen wie die aufgeschlagene Zeitschrift zwischen uns auf dem Tisch, dann setzt mein Vater zu einer Antwort an.

»Das Wichtigste ist immer, über Probleme zu reden. Das haben deine Mutter und ich falsch gemacht.«

»Ja, das will ich ja auch. Aber sie redet nicht mehr mit mir. Sie blockt alles ab. Sie braucht Abstand. Ich hatte ihr eine Sache nicht erzählt, weil ich sie selbst komplett vergessen hatte. Oder verdrängt. Beides vermutlich. Es war etwas Wichtiges für sie. Als mir das bewusst wurde, wollte ich mit ihr darüber reden, aber dann kam ein Ereignis dazwischen und sie hat es durch einen blöden Zufall selbst herausgefunden. Ich glaube, das kann sie mir nicht verzeihen.«

»Vielleicht findest du einen anderen Weg, um sie zu erreichen. Etwas, womit sie nicht rechnet. Was denkst du? Vielleicht fällt dir etwas ein.

Wenn sie dir wirklich wichtig ist, dann gib sie nicht auf, Jesper. Gib nicht auf. Auch das habe ich falsch gemacht.«

In meinem Kopf beginnt es zu arbeiten. Das war, was ich hören musste. Wollte.

Ich kann nicht aufgeben.

»Okay. Ich werde mir was einfallen lassen. Danke fürs Zuhören, Dad. Ich werde darüber nachdenken, was ich tun kann.« Ich nippe an meinem Kaffee.

Mein Dad wirft mir einen verständnisvollen Blick zu. Einer, der sagt, dass ich es schaffen kann.

»Gar nicht für. Du bekommst das hin. Ganz bestimmt.« Er lächelt mich an und drückt kurz meine Hand. »Ich glaube fest daran.« Vier kleine Worte aus dem Mund meines Vaters, die mir Mut machen.

»Ich muss leider wieder los. Meine Nachmittagsschicht beginnt in einer guten Stunde.«

Ich kippe die restliche braune Flüssigkeit hinunter und stelle die Tasse in den Geschirrspüler in der Küche.

Mein Dad steht auf, kommt mir entgegen, zieht mich in seine Arme. Ich lasse mich fallen, halten und trösten. Schlucke den Kloß in meinem Hals hinunter und verabschiede mich.

»Du meldest dich, wenn du mich brauchst, ja?«

»Immer.« Ich bekomme ein klägliches Lächeln zustande und nicke. »Bis dann Dad.«

»Bis dann!«

Als ich meine Schicht im Seniorenheim antrete, scheint es, als hätte mich das Universum erhört, denn ich bin plötzlich auf einer neuen Station eingeteilt.

Majvis Station.

Ich betrete das Dienstzimmer zur Besprechung und blicke direkt in zwei wasserblaue Augen. Sofort weichen sie meinem Blick aus und starren zu Boden.

Das bisschen Mut, dass ich durch das Gespräch mit meinem Vater bekommen habe, rieselt aus meinem Herzen.

Schwester Hannes Worte dringen zuerst nicht zu mir durch.

»Jesper und Majvi, ihr übernehmt heute zusammen die Morgenpflege und verteilt das Frühstück im rechten Flügel.«

Habe ich das gerade geträumt oder hat sie das wirklich gesagt?

Ein Blick in Majvis Gesicht genügt, um zu wissen, dass ich richtig gehört habe. Dort spiegelt sich so viel Schmerz, Enttäuschung und auf ihrer Stirn meine ich fast ein: »Ich will hier weg«, in grellen Neon-Buchstaben, lesen zu können.

Trotzdem! Es ist meine Chance, ich werde sie nutzen.

Als wir mit der Besprechung fertig sind, ist es fast, als würde sie aus dem Dienstzimmer flüchten.

Schwester Hanne blickt mich irritiert an, ich schaue hilflos zurück und folge dann Majvi, so schnell ich kann, in den Flur.

Majvi

»Wir müssen reden.« Jespers Stimme klingt verzweifelt, fast flehend, und ich ringe mit meinem schlechten Gewissen und meiner Fassung.

Warum, um alles in der Welt, werde ich ausgerechnet jetzt mit ihm auf einer Station eingeteilt? Will mir das Universum etwas mitteilen? Ist das eine seiner beschissenen Lektionen, die ich lernen soll? Oder einfach nur Ironie des Schicksals.

Ich fühle mich so ausgeliefert.

Den ganzen Morgen habe ich schon gegen die Übelkeit in meiner Brust gekämpft. Am liebsten hätte ich mich krankgemeldet, wäre gar nicht zur Arbeit erschienen. Dann habe ich gehofft, dass sie mich abgelenkt, und bin doch gegangen. Und jetzt? Jetzt soll ich mit Jesper zusammenarbeiten? Ernsthaft?

Ich bin so verdammt wütend. Auf ihn! Auf Schwester Hanne, die mich mit ihm zusammen zum Dienst eingeteilt hat. Auf die ganze Welt, vermute ich, denn die Menge an Wut in meinem Inneren würde locker für die ganze Menschheit ausreichen.

In meiner Seele herrscht ein solches Chaos, dass ich ständig darüber stolpere. Mir ist nicht klar, was ich will. Ein Teil will Jesper am liebsten um den Hals fallen. Ihm alles verzeihen. Alles schön reden.

»Ist doch nicht so schlimm«, flüstert dieser Teil unentwegt in mein Ohr. Der harmoniesüchtige Anteil in mir, der es kaum ertragen kann, wenn ich nicht mit allen Menschen in Frieden lebe.

Der andere Teil ist verdammt nochmal so ärgerlich und wünscht ihn auf den Mond, Mars, Jupiter, egal wohin, nur weg von mir. Denn ihn jeden verdammten Tag zu sehen, ist Folter für mein wundes Herz. Und jeden weiteren Tag, den ich mit ihm auf Station zusammenarbeiten muss, reißt die Wunde noch stärker auf.

Reibung erzeugt Wärme? Echt jetzt? Reibung erzeugt nur zusätzlichen unsagbaren Schmerz. Ich habe keine Ahnung, wie lange ich diesen Zustand ertrage.

Ich wollte meinen Dienst tauschen und lag Schwester Hanne deswegen in den Ohren, als ich heute Morgen den Dienstplan in meinem Spind entdeckt habe. Doch die hielt mir nur eine Predigt. Darüber, dass Berufliches und Privates strikt getrennt werden müssen. Blablablabla. Ich hatte es ja geahnt, doch wollte es trotzdem nicht unversucht lassen. Dass sie kein Verständnis zeigt, war jetzt auch keine Überraschung.

»Majvi!« Jespers Stimme wird drängender, reißt mich aus meinem Gedankenstrudel.

»Wir müssen reden«, wiederholt er.

»Pfffffffff«, mache ich. »Müssen wir das? Ich wüsste ehrlich gesagt nicht, worüber.«

Mit diesen Worten beschleunige ich meinen Gang und lasse Jesper einige Schritte zurück, der mit dem Medikamentenwagen hinter mir her spurtet.

»Majvi! Bitte!«

Er holt mich ein, fasst mich an der Schulter und ich fahre herum.

»Jesper bitte, lass mich einfach in Ruhe. Ich kann das nicht. Nicht hier und nicht jetzt.«

»Dann sag mir, wann wir dann reden. Du ignorierst alle meine Nachrichten, Briefe und Versuche, ein Gespräch mit dir zu führen. Was soll ich denn verdammt nochmal machen, wenn du mir keine Chance gibst?«

Ich spüre Tränen in meine Augen steigen.

ICH. WILL. JETZT. NICHT. WEINEN.

Nicht hier. Nicht jetzt. Meine Schicht hat gerade erst begonnen.

Ich schlucke hart, schlucke diesen verdammt schmerzenden Kloß in meinem Hals hinunter, der sich jedoch keinen Millimeter von der Stelle bewegt.

»Ich weiß es einfach nicht. Ich weiß es nicht, verdammt. Ich …« Meine Stimme bricht.

Damit drehe ich mich um, betrete Zimmer 411 und lasse ihn im Flur stehen, aus reinem Selbstschutz. Gleichzeitig hasse ich mich dafür. Dass ich mich der Sache nicht stelle. Dass ich feige bin und konfliktscheu. Dass ich davonlaufe und nicht gelernt habe, wie man Probleme löst.

In diesem Moment hasse ich meine Eltern, dass sie mir nicht vorgelebt haben, wie man das macht. Konflikte lösen. Denn dort wurden sie immer nur unter den Teppich gekehrt. So lange, bis man über die Erhebungen stolperte. Egal, ob man sich dabei blutig stieß. Und selbst dann wurde darüber geschwiegen. Ein Problem in Größe eines Elefanten konnte im Raum stehen und meine Eltern taten immer noch so, als gäbe es nichts Wichtigeres, als belanglose Konversation zu führen. Sie wollten den verdammten »Elefanten« einfach nie sehen.

Ich kann also nichts dafür, dass ich nicht fähig bin, mit Konflikten umzugehen, oder? Hinter dieser Ausrede verstecke ich mich.

Ich halte das hier nicht aus. Wenn ich mit Jesper auf einer Station zusammenarbeiten muss, ist jeder Tag noch mehr eine Qual. Jeden Morgen werde ich die Augen aufmachen und die ganze Wucht an Schmerz wird über mich hereinbrechen.

Ich bin so kurz davor, alles hinzuschmeißen. Doch ich habe die Rechnung nicht mit Linn gemacht, die mich nicht so einfach davonkommen lässt.

»Wenn du jetzt aufgibst, dann gibst du allen recht. Deinen Eltern, Jesper, einfach allen. Und das willst du doch nicht, oder?« Das hat sie mir heute Morgen erklärt, als ich zuerst eigentlich schwänzen wollte.

Nein, das will ich nicht. Also gehe ich arbeiten. Auch wenn ich mich dabei nicht wie ich selbst, sondern eher wie ein Roboter fühle. Abgestumpfte Seele. Monotoner Alltag. Und kein Ende in Sicht.

Als ich Oma Lottes Zimmer betrete, blickt sie mich mit wachen Augen und mitleidigem Blick an.

»Mein Mädel, was ist denn mit dir los? Seit Tagen siehst du aus wie das Elend auf zwei Beinen.«

Ich verziehe den Mund zu einem Lächeln, das eher wie eine Grimasse aussieht, vermute ich.

»Vielleicht, weil ich genau das bin?«, murmle ich in ihr Kissen, während ich es aufschüttle.

»Wenn du denkst, die Oma Lotte hört dich nicht, weil sie

schon alt ist, hast du dich aber getäuscht. Ich bin zwar alt, aber *noch bin ich* nicht taub. Und *das* hab ich gehört. Und wenn du das schon erkennst, was gedenkst du denn, dagegen zu tun?«

»Pfffff«, mache ich wieder. »Nichts, ehrlich gesagt. Was soll ich schon tun?«

Ich hebe die Schultern, lasse sie hinterher schwer nach unten sacken. Danach schnappe ich mir die Bettdecke, um sie aufzuschütteln und ordentlich zu falten.

»Papperlapapp«, sagt Oma Lotte wieder. »Das ist die denkbar schlechteste Idee, mein Mädel. Denn wenn man nichts tut, dann braucht man sich auch nicht zu wundern, wenn die Dinge nicht in die richtige Richtung laufen. Und das willst du doch nicht, oder?«

»Pfffff«, mache ich wiederholt bockig wie ein kleines Kind, das ist mir schon klar, und zucke betont egal mit den Schultern. Dann: »Blöder als jetzt kann es sowieso nicht mehr werden. Ist also auch vollends egal.«

»Papperlappap, so ein Blödsinn, Majvi. Ich schätze dich als eine sehr intelligente Frau ein und ich kann dir nur aus meiner Erfahrung den Rat geben, nicht vor deinen Problemen wegzulaufen. Das bringt absolut nichts. Die haben nämlich Beine und können ziemlich gut hinter dir herlaufen. Du wirst sie durchs Ignorieren nicht los. Denk in Ruhe darüber nach.«

Ich nicke, einfach nur, damit Oma Lotte zufrieden ist, nehme ihr leeres Frühstückstablett vom Tisch und verlasse das Zimmer.

Gerade gehen mir alle nur auf die Nerven mit ihren klugen Ratschlägen. Was wissen die denn schon, wie es in mir aussieht? Mein Herz liegt in Schutt und Asche, mein Vertrauen ist darunter begraben und die Hoffnung, dass sich daran etwas ändern wird, hat längst ihre Koffer gepackt.

Nach außen funktioniere ich. Innerlich habe ich resigniert. Da kann auch eine Oma Lotte mit ihren Weisheiten, die ich sonst wirklich zu schätzen weiß, nichts daran ändern.

Der Schmerz in mir ist zu groß, zu viel, zu schwer, und ich habe das Gefühl an ihm zu zerbrechen. Habe das Gefühl, meine Seele löst sich in tausend Einzelteile auf, wenn ich nur an Jesper denke. Ihn jetzt auch noch zu sehen ist zu viel für mein wundes Herz und jeden Tag stirbt es tausend weitere kleine Tode.

Während ich vor der geschlossenen Zimmertür stehe und mit den Tränen kämpfe, höre ich, wie Oma Lotte meinen Namen ruft.

Soll ich so tun, als hätte ich sie nicht gehört?

Das bringt mein ehrliches Herz nicht zustande, vielleicht braucht sie meine Hilfe.

Ich wische mir die Tränen mit den Ärmeln aus dem Gesicht, drehe mich um und betrete wieder ihr Zimmer.

»Sie haben mich gerufen?«, sage ich betont neutral, versuche, meine Emotionen zu verbergen. Was mir eher semi gut gelingt.

Sie klopft auf den freien Stuhl neben sich.

»Setz dich zu mir, für einen Moment«, sagt sie freundlich, aber bestimmt, und als sie meinen zögerlichen Blick sieht: »Keine Sorge, Schwester Hanne ist beschäftigt.«

Ihr gewitztes Lächeln lässt mich kurz grinsen, dann blicke ich sie fragend an.

»Woher ich das weiß? Ich habe so meine Spione.« Sie kichert und schiebt mir die Schale mit Schokolade zu, die auf ihrem Tisch steht.

Ich setze mich endlich, blicke in ihr freundliches Gesicht mit den tausend wunderschönen Falten.

Dass Jesper währenddessen ein paar der Bewohner allein versorgen muss, versuche ich zu ignorieren. Ich muss mich erst wieder beruhigen. Mein Herz klopft viel zu schnell.

»Ich will dir eine Geschichte erzählen, ja?«

»Okay?« Als sie mir die Schüssel mit den Süßigkeiten noch näher schiebt, schüttle ich den Kopf, doch das hält sie nicht davon ab, selbst beherzt zuzugreifen und sich ein Stück Schokolade in den Mund zu schieben.

Angespannt warte ich, bis sie endlich beginnt, langsam werde ich trotz der Entwarnung bezüglich Schwester Hanne nervös.

»Es war einmal vor vielen, vielen Jahren.«

»Wird das ein Märchen?«, unterbreche ich sie, doch sie winkt nur ab und fährt unbeirrt fort.

»Da lebte eine junge Frau in einem kleinen Dorf irgendwo in Dänemark und verliebte sich unsterblich in einen jungen Maler. Er war nicht besonders wohlhabend, ein Künstler durch und durch, doch er war ihre große Liebe und auch wenn sie sehr unterschiedlich waren, so waren sie doch perfekt füreinander. Er brachte sie, die oft nachdenklich war, zum Lachen und sie erdete seine oft so sprunghafte Seele. Sie verbrachte den schönsten Sommer ihres Lebens mit ihm, bis zu diesem einen Tag, der alles veränderte. Eine Person war neidisch auf ihre Beziehung und flüsterte der jungen Frau Lügen über ihren Freund ins Ohr. Ihre Sinne wurden vernebelt und sie wusste nicht mehr, wem sie noch glauben konnte. So vieles sprach dafür, dass diese Lügen wahr waren, all die Zeichen deuteten daraufhin, dass die Person recht hatte mit ihren Anschuldigungen.

Alle Versuche des jungen Mannes, mit ihr zu reden, schlugen fehl. Ihre verletzte Seele war wie ein scheues Reh und sie flüchtete, sobald sie den Schmerz anrollen spürte. Sie scheute den Konflikt, um Schmerz zu vermeiden, doch was sie nicht wusste, war, dass diese Gleichung so nicht funktionierte. Dass man seinem Schmerz nicht davonlaufen kann. Nicht für immer. Sie hat ihm nie zugehört. Ihm nie eine Chance gegeben. Der Schmerz wurde dadurch nicht verringert. Im Gegenteil. Doch ihre Beziehung zerbrach. Und diese Tatsache hat sie ihr Leben lang bereut. Sich immer gefragt, was geschehen wäre, hätte sie damals den Mut gehabt, sich mit ihm auszusprechen. Ihm eine Chance gegeben. Und sich dadurch auch. Stattdessen ließ sie ihre Möglichkeiten im Winde verwehen.«

Oma Lotte hält inne und ich schlucke hart, berührt und getroffen von ihren Worten. Mir ist klar, dass diese Geschichte ihre eigene ist.

»Lass nicht zu, dass du deine Chancen verstreichen lässt, Majvi. Mach nicht denselben Fehler wie ich. Lass dir von einer alten, eventuell etwas erfahrenen Frau sagen, dass es sich lohnt, der Liebe eine zweite Chance zu geben. Sie nicht zu früh aufzugeben. Ich bereue, diesen Fehler gemacht zu haben. Das Leben war trotzdem gut zu mir, doch da bleibt für immer dieses kleine ›Was wäre gewesen, wenn …‹ in meiner Seele. Die leise Sorge, vielleicht doch etwas verpasst zu haben. Diese kleinen vier Worte, so unbedeutend sie auch sein mögen. Sie geistern für alle Zeiten in meinem Kopf herum, Majvi.«

Die nächsten Tage sind furchtbar und ich hasse es, Jesper jeden Tag sehen zu müssen. Schlimmer noch, mit ihm zusammen arbeiten zu müssen. Ich bin fahrig, unkonzentriert und von der Situation so überfordert, dass ich manchmal aufs Klo renne, um zu weinen. Jesper soll meine Tränen nicht sehen.

Es vergeht kein Tag, an dem ich nicht überlege, alles hinzuschmeißen, so unerträglich fühlt sich all das an. Alles, was mich immer wieder zur Arbeit gehen lässt, ist, dass ich meinen Eltern den Triumph nicht gönne, mich erneut scheitern zu sehen. Und Emma. Die mich jeden Tag anruft oder vorbeikommt, um mich aufzubauen.

Ich wüsste wirklich nicht, was ich ohne sie täte. Doch all das hindert mein Herz nicht daran, zu leiden, mehr als ich Worte dafür habe.

Jesper

Ich bin mit meinem Latein am Ende. Nach wie vor zeigt Majvi mir die kalte Schulter. Als ich morgens zu meinem Spind komme, läuft sie mir direkt in die Arme.

»Hi«, sage ich vorsichtig.

Sie nickt nur.

»Kann ich dich kurz sprechen?«

Sie verschränkt die Arme vor der Brust und nickt kurz. So kurz, dass ich mir nicht sicher bin, ob das ein Nicken war. Trotzdem nehme ich all meinen Mut zusammen und beginne damit, meine Frage loszuwerden.

»Was kann ich tun, dass du wieder mit mir redest? Habe ich den Hauch einer Chance …?«

»Jesper!«, unterbricht sie mich, dreht sich weg und hantiert an ihrem Spind herum, nur um ihn dann wieder zuzuschlagen und herumzufahren. »Ich … ich glaube … ich …« Sie holt tief Luft. »Ich glaube, wir passen nicht wirklich zusammen. Das mit uns, das funktioniert nicht.«

»Wir passen nicht zusammen? Ist das jetzt dein Ernst?« Warum klingt meine Stimme auf einmal so quietschend und hoch?

Ich kann nicht glauben, was sie da eben gesagt hat. Ihre Worte kommen einer Ohrfeige gleich. Sie hätte mir auch direkt mein Herz aus der Brust reißen können, um dann darauf herumzutrampeln.

In meinem Hals bildet sich ein dicker Kloß und meine Brust schnürt sich zusammen. Das alles hier macht mir Angst. Ganz, ganz große Angst. Ihre Worte ergeben verdammt nochmal keinerlei Sinn für mich.

Sie steht da und schweigt. Und ich? Ich würde am liebsten schreien. Verdammt laut schreien.

»Warum gibst du mir keine Chance, es wieder gut zu machen?«, sage ich stattdessen. Laut. Viel zu laut.

»Jesper, das bringt nichts. Ich … ich weiß einfach nicht, wie ich dir wieder vertrauen soll. Ich meine, wie konntest du nur? Du wusstest doch bestimmt, dass du auch einen Kommentar geschrieben hast. Schon damals, als ich dir davon erzählt habe, am Strand. Oder?«

Mit großen Augen schaut sie mich an, darunter liegen dunkle Schatten. Schuldgefühle klammern sich um mein Herz.

Ich blicke zu Boden, dann wieder in ihr Gesicht. Stille. Nur das Ticken der Uhr an der Wand und unser Atem ist zu hören. Und mein Herz, welches viel zu laut in meiner Brust hämmert.

Als ich vorsichtig nicke, fährt sie fort.

»Woher soll ich also wissen, wann du die Wahrheit sagst und wann nicht? Was davon hast du so gemeint und was hast du mir noch verschwiegen? Und dann … sind wir eben so … so krass unterschiedlich. Ich glaube, wir sind viel zu verschieden. Du liebst Partys und Action. Und ich? Ich bin eher das Gegenteil davon.«

Ich stehe da, überrollt von ihren Worten. Regungslos blicke ich sie an, bis ich spüre, dass heiße Tränen meine Wangen herunterlaufen.

Als Majvi diese sieht, schluckt sie hart und verlässt fluchtartig den Raum mit den Umkleiden.

Ich kann nicht glauben, dass das hier gerade passiert.

Mir passiert. Uns passiert.

Das muss ein schlechter Traum sein und ich wünsche mir nichts sehnlicher, als daraus aufzuwachen. Sofort.

Wie in Trance hänge ich meine Sachen in den Spind, ziehe mich um und beginne dann meinen Dienst. Mit Majvi. Die mir auf einmal so fremd ist.

Mein Herz hämmert wütend von innen gegen meinen Brustkorb. Fast so, als wollte es meine Brust sprengen. Es fühlt sich an wie Folter, sie zu sehen und doch nicht an sie heranzukommen. Es fühlt sich verdammt nochmal falsch an. So, als hätte ich sie für immer verloren.

All die schönen Momente, die wir hatten, geistern durch meinen Kopf und vergrößern den Schmerz in meiner Brust noch mehr. Doch ich kann nichts dagegen tun. Ich muss hier und jetzt meinen verdammten Job machen. Also schalte ich auf Autopilot, um all das zu ertragen. Auszuhalten. Nicht mehr denken, nicht mehr fühlen. Nur funktionieren. Wie ein Roboter.

Es ist inzwischen später Abend und ich sitze in unserer WG-Küche mit Pepe, dem ich einen sehr traurigen Blumenkohl ans Ohr labere. Mal wieder. Er hört sich verständnisvoll meinen Frust an, nickt mitfühlend.

»Ich MUSS etwas unternehmen, Pepe. ICH MUSS! Ich kann das nicht einfach so hinnehmen.«

»Okay, okay! Habe ich verstanden. Und was ist dein Plan?«

»Ich weiß es noch nicht. Ich hab neulich mit meinem Vater

geredet und er meinte, wenn Majvi mir wirklich wichtig ist, dann soll ich nicht aufgeben. Ich soll um sie kämpfen. Und genau das werde ich tun. Ich muss ihr beweisen, dass es mir ernst ist mit ihr und ihr diesen Blödsinn, von wegen dass wir nicht zusammen passen, ausreden.«

»Wenn du meine Hilfe dazu brauchst, lass es mich wissen, ja?« Pepe blickt mich mitfühlend an.

»Danke, Pepe. Auch dafür, dass du mich die letzten Wochen ertragen hast, mit meinem Frust und meinem Gejammer. Ich mach das wieder gut. Vielleicht koche ich mal für dich.«

»Musst du nicht. Das weißt du! Aber … du willst kochen?« Pepes Augen werden tellergroß.

»Ja, ich! Du hast richtig gehört. Wirst schon sehen. Ich werde meine Skills ausbauen. Lass dich überraschen.«

»Okaaaaay?«

Und irgendwie werde ich das Gefühl beim Klang seiner Stimme nicht los, dass er nicht wirklich daran glaubt, dass ich ernst mache. Was mir im Moment absolut egal ist, denn ich habe einen Plan.

Jesper

Nervös fahre ich mir mit den Fingern durch meine Haare. Keine Ahnung, ob es eine gute Idee war, einem Treffen mit meiner Mutter zuzustimmen, vor allem zu diesem Zeitpunkt. Alles in mir ist in Aufruhr seit dem Streit mit Majvi.

Etwas in mir hofft, dass es nicht schlimmer werden kann. Noch weniger weiß ich, wie ich damit umgehen soll, ihr nach Jahren gegenüber zu sitzen.

Ein paar Atemzüge lang stehe ich vor der Tür des Cafés. Dann passiere ich den Eingang, der Duft von Kaffee und Gebäck hüllt mich ein.

Ich wünschte, ich könnte vergessen, warum ich hier bin, wünschte, es wäre nur ein harmloses Kaffeetrinken und keine … Aussprache? Das Wort fühlt sich seltsam sperrig auf meiner Zunge an.

Mein Herz pocht laut in meiner Brust, als ich sie entdecke. Sie sitzt in einer Nische, vor ihr ein dampfendes Getränk.

Wie ferngesteuert überbrücke ich den Abstand von der Tür bis zu ihrem Tisch. Die Stimmen der anderen Gäste nehme ich nur gedämpft wahr. Als ich bei ihr ankomme, versucht sie sich an einem Lächeln und steht auf.

»Hallo, Jesper«, begrüßt sie mich. Es klingt fremd. So lange habe ich ihre Stimme, habe ich sie vermisst. Ich nicke, dann verlässt ein knappes: »Hi«, meinen Mund, während ich gegenüber am Tisch zeitgleich mit ihr Platz nehme.

Meine Hände wandern tief in die Taschen meines Hoodies. Vielleicht, weil ich mich ein bisschen verstecken möchte. Vor dem, was jetzt kommt. Vermutlich hat ein Teil von mir Angst vor der Wahrheit. Woher soll ich wissen, ob ich sie kennen möchte? Sie ertrage.

»Jesper … ich …« Kurz blickt sie mich an, in ihrem Blick liegt ein stummes Flehen, dann senkt sie die Lider und nestelt an ihrer Serviette herum.

»Möchtest du auch etwas trinken? Kaffee?«

Erst jetzt fällt mir auf, dass sie einen Kakao vor sich stehen hat. Die Sahne ist inzwischen flüssig, mein Blick ebenfalls.

Sie blickt mich nicht an.

Schnell blinzle ich die Tränen weg.

»Kakao«, sage ich mit mehr Entschiedenheit, als ich fühle.

Sie winkt die Kellnerin herbei und gibt die Bestellung auf. Dann setzt sie zu einem Satz an, der ihr offensichtlich schwer über die Lippen kommt.

»Ich möchte mich bei dir entschuldigen, Jesper.«

Die Kellnerin bringt meinen Kakao, ich rühre mit dem Löffel Kreise in die Sahne. Dann blicke ich auf.

»Das verstehe ich nicht«, sage ich und meine es auch so.

»Du warst Jahre verschwunden. Und plötzlich tauchst du auf und willst dich entschuldigen. Warum? Warum jetzt?«

Mit leicht zittrigen Händen führe ich die Tasse zum Mund und nehme einen kräftigen Schluck. Die süße Schwere des Kakaos tröstet mich kurz über diesen seltsamen Moment.

Doch die Realität lässt sich nicht von einem Schluck heißer Schokolade herunterspülen.

»Warum?«, flüstere ich nochmal, während mein Inneres sich schmerzhaft zusammenzieht. Und plötzlich bin ich wieder der zehnjährige Junge, der sich alleingelassen fühlt. Sich schuldig fühlt an der Trennung seiner Eltern. Am Verschwinden seiner Mutter.

»Ich war krank, Jesper.«

Ich nehme wahr, was sie sagt, doch ich verstehe es nicht. Vier Worte, die ich nicht einordnen kann.

Verwirrt schüttle ich den Kopf.

»Du warst … was? Wie meinst du das?«

»Ja. Ich war krank«, flüstert sie und es beantwortet nur einen Teil meiner Frage. Sie blickt zur Seite, um mich nicht ansehen zu müssen.

»Das musst du mir erklären. Papa hat nie etwas gesagt.«

»Ja. Ich wollte es so. Es war mir so unendlich peinlich … weil …«

»Weil, was?« Irritiert über ihre Aussage schüttle ich den Kopf, vergrabe meine Hände noch tiefer in den Taschen. Denn plötzlich ist mir eiskalt. Innerlich. Weil mich ihre Worte überfordern.

»Ich bin gegangen, weil ich eine Zwangsstörung hatte, Jesper. Einen Ordnungszwang. Und einen Putzzwang. Und einen Kontrollzwang.«

Die Worte fallen auf die Tischplatte zwischen uns und liegen dort wie spitze Scherben. Ich habe Angst, mich daran zu verletzen, bin unfähig zu verstehen, was sie mir gerade offenbart hat.

Putzzwang? Kontrollzwang? Ordnungszwang? Ich wusste nicht einmal, dass das Krankheiten sind.

»Du hast doch auch gemerkt, dass ich euch alle in den Wahnsinn getrieben habe mit meinem Fimmel, der mehr als nur ein Fimmel war. Ich habe mich geschämt. Ihr musstet unter mir leiden und dein Vater war völlig überfordert mit mir. Ich war es ja selbst auch.«

Ein tiefer Seufzer verlässt ihre Kehle. Gedankenverloren rührt sie in ihrer Tasse.

»Als es immer schlimmer wurde, bin ich gegangen. Ich wollte, dass es euch besser geht. Ohne mich. Ich hatte so viele Ängste. Und die habe ich immer auf dich übertragen. Und Liva. Ich konnte euch nichts erlauben, weil ich Angst hatte, dass euch etwas passiert. Die Horrorszenarien in meinem Kopf, als dein Vater dir erlaubt hat, das Surfen zu lernen, willst du nicht wissen. Ich habe so darunter gelitten und ihr auch, weil ich euch mit meinen Ängsten so eingeengt habe, doch ich kam nicht dagegen an. Ich bekam es nicht in den Griff. Und von deinem Vater gab es nur wenig Verständnis. Was ich ihm nicht vorwerfe, denn vermutlich hatten wir uns zu der Zeit schon aus den Augen verloren. Außerdem habe ich mich oft selbst nicht verstanden, wie sollte er es dann tun? Ich hatte keine andere Option, als zu gehen, da ich euch euer Leben nicht noch schwerer machen wollte.«

»Und wo bist du dann hin?«, flüstere ich betroffen, nicht sicher, ob ich die Antwort hören will, sie ertrage.

»Für kurze Zeit hatte ich eine Wohnung. Aber es wurde immer schlimmer. Ich konnte nicht arbeiten gehen, weswegen ich mir die Wohnung auch bald nicht mehr leisten konnte. Dann endlich bin ich in eine Klinik gegangen, um mir helfen zu lassen.«

»Und meine Briefe?«

Ihr fragender Blick trifft meinen. »Welche Briefe?«

»Du ... hast sie nicht bekommen?«

Sie schüttelt den Kopf.

»Und ich dachte, wir wären dir so egal.«

Ihre Hände liegen auf der Tischplatte, eine Hand zuckt in Richtung der meinen, die meine Tasse umschließt. Dann nimmt sie beide Hände vom Tisch und legt sie in ihren Schoß.

»Im Gegenteil, Jesper. Ich wollte euch schützen. Euer Leben nicht kompliziert machen. Nur deshalb bin ich gegangen und ich habe keinen deiner Briefe bekommen, da ich in der Klinik war und meine Wohnung gekündigt hatte. Wirklich, Jesper, das musst du mir glauben.«

Mir wird schwindelig. Von den vielen Informationen, die in meinem Kopf herumschwirren.

»Du hättest dich doch *auch* melden können. Verdammt nochmal, warum hast du all die Jahre geschwiegen?«

Ich spüre den Schmerz in meinem Inneren wie eine Lawine anrollen.

Meine Mutter bläst Luft aus und seufzt. »Weißt du, Jesper, das wollte ich. Aber zuerst wollte ich mein Leben in den Griff bekommen. Die Scham, nichts vorweisen zu können, war zu groß. Ich habe so lange Zeit gebraucht, mir einzugestehen, dass ich krank bin. Ich wollte so nicht sein ... und dann hat es viel zu lange gedauert. Und ich dachte, wenn ihr euch nicht meldet, seid ihr vermutlich froh, mich loszuhaben. Auch wenn mein Herz wusste, dass das vermutlich völliger Blödsinn ist. Zumindest ein winziger Teil tief versteckt irgendwo darin hat es gehofft.« Sie legt ihre Hand auf ihr Herz.

»Du weißt selbst, wie oft wir uns in der Wolle hatten.«

»Ja«, sage ich entschiedener, als ich mich fühle. »Ich dachte, dass es meine Schuld war, dass du gegangen bist«, erkläre ich tonlos und schlucke hart, damit der blöde Druck in meiner Kehle verschwindet.

Ich habe keine Ahnung, wo die Worte herkommen. Mein Mund hat sich verselbstständigt und einfach ausgesprochen, worunter ich so lange gelitten habe. Ich schleudere ihr meine Gefühle entgegen, unsicher, ob ich das überhaupt darf. Da ist so viel unklar in unserer Beziehung.

Sie sitzt da, ihr Blick spiegelt Fassungslosigkeit. Und Schuld. Ihre Schultern sacken tiefer.

»Das hast du geglaubt? Oh, Jesper.« In ihren Augen schimmert es und auch mein Blick verschwimmt.

»Es tut mir unendlich leid. Wenn ich geahnt hätte, was ich da anrichte. Ich war so mit mir selbst beschäftigt und habe überhaupt nicht bedacht, was das mit euch macht. Ich habe angenommen, zu gehen wäre die beste Lösung für alle. Die Einfachste. Aber leider ist das Einfachste nicht gleichzeitig das Beste. Das war es in diesem Moment nur für mich und das tut mir so leid.«

In mir schnürt sich alles zusammen. Verzweifelt versuche ich, all die Informationen zu verarbeiten, und fühle mich heillos überfordert damit.

»Du hättest mit uns reden müssen. Du hast uns einfach im Stich gelassen. Du hast ja keine Ahnung, wie sehr.«

Nur eine Tischlänge Abstand trennt uns, doch gleichzeitig ganze Welten und mittendrin mein mattes Herz.

»Es tut mir so leid.« Ihre Stimme bricht, in meinem Herzen legt sich sacht ein Pflaster auf die Wunde. Die, in dem der Schmerz immer wieder: »Es ist deine Schuld«, pocht.

»Ich brauche Zeit. Das alles … ist ein bisschen viel. Ich weiß einfach nicht, wie ich dir wieder vertrauen soll.« Überforderung legt sich auf meine Stimme, ich räuspere mich, unfähig, noch mehr zu sagen.

»Das verstehe ich gut.«

Meine Wut verpufft ein wenig bei ihren Worten.

Sie versucht nicht, mir etwas überzustülpen, wozu ich noch nicht bereit bin.

»Meinst du, du willst mich irgendwann mal wieder treffen?«

Meine Augen suchen die Antwort in ihren. Inmitten all dem wasserblau sehe ich Bedauern und … Liebe?

Vorsichtig nicke ich. »Ich schick dir eine Nachricht, wenn ich bereit bin, ja?«

Sie nickt. In ihrem Blick liegt eine Spur Erleichterung und Dankbarkeit.

»Ich bezahle«, erklärt sie und winkt die Kellnerin an unseren Tisch.

Danach verlassen wir das Café, stehen beide etwas unbeholfen in der Kälte, bis ich mich mit einem »Bis dann« und einem zögerlichen Winken verabschiede.

Als ich mich umdrehe, kurz bevor ich um die Kurve verschwinde, sehe ich, dass sie mir immer noch nachblickt.

Majvi

Der Mond legt silbernes Licht auf die Landschaft, Wind strubbelt durch mein Haar, ich vergrabe meine Nase im Kragen meiner Winterjacke.

Mit klammen Händen öffne ich das kleine Gartentor, von welchem ein wenig die grüne Farbe abblättert. Die schmiedeeiserne Klinke fühlt sich eisig an in meiner Hand.

Der Garten ist noch winterleer, als ich den Kiesweg entlang auf das Haus zu laufe, knirschen die kleinen Steine unter meinen Schuhen. Hinter den Fenstern brennt Licht.

Dann fällt mein Blick auf das Gewächshaus im hinteren Teil des Gartens, neben der großen Linde, die ihre kahlen Äste in den graublauen Abendhimmel reckt. Es ist ebenfalls beleuchtet und während ich noch darüber nachdenke, kommt mir eine glückliche Liva entgegen, die die Treppen aus dem Haus herunter stürmt und mir um den Hals fällt.

»Majvi! Ich freu mich so!«

»Okaaaay«, sage ich lächelnd und wundere mich angesichts ihres Überschwangs.

»Es ist nur eine Zeichenstunde, die ich dir gebe?«, frage ich spaßeshalber. »Oder habe ich etwas nicht mitbekommen?«

»Äääääh, genau. Was sonst?« Sie kichert etwas übertrieben.

Irgendetwas hier kommt mir komisch vor. Verdammt komisch.

In diesem Moment ertönt eine Stimme hinter mir. Eine sehr bekannte Stimme. Eine Stimme, die mir immer noch Gänsehaut über den Körper jagt.

Verdammt.

»Majvi?«

Langsam drehe ich mich um.

»Was wird das hier? Liva ... du ...?«

»Majvi. Hi!«

Ich blicke in Jespers unsicheres Gesicht.

»Ich hab Liva überredet, dich hierher zu locken. Gib mir nur diese eine Chance, ja? Und wenn du danach sagst, das war's, dann akzeptiere ich das, dann habe ich wenigstens gekämpft. Sonst kann ich mich nie, nie wieder im Spiegel anschauen.«

Er seufzt tief und sofort regt sich etwas in mir. Ist es Mitgefühl? Natürlich ist es das.

»Nur diese eine Chance, ja?« Seine ehrlichen meerblauen Augen sehen mich unverwandt an, ich wende meinen Blick ab, da ich seinem nicht standhalten kann, ohne darin unterzugehen.

Seine Stimme ist fast nur noch ein Flüstern und er streckt mir seine Hand entgegen. In mir tobt ein Orkan, ich habe den Eindruck, mich keinen verdammten Zentimeter mehr bewegen zu können.

In mir ist so viel Angst. Vor einer weiteren Enttäuschung. Vor dem Schmerz, der in meiner Seele lauert und droht, mich zu verschlingen, wenn ich ihm meine Hand reiche. Vor meiner eigenen Courage.

Doch da ist auch dieses leise Flüstern in mir, das ich inmitten des Sturms höre. Dieses Flüstern, das: »Gib ihm eine Chance und hab Mut«, sagt.

Zögernd lege ich meine Hand in seine. Als meine Fingerspitzen seine Handfläche berühren, breitet sich ein Strahlen auf Jespers Gesicht aus und tausend Stromschläge jagen von meinen Fingerkuppen durch meinen ganzen Körper.

Ohne Worte führt er mich in Richtung Gewächshaus und öffnet die Tür. Innen ist es gemütlich warm, dank eines Heizpilzes, der dort in der Ecke steht. Tausend Einmachgläser mit Kerzen stehen überall auf dem Holzboden. In der Mitte des Raumes liegt ein wunderschöner Perserteppich, darauf steht ein gedeckter Tisch. Im silbern verschnörkelten Kerzenhalter, der darauf leuchtet, spiegelt sich das gelbe Licht der Kerzen. Leise Instrumentalmusik dringt aus einer Box. Disney-Instrumentalmusik.

Mein Schwammherz tropft.

Sprachlos blicke ich mich um, blicke immer wieder in Jespers Gesicht, der nur lächelnd nickt und mich dann bittet, mich zu setzen. Ich finde keine Worte für all das und schüttle immer wieder verwundert meinen Kopf.

Eine Weile später spazieren abwechselnd Pepe und Liva, beide elegant in schwarz-weiß gekleidet, mit Getränken und Essen herein. Ich weiß so überhaupt gar nicht, was ich sagen soll, so überwältigt bin ich von all den Eindrücken und meinen Gefühlen und der Tatsache, dass Jesper all das für mich organisiert hat.

Als der erste Gang von Pepe mit den Worten: »Guten Appetit. Und nur dass du es weißt – das hat Jesper fast allein gekocht … mit ein bisschen Unterstützung von mir«, serviert wird, blicke ich vorsichtig zwischen dem silbernen Kerzenleuchter hindurch zu Jesper.

Pepe verschwindet wieder und Jesper blickt mich an und

wünscht mir ebenfalls einen guten Appetit. Dann koste ich vom Essen und Himmel, es schmeckt köstlich.

»Das ist richtig lecker«, sage ich mit Bewunderung in der Stimme.

»Danke. Das bedeutet mir viel.« Er schmunzelt. »Ich habe auch geübt. Meine Familie musste verdammt viel essen die letzten Tage.«

Ein vorsichtiges Lächeln huscht über seine Lippen und zeitgleich breitet sich ein Hauch Erleichterung auf seinem Gesicht aus.

Eine Weile essen wir schweigend, bis Jesper sich räuspert und ich ihn daraufhin anblicke.

»Denkst du, ich darf es dir jetzt … erklären?«

Ich putze meinen Mund mit der Stoffserviette ab und lehne mich zurück. Sofort spüre ich die Anspannung in meinem gesamten Körper und rutsche auf meinem Stuhl herum. Doch ich will nicht mehr weglaufen. Ich will hören, was er mir zu sagen hat. Ich habe lange gebraucht, das zu kapieren, aber die Worte von Oma Lotte haben einiges in mir in Bewegung gebracht. Er hat eine Chance verdient. Ich würde auch wollen, dass man mir diese gibt.

Ich werde ihm zuhören.

Also nicke ich und Jesper bläst fast zeitgleich Luft aus.

Augenscheinlich bin nicht nur ich angespannt.

»Danke, dass du mir zuhören willst.« Die Art, wie er diese Worte ausspricht, bewirkt, dass mein verletztes Herz einen Spalt die Tür öffnet. Dieser eine Satz klingt so ehrlich und meine Zweifel, dass er das hier nicht ernst meinen könnte, bröckeln von der Wand meiner Seele. Machen Platz für Neues. Hoffnung vielleicht?

Jesper blickt mir tief in die Augen und ich bewundere ihn in diesem Moment für seinen Mut. Ich weiß nicht, was ich an seiner Stelle getan hätte, aber ich habe ihm allen Grund gegeben, aufzugeben. Er hätte mich als blöde, zickige, uneinsichtige Kuh aufs Abstellgleis stellen können. Immerhin habe ich ihm wochenlang die kalte Schulter gezeigt. Stattdessen organisiert er ein Candle-Light-Dinner für mich. Nur für mich!

Als er meinen Namen sagt, komme ich wieder im Hier und Jetzt an. So sehr war ich mit meinen Gedanken abgedriftet.

»Ich habe dich nicht absichtlich im Unklaren gelassen. Wirklich nicht. Ja, es war vollkommen daneben, dass ich diesen Kommentar geschrieben habe. Das steht außer Frage. Ich hatte es nur wirklich vergessen. Da ich mir damals null Gedanken darüber gemacht habe, wer die Person hinter dem Account ist, dass da überhaupt eine Person dahintersteckt. Klar wusste ich es, aber in der Anonymität des Internets kann man das schon mal ausblenden. Als du mir damals im Saunafass davon erzählt hast, habe ich etwas geahnt, doch aus Angst, dich zu verlieren, habe ich es verdrängt, anstatt es anzusprechen. So wie ich es bisher immer gemacht habe. Ich war dumm, ja. Ich hätte es nicht tun sollen. Auch ja. Ich war testosterongesteuert, wieder: Ja. Mein Ego wollte gepusht werden und mein Frust wollte an der falschen Stelle raus. Nochmal: Ja. Es ist immer einfacher, andere schlecht zu machen, als sich um seine eigenen Probleme zu kümmern. Kurz vor Pepes Geburtstag hat Theo ein Foto von uns gesehen, in meinem Zimmer. Erst dann wusste ich sicher, was ich da für eine Scheiße angerichtet habe und dass es damals dein Account war. Du. Es tut mir von Herzen leid. Wie gesagt, ich wollte nach der Party mit dir darüber reden. Es tut mir alles so sehr leid, Majvi. Ich wollte dich nicht anlügen. Ich hatte so krass Angst, dass du gehst, wenn du das erfährst. Das hätte ich nicht ertragen. Nicht nochmal.« Er seufzt. »Und schon gar nicht wollte ich dich verletzen. Trotzdem habe ich es getan und das bereue ich wirklich und es tut mir von Herzen leid.«

Da sitze ich nun und all die Verletzungen lösen sich auf, rieseln aus meinem Herzen wie Sand.

Ich glaube ihm jedes Wort. Ich will ihm glauben, ihm eine Chance geben, will nicht in meiner Wut gefangen bleiben. Weil wir jeden Tag die Chance haben, jemandem zu vergeben. Es immer eine Entscheidung ist, nicht nur ein Kalenderspruch, sondern die Wahrheit.

Es ist, als hätte jemand einen Schalter in mir umgelegt und das Licht in meinem Herzen wieder angeknipst. Da liegt so viel Ernsthaftigkeit in seinen Worten. Ich nehme all die Mühe, die er sich für mich gegeben hat, wahr. Die hätte er sich sicher nicht gemacht, wenn ich ihm egal wäre. All den Mut, den er für so viel Hartnäckigkeit gebraucht hat. All die Dinge bewirken, dass ich ihm glauben will. Glauben kann.

Mein erschüttertes Vertrauen bricht auf wie ein Samenkorn, aus dem etwas Neues wächst. Etwas Neues wachsen kann.

»Meinst du, du kannst mir noch eine Chance geben?«

Ich kann gar nicht antworten. Ich kann nur grinsen. Und das übers ganze Gesicht.

Jesper

Als sich dieses strahlende Lächeln auf Majvis Gesicht ausbreitet, rollen tausend Felsbrocken von meiner Seele. Es fühlt sich an wie eine Befreiung, so leicht wird mir, und die Schwere der letzten Wochen weicht aus meiner Brust.

Ihr: »Ja!«, das dann ertönt, ist besser als die schönste Musik.

Mein Herz schlägt Purzelbäume vor Erleichterung.

»Ja?«, frage ich nochmal, um mich abzusichern, ob ich wirklich richtig gehört habe. »Du und ich, Majvi?« Ich sage es als Frage, nicht als Aussage, wie wir es bisher getan haben.

Ihr Strahlen sagt alles.

»Ja!«, erklärt sie wieder und ich springe vom Stuhl auf, der scheppernd nach hinten kippt, doch es könnte mich nicht weniger kümmern. Ich gehe zu ihr, setze mich in die Hocke vor ihr und halte ihre Hände. Küsse ihre Hände.

»Hast du gerade noch Hunger oder wollen wir zwischendurch an den Strand laufen?«

»Das klingt schön, ja!« Sie nickt und wieder mal stelle ich fest, wie schön ihr Lächeln ist. Wie schön sie ist.

Nachdem ich Pepe und Liva Bescheid gegeben habe, dass wir vor dem Nachtisch ans Meer gehen, spazieren wir los.

Ich nehme ihre Hand, lasse sie nur kurz los, als wir in unsere Jacken schlüpfen, um sie danach sofort wieder zu ergreifen. Fast so, als hätte ich Angst, sie könnte mir nochmal davonlaufen.

Eine Weile später spazieren wir den dunklen Strand entlang und ich stelle mich vor Majvi, um sie anzuschauen. Der Mond malt bläuliche Schatten auf ihr Gesicht, in meinem Herzen ist es ganz warm und hell. Sanft streiche ich mit meinen Händen über ihre Wangen.

»Denkst du wirklich, wir sind zu verschieden?«, stelle ich die Frage zwischen uns.

In mir schlummert nach wie vor die Angst, dass sie bejahen könnte. Dass sie das wirklich ernst gemeint hat vor ein paar Tagen.

Doch sie beginnt ihren Kopf zu schütteln. Langsam zwar, ein wenig zögernd, aber das reicht mir für den Anfang. Und vom Rest werde ich sie auch noch überzeugen.

»Es war alles zu viel, Jesper. Ich habe an allem gezweifelt. An dir, an mir und dadurch auch an uns. Ja, wir sind verschieden. Aber wenn wir aufeinander aufpassen und Rücksicht nehmen, uns gegenseitig akzeptieren, dann glaube ich, wir können das schaffen. Und uns ergänzen. Was denkst du?«

Ich ziehe sie in eine Umarmung. Ihre Worte fügen die verletzten Teile meines Herzens wieder zusammen.

»Das glaube ich auch«, sage ich nahe an ihrem Ohr, während ich sie halte. Wir uns halten.

»Ich habe so viel gelernt von dir, Majvi. Zum Beispiel, dass es sich lohnt, für die Liebe zu kämpfen.«

Jetzt muss ich lachen vor Erleichterung und sie stimmt mit ein.

Eine Weile stehen wir da, unsere Blicke verhaken sich ineinander.

Ihr Gesicht vor meinen Augen verschwimmt mit jedem Zentimeter, den sie sich auf mich zubewegt, etwas mehr. Bis ihre Lippen sich auf meine legen. Zuerst ganz sacht, dann immer intensiver.

Dieser Kuss fühlt sich an wie eine Erlösung und ein wohliger Schauer, durchzieht meinen gesamten Körper. Himmel, ich habe sie so vermisst. So sehr, dass es wehtat.

Ich versinke in diesem Kuss, neben uns tobt die Brandung. Der Wind, der um uns weht, trägt all die Schwere der vergangenen Wochen davon.

Ich juble, hebe Majvi hoch und wirble sie herum. Der Wind trägt ihr Lachen fort und Tonnen an Schwere der letzten Tage. Als wir uns nach tausend Küssen endlich voneinander lösen, blickt sie mich mit großen Augen an.

»Danke, Jesper. Danke, dass du uns nicht aufgeben hast. Deine Mühe, die du dir mit dem Candle-Light-Dinner gemacht hast. Dadurch habe ich gespürt, dass ich dir wichtig bin. Du mich siehst. Du und ich, Jesper?« Die letzten vier Worte sind nur noch zu erahnen. Fast eine Frage. Doch ich habe sie gehört und nicke.

»Du und ich, Majvi.«

Ihre Mundwinkel verziehen sich zu einem breiten Lächeln.

»Danke.«

»So gerne! Es war wohl das Mindeste, nach allem, was ich angerichtet habe. Und jetzt lass uns weiter essen gehen. Ich hab schon wieder Hunger und außerdem gibt es noch einen echt leckeren Nachtisch, da kommst du nie drauf!«

Ich nehme ihre Hand, wir rennen zurück. Zurück zu meinem Zuhause, zurück ins warme Gewächshaus, zurück in etwas, das sich nach Zukunft anfühlt, und ich könnte nicht glücklicher sein.

»Ich habe übrigens beschlossen, mit meinen Eltern zu reden«, sagt Majvi fast beiläufig, als wir vor unserem Æblekage sitzen.

»Okay! Wow!« Erstaunt über ihren plötzlichen Mut in dieser Sache frage ich: »Wie kommt es zu dieser Veränderung?«

»Ich weiß nicht, ich habe das Gefühl, dass ich es mir selbst schuldig bin. Klingt das logisch?«

»Ich finde schon, ja.«

»Du hattest geschrieben, dass deine Mutter sich bei dir gemeldet hat und wir ...«

»Haben danach nicht mehr darüber reden können«, vollende ich ihren Satz.

»Genau.« Sie nickt, seufzt dann leise. »Hast du ... konntet ihr miteinander reden?«

Das Kerzenlicht zeichnet weiches Flackern auf ihr Gesicht, auch ihre Frage klingt so. Weich. Und bedacht.

»Ja.« Zwei Buchstaben, ein Wort, doch so viel mehr.

Ich erzähle ihr, warum meine Mutter uns damals verlassen hat und den Grund dafür, dass sie erst jetzt so plötzlich wieder auftaucht.

»Wir sind auf dem Weg. Es braucht Zeit, bis ich ihr wieder vertrauen kann, aber ich denke, es ist möglich.«

Und während wir da so sitzen, nur sie und ich, nur das Glasdach zwischen uns und dem Sternenhimmel, merke ich, dass ich es inzwischen sogar glauben kann.

»Ich bin echt stolz auf uns«, sage ich und fühle es auch überall. Darauf, dass wir wieder miteinander reden, und stolz

auf mich, dass ich so mutig war und mich nicht habe abwimmeln lassen.

Obwohl ich immer so viel Angst vor dem Verlassenwerden hatte, habe ich verstanden, dass es keine Garantie dafür gibt, dass jemand bei dir bleibt. Liebe, Vertrauen sind immer ein Wagnis. Ich habe das hier auf die Beine gestellt, alles gewagt und gewonnen. Sogar kochen habe ich dafür gelernt. Gut, nur ein Gericht, aber wen kümmert das schon, es ist ein Anfang.

Mit diesem Gefühl in meiner Brust, dieser tiefen Zufriedenheit, lassen Majvi und ich den Abend im Gewächshaus ausklingen. Wir fläzen auf der Pallettencouch in der Ecke und im schimmernden Kerzenlicht sieht sie so schön aus. So sehr sie. Meine Märchenfee.

Ich erinnere mich an die Busfahrt, als wir uns das erste Mal begegnet sind, und könnte nicht dankbarer sein, sie in meinem Leben zu haben.

Majvi erzählt mir, dass sie nach ihrem FSJ Kunst studieren will, was ich total schön finde. Weil es so gut zu ihr passt. Seit ich ihre Bilder gesehen habe und wie sie sich beim Malen entspannt, weiß ich, dass es das ist, was sie glücklich macht. Auch ich habe mir Gedanken gemacht und erzähle ihr von meinen Plänen, Soziale Arbeit zu studieren.

Wir reden bis tief in die Nacht, Pepe und Liva haben sich längst verabschiedet, doch alles, was wir wollen, ist zusammen zu sein.

Ihr Kopf liegt schwer auf meiner Brust, ich atme ihren Duft, ihre Anwesenheit, ich atme Majvi. Lausche ihrer Stimme und fast meine ich, vor Glück zu zerspringen.

»Ich hab da noch eine Überraschung für dich«, flüstere ich irgendwann in die Stille.

Wir haben so viel geredet, nun liegen wir schweigend und küssend tiefenentspannt in den Kissen.

Majvi schaut mich ein bisschen müde, aber verwundert an.

»Noch eine?«

Ich nicke, schäle mich aus den Kissen und Decken, stelle die Leinwand mittig, starte den Beamer und lege mich dann mit einem fetten Grinsen im Gesicht wieder neben Majvi.

Als Disneys »Rapunzel neu verföhnt« über die Leinwand flimmert, sehe ich es in ihren Augen glitzern.

Majvi

Meine Hand zittert ein wenig, als ich den Klingelknopf drücke. Friis steht auf dem schmiedeeisernen Klingelschild, mein Herz klopft viel zu schnell.

Ich habe mich nicht angekündigt bei meinen Eltern. Nicht so richtig. Vorsichtig gefragt, ob sie heute Abend zu Hause sind, habe ich schon. Doch Gründe für meinen Besuch habe ich keine genannt.

Wie immer öffnet meine Mutter die Tür, ich kann mich nicht erinnern, dass es je anders war.

»Majvi, wie schön, dass du vorbeischaust. Gibt es einen Grund? Ist mit dir und deinem Freund alles in Ordnung?«

Meine Mutter.

Ich muss mich zusammenreißen, damit ich nicht genervt den Kopf schüttle. Sie lässt wie immer keine Sekunde verstreichen, um die Lage zu checken. Vielleicht muss man ja so sein als Ärztin, um schnelle und sichere Diagnosen zu stellen. Hier und jetzt finde ich es allerdings eher befremdlich.

»Lass sie doch erstmal reinkommen«, höre ich meinen Vater aus dem Wohnzimmer rufen und atme kurz durch.

Endlich tritt sie zur Seite und lässt mich eintreten.

Zehn Minuten später sitzen wir auf der Couch, zwischen uns dampfende Teetassen und eine Menge Unbehagen meinerseits. Meine Angst ist inflationär angestiegen seit ich hier bin, aber koste es, was es wolle, ich werde das jetzt durchziehen.

Jesper hatte sich angeboten, mich zu begleiten, was ich echt süß von ihm fand, aber ich habe abgelehnt. Ich will das hier allein schaffen. Mir beweisen, dass ich mutig bin und für mich selbst vor meinen Eltern einstehen kann.

Meinen ganzen Mut zusammennehmend, sage ich aus dem Nichts heraus, mit klarer Stimme: »Ich werde Kunst studieren.«

Die Worte fallen wie hölzerne, ungeschliffene Bauklötze auf den mit Politur behandelten Couchtisch. Durcheinander.

Ich fühle mich ebenso, habe Angst vor der Reaktion meiner Eltern.

Beide sitzen sie da. Beide stumm.

Tauschen Blicke aus. Blicke, die den jeweils anderen auffordern, etwas zu sagen. Und ich? Sinke immer tiefer in die Kissen der Couch.

Mein Vater findet zuerst seine Stimme wieder.

»Hast du dir das auch gut überlegt? Du weißt, dass man mit Kunst auch ganz schön auf die Nase fliegen kann. Mama und mir wäre es lieber, du würdest etwas Solides lernen.«

Solide? Natürlich.

»Nein. Ich bin heute Morgen aufgestanden und habe in meinem Horoskop gelesen, dass ich am besten Kunst studieren soll«, sage ich zynischer, als ich wollte.

Es ist, wie es immer ist in diesem Haus. Ich bin nicht ich selbst.

Für einen Moment schweige ich. Versuche, mich zu sammeln. Rücke in meinem Kopf die Sätze zurecht, die ich ihnen sagen will.

»Was denkst du? Dass ich mir keine Gedanken gemacht habe? Ist das die Majvi, die du kennst? Kennst du mich überhaupt? Ich denke immer und überall über einfach alles verdammt gründlich nach. Zu gründlich. Traurig, dass du das nicht zu wissen scheinst.«

»Majvi, dein Vater wollte sagen ...«, säuselt meine Mutter mit dieser Stimmfarbe, die sie immer hat, wenn sie Menschen beschwichtigen will.

»Wieso weißt du, was Papa sagen wollte?«, falle ich ihr ins Wort. Ich habe es satt, dass meine Mutter sich immer einmischt.

»Sag mir lieber, was du dazu denkst, anstatt mir zu erklären, was Papa meint. Oder kann er etwa nicht selber reden?«

Keine Ahnung, was mich jetzt erwartet, doch ich bin gerade so auf Konfrontation aus, dass mir alles egal ist.

»Na ja, du weißt, was ich darüber denke.«

»Nein, Mama, das weiß ich nicht! Denn es ist das erste Mal, dass ich vor meinen Eltern sitze und ihnen erkläre, was ich studieren will. Was ICH wirklich will. Ich, Majvi Friis. Ich allein und das ohne, dass mir jemand Vorgaben macht, wer oder was ich zu sein habe. Also sag mir bitte, was *du* darüber denkst.«

Schweigen. Viel zu viele Sekunden.

Dann endlich redet sie.

»Na ja, es ist nicht so einfach, mit Kunst Geld zu verdienen ...«

»Okay. Ich hab es geahnt. Dann ...«

Ich stocke, atme tief durch, bevor ich weiterspreche, denn für das, was ich jetzt sage, brauche ich meinen ganzen Mut. Und nur, weil ich mich bisher habe von ihnen unterbuttern lassen, werde ich nicht zulassen, dass das so weiter geht. Zu schmerzhaft war diese letzte Erfahrung mit meinem Medizinstudium. Doch so sehr ich mich auch wie ein Versager gefühlt habe, so sehr bin ich daran gewachsen. Weil ich mich mit meinen Bedürfnissen auseinandersetzen musste.

»Ihr könnt dieser Meinung sein«, erkläre ich selbstbewusster, als ich mich fühle. Ich wusste ja, dass sie nicht vor Freude in die Hände klatschen würden. Darauf habe ich mich innerlich vorbereitet. Sie müssen es nicht gut finden.

»Ihr dürft mir jetzt mal gut zuhören, denn ich werde mich nicht wiederholen. Es ist mein Leben, okay? Deshalb entscheide ich selbst, was ich damit anfangen möchte. Und wenn ich Kunst studieren will, wäre es schön, wenn ihr mich unterstützt und mich ermutigt. Falls ihr damit überfordert seid, auch okay. Aber bitte, lasst mich meine Entscheidungen treffen. Falls ich damit auf die Nase falle, würde ich mir wünschen, dass ihr mich nicht verurteilt, sondern mir die Hand reicht. Das habe ich all die Jahre vermisst. Diese Unterstützung. Denn die gab es bei euch nur, wenn ich euren Vorstellungen entsprochen habe. Aber das kann ich nicht. Nicht mehr. Ich passe nicht in eure Schablone. Sie ist mir zu eng. Vielleicht könnt ihr euch darüber Gedanken machen. Mehr will ich gar nicht. Und jetzt gehe ich wieder. Denn ich will nicht, dass ihr das alles, was ich gerade gesagt habe, zerredet. Es hat mich meinen ganzen Mut gekostet, euch das zu sagen. Denkt bitte einfach in Ruhe darüber nach, ja?«

Mit diesen Worten stehe ich auf und gehe zur Tür.

»Majvi, warte.«

Die Stimme meines Vaters lässt mich innehalten, ich drehe mich um, verharre im Türrahmen.

»Wir wollen einfach nur, dass du glücklich bist. Du warst

in letzter Zeit so … so distanziert, seit du dein Studium abgebrochen hast.«

»Ich? Distanziert?«

Verwirrung macht sich in mir breit. Scheinbar haben wir eine ziemlich gegensätzliche Wahrnehmung.

»Es war eher so, dass ich dich und Mama als distanziert empfunden habe, seit ich das Studium abgebrochen habe. Eigentlich schon seit ich damals die Schule gewechselt habe.«

Warum ist da dieser Kloß in meinem Hals, der so bitter schmeckt? Warum stehe ich noch immer im Türrahmen, rühre mich keinen Zentimeter von der Stelle?

Nur nicht aus dem Rahmen fallen, denke ich und gehe dann entschieden einen Schritt heraus.

»Setz dich doch nochmal, Majvi«, bittet meine Mutter und legt ihre Hand einladend auf den Platz neben sich. »Bitte!«

Zögernd überbrücke ich die paar Meter zwischen Tür und Couch, um dann neben meinem Vater Platz zu nehmen.

»Wir hatten das Gefühl, du wolltest Abstand zu uns. Oft hatte ich den Eindruck, nicht an dich heranzukommen. Und seit deinem Auszug war es noch schwieriger. Du hast dich nie gemeldet, uns nie eingeladen. Wir hatten das Gefühl, du willst deinen Freiraum.«

»Vielleicht, weil ich dachte, dass ich eine Enttäuschung für euch bin?« Meine Stimme betont die Worte wie eine Frage.

»Was? Nein? Wie kommst du darauf?«

»Weil ich mein Studium abgebrochen habe? Weil ich keine Ärztin werde? Weil ich nicht so erfolgreich bin wie Jeppe. Braucht ihr noch mehr eurer eigenen Argumente?«

»Das ist, was du denkst?«

»Ja. Das ist, was ihr mich spüren lasst. Ich war euch doch

immer zu … zu viel. Zu viel Gefühl, zu empfindlich, ›Prinzessin auf der Erbse‹. Wir erinnern uns?«

»Das war doch nicht böse gemeint, Majvi.« Entsetzen steht im Gesicht meiner Mutter geschrieben. »Du hast es aber genauso gehört, oder?« Nun ist das Entsetzen auch in ihre Stimme gesickert.

»Okay, wir haben wohl einiges zu klären«, mischt mein Vater sich dazwischen. »Hör zu, Majvi, wir haben wohl alle zu viel interpretiert, anstatt miteinander zu reden. Wir dachten, du brauchst Abstand, und den wollten wir dir geben, ohne zu wissen, wie sehr wir dich dadurch verletzt haben. Es tut mir leid, dass wir nicht nachgefragt haben. Das war … falsch.«

Ich nicke betroffen.

»Warum hast du nie etwas gesagt?« Die Stimme meiner Mutter klingt so blass.

Vielleicht habe ich nie darüber nachgedacht, was sie empfindet. Oder mein Vater. War zu sehr in meiner Ablehnung gefangen, weil ich mich selbst abgelehnt gefühlt habe.

Plötzlich nehme ich hinter dieser Mauer aus Wut zwei Menschen wahr, die auch ihre Stärken und Schwächen haben. Die ebenso geliebt werden wollen. Vielleicht habe ich ihnen einfach keine Chance gegeben, durch meine Mauern durchzudringen. Vielleicht, weil ich dachte, es wäre leichter so. Für beide Seiten.

»Vielleicht habe ich mich nicht getraut«, erwidere ich matt.

Meine Mutter nimmt die Teekanne vom Stövchen und schenkt uns nach. Zwischen Dampfwolken und Früchteduft hängt wortlose Stille, dann bricht mein Vater das Schweigen.

»Hör zu, Majvi: Wir sind nicht weniger stolz auf dich als

auf Jeppe. Das mal vorneweg. Und wenn du Kunst studieren willst, dann mach genau das.«

»Aber Mama glaubt doch nicht, dass man damit ...«

»Mama will vor allem eines, dein Bestes. Ich weiß, dass Eltern manchmal eine komische Art haben, das zu zeigen.«

»Ich möchte, dass du glücklich bist, Majvi. Wenn Kunst das ist, was dich glücklich macht, dann werde ich bestimmt nichts dagegen sagen. Ich wollte nur nicht, dass du es unnötig schwer hast. Ich wollte dich schützen. Vor Enttäuschungen. Das ist absurd, ich weiß, denn dadurch habe ich es dir erst recht schwer gemacht. Ich dachte zu wissen, was gut für dich ist, ohne mit dir darüber zu reden. Das tut mir leid.«

»Okay. Ich hätte mir einfach gewünscht, dass ihr mir was zutraut. Auch wenn ich mein Medizinstudium abgebrochen habe. Dass ihr euch mal meldet und nachfragt, wie es mir geht. Solche Sachen, die Eltern halt so tun.«

»Das verstehe ich. Und vielleicht haben wir gar nicht gemerkt, wie sehr wir die Dinge falsch machen, obwohl wir alles richtig machen wollten. Wir wollten dir deinen Freiraum geben und ...«

»Danke, Mama«, beende ich ihren Satz. »Ich bin froh, dass ich hergekommen bin. Dass wir reden konnten. Vielleicht können wir das ... jetzt öfter mal machen?«

Meine Mutter steht auf und lässt sich neben mich in die Polster sinken, ihre Hand sucht die meine. Sie lächelt schwach.

Nun sitzen wir zu dritt auf der Couch, ich in der Mitte, und es fühlt sich seltsam an.

»Komm doch bald mal wieder zum Essen, mit deinem Freund. Nur wir vier? Was meinst du?« Ihre Stimme klingt nach langer Zeit so ehrlich.

Mein Vater blickt mir in die Augen. Ich sehe es in ihnen schimmern.

Ich nicke.

»Ich muss dann auch los. Danke für euer Zuhören. Und euer Verständnis.«

Langsam stehe ich auf, etwas unbeholfen, weil ich nicht mehr so richtig weiß, wie das funktioniert mit dem normalen Umgang mit meinen Eltern. Vermutlich müssen wir alle neue, etwas wackelige Schritte gehen. Aufeinander zu und miteinander.

Ich trete durch die Tür meines Elternhauses an die frische Luft, atme tief ein und kann nicht fassen, dass ich das gerade getan habe. Noch etwas durcheinander macht sich Leichtigkeit in meinem Herzen breit.

Ich gehe die Straße entlang in Richtung Bushaltestelle, in meiner Kehle formt sich ein Jubelknäuel, der mit Macht nach außen drückt. Kurz drehe ich mich nach allen Seiten um. Als ich sehe, dass die Luft rein ist, hüpfe ich in die Luft und quietsche laut. In diesem Moment könnte ich nicht stolzer auf mich sein.

Die Bushaltestelle erscheint in meinem Sichtfeld. Entweder halluziniere ich oder wartet dort ... Jesper?

Warte? Woher ...?

Ich beschleunige meinen Schritt, frage mich, was er hier macht, während er ebenfalls näherkommt.

»Ich wollte für dich da sein, falls es ... war es schlimm?«, fragt er vorsichtig, in mir wird es ganz warm.

»Es war ... gut! Erstaunlicherweise. Aber das Beste daran ist, dass ich mutig war. Alles andere ist zweitrangig. Ich war so verdammt mutig.«

Dann küsse ich ihn. Küsse ihn mit allem, was in mir ist, und das ist eine Menge. Liebe, Hoffnung, auch Unsicherheit, ob ich das schaffe mit dem Studium. Aber vor allem ist da Mut. Weil ich in letzter Zeit so gewachsen bin. Mit Jesper zusammen. Weil ich mich gerade so unendlich stark fühle. Deswegen ist da vor allem eines in mir: Das Gefühl von Liebe für diesen Kerl und ganz viel Hoffnung, dass alles möglich ist.

»Ich liebe dich«, höre ich Jesper flüstern, Gänsehaut krabbelt meinen Rücken hoch. »Und ich bin so stolz auf dich.«

Wir stehen uns gegenüber, unsere Blicke verwoben. Die Sonne küsst den Regen, an uns ziehen Passanten vorbei, entfernt rattert Baustellenlärm, jemand fiedelt schräg auf einer Geige.

Auf uns fallen leise Tropfen, doch nichts davon stört uns. Aus den Augenwinkeln sehe ich einen Regenbogen. Die Szene trieft vor unfassbar schönem Kitsch. Unserem ganz persönlichen Kitsch.

Und dann sage ich die vier Worte, die ich noch nie zuvor gesagt habe. Die ich von Herzen fühle.

»Ich liebe dich auch!«

Epilog – Acht Monate später |

Majui

An diesem Abend trage ich mein schönstes Kleid, welches ich mir extra für diesen Anlass gekauft habe. Lang, dunkelblau, weit geschlitzt. Dazu habe ich blaue, baumelnde Ohrringe und hohe dunkelblaue Pumps ausgewählt.

Ich fühle mich so wohl heute, so sehr bei mir, als ich etwas aufgeregt durch die hohen Hallen der alten Fabrik gehe. Weißgetünchter Beton wird von riesigen Sprossenfenstern unterbrochen, an einzelnen Stellen schaut roher Backstein heraus. Die Sonne gießt orange-blaue Sonnenstrahlen durch das Glas, welche auf dem Boden flimmern.

Überall hängen riesige Gemälde an den Wänden. Blau, bunt, Aquarell trifft auf Abstrakt. Rohe Skulpturen stehen verteilt auf Podesten. Dazwischen schweben Bilder, romantisch verspielt, mitten im Raum von der meterhohen Decke. Es riecht nach Beton, Farbe, Holz und Aufregung. Leise sphärische Musik untermalt die Ausstellung.

Ein Kribbeln breitet sich in mir aus.

Nicht mehr lange, dann werden außer uns Studierenden Gäste die Halle füllen.

»Vielfalt« lautet das Motto des heutigen Abends. Auf einzelnen Stehtischen perlt Sekt in schlanken Gläsern. Ich werfe einen Blick auf meine Uhr, dann auf eines dieser riesigen Gemälde, an denen ich so lange gearbeitet habe.

Eine Kommilitonin kommt vorbei, drückt flüchtig meine Hand, wir wechseln ein kurzes: »Bist du auch so aufgeregt?«, nicken, lächeln, dann öffnen sich die riesigen Flügeltüren und die ersten Gäste trudeln ein.

Nach einer Weile erkenne ich Jesper, Emma und Linn, die auf mich zukommen. Jesper im Smoking, mein Herz macht einen freudigen Satz.

»Danke, dass ihr hier seid.«

Ich umarme zuerst Emma und Linn, dann Jesper. Er hält mich ganz lange im Arm und sagt mir leise ins Ohr, wie stolz er auf mich ist.

Seine flüsternden Worte gießen Gänsehaut über meinen Rücken.

Als ich ihn anblicke, bade ich im Blau seiner Augen, lege meine Stirn an seine, atme Meer, Strand und Jesper und Liebe.

Ein Räuspern trennt uns, ich trete einen kleinen Schritt zurück, hinter Jesper steht … Theo mit Pepe.

Pepe drückt mich zur Begrüßung.

Das »Hej«, welches dann Theos Mund verlässt, klingt etwas kratzig und maximal verunsichert, doch ich spüre keine Wut.

»Hej«, erwidere ich und blicke ihn abwartend an.

»Ich bin da, um mich bei dir zu entschuldigen. Jesper meinte, ich kann mich das trauen.«

Ich spüre noch immer keine Wut.

»Es tut mir leid, Majvi, dass ich mich dir gegenüber so scheiße verhalten habe. Das war vollkommen …«

»Daneben und kindisch?«, schlage ich vor und Theo nickt.

Noch immer keine Wut. Ich suche sie tief in mir, wo sie all die Zeit gewartet hat, doch ich finde keine.

»Na ja, jedenfalls will ich dich um Verzeihung bitten, falls du mir verzeihen kannst.« Bei seinen Worten lässt er die Schultern sacken.

Ich spüre nur Mitleid. All die Wut von damals. Verpufft.

»Kann ich. Und tue ich«, sage ich deshalb und strecke ihm meine Hand entgegen. »Nimm dir einen Sekt und genieß den Abend«, schlage ich vor, greife eine Sektflöte vom Stehtisch neben uns und reiche sie ihm.

»O-okay. Danke.«

Jesper knufft Theo in die Seite, sein Gesicht entspannt sich allmählich, ich sehe, wie Theo Jesper ein »Danke« mit den Lippen formt, dann mischt Theo sich mit Pepe unter die Leute.

Ich nehme Jespers Hand, drücke sie kurz und Emma drängelt, dass sie jetzt endlich mal meine Werke bewundern will.

Ich führe die beiden zu einem großen Gemälde, vor dem wir stehen bleiben.

Jesper klappt die Kinnlade nach unten, Emma entfährt ein: »Wow, Majviiiiii.«

Linn steht einfach nur da, seufzt, schüttelt den Kopf. »Krass«, ist alles, was sie von sich gibt.

»Das ist, das bin, das … ist Wahnsinn.«

»Das bist du«, schließe ich Jespers Gestammel ab, ein heftiges Grinsen zieht an meinen Mundwinkeln, in mir ist es ganz hell und weit.

Andächtig stehen wir vor dem Bild, auf dem das Meer zu sehen ist. Und Jesper.

Mein Jesper.

Jesper, auf dem Brett, mitten in einer Welle.

Mitten im unendlichen Meer.

Mitten im Blau.

»Es sieht so ... echt aus. Ich kann fast die Gischt spüren.« Seine Stimme klingt ehrfürchtig.

»Ich auch.« Emma nickt.

»Danke«, flüstere ich voller Stolz.

Jespers Hand sucht meine, sein Mund findet mein Ohr. »Du und ich, Majvi«, flüstert er mir zu.

Wieder Gänsehaut, sein Blick fängt meinen, meine Haut kribbelt, als würden all die Wassertropfen des Bildes auf mir landen.

Die Halle schrumpft, in meiner Wahrnehmung gibt es für einen Moment nur ihn und mich. Und diesen Kuss. Den auf den Scheitel, die Wange, den Mund.

Kurz schließe ich die Augen.

Als ich sie wieder öffne, sehe ich in der Menge meine Eltern.

Sie sind wirklich gekommen. Dann erkenne ich auch Jeppe und Melody, die sich zwischen Bildern angeregt unterhalten. Als sie mich entdecken, kommen alle vier auf mich zu und mein Herz wird flatterig. Ich wünsche mir so, dass sie meine Kunst gut finden. Doch dann spüre ich diesem Gefühl in mir nach, das sich nach Stolz und Zufriedenheit anfühlt, danach, welche Hürden ich in letzter Zeit überwunden habe. Und plötzlich ist mir ihre Meinung zwar noch wichtig, doch sie darf nicht mehr über meine Befindlichkeit entscheiden. Ich bin so sehr gewachsen die letzten Monate.

Meine Mutter kommt zuerst auf mich zu.

»Darf ich?«, fragt sie vorsichtig und als ich nicke, schließt sie ihre Arme um mich.

Dann umarme ich meinen Vater, Jeppe und Melody. Nichts davon fühlt sich falsch an. Seit ich das tue, was ich liebe, das, was ich wirklich will, muss ich mich nicht mehr mit meiner Familie messen. Ich habe mich auf die Reise zu mir selbst gemacht, zu dem, was ich möchte, dorthin, wo meine Begabungen liegen. Seitdem fühle ich mich so sehr befreit, so sehr bei mir selbst.

Niemals hätte ich geglaubt, dass das möglich ist. Ich habe gelernt, dass es wichtig ist, das, was ich liebe, zu tun. Weil meine Zeit dann wertvoll und kostbar gefüllt wird. Weil ich dann lebe.

Als meine Familie voller Bewunderung vor meinen Bildern steht, ist es mit meiner Fassung vorbei. Tränen fluten meine Wangen, doch es könnte mir nicht egaler sein. Ich fühle so unfassbar viel und bin so im Reinen damit.

Wir schlendern durch die Halle, betrachten neben meiner Kunst die Werke der anderen Studierenden, wobei sich Jespers Vater, Liva und seine Mutter anschließen und uns mit Umarmungen begrüßen.

Jesper hatte sich die letzten Monate immer wieder mit ihr getroffen und die beiden sind bei jedem Treffen ein Stück näher zueinander gerückt. So, dass auch ich sie inzwischen kennenlernen durfte. Ich mag sie sehr.

Eine Weile später entdecke ich Mira, Schwester Hanne mit Oma Lotte und Opa Carl und einigen anderen Senioren und ich weiß nicht mehr, wohin mit meinen Gefühlen.

»Das können wir uns doch nicht entgehen lassen«, beteuert Schwester Hanne. »Ich habe manches von dir gelernt«, flüstert sie mir ins Ohr.

»Zum Beispiel, es mit der professionellen Distanz nicht zu übertreiben«, erklärt sie mir mit einem Augenzwinkern.

Ich bin sprachlos, umarme zuerst Schwester Hanne, dann Oma Lotte und Opa Carl und die anderen und wische mir die Tränen von den Wangen.

Plötzlich steht Jesper mit einem Strauß Cosmeen vor mir. Meine Lieblingsblumen. Weil sie so zart sind.

So filigran. So bunt. Weil sie mir so ähnlich sind.

Mein Herz läuft über, weil all diese Menschen da sind.

Wegen mir.

Weil ich vor einem Jahr noch nicht wusste, in welche Richtung ich gehen soll, und nun das tue, was mich glücklich macht.

Wegen Jesper.

Und mir.

Wegen uns.

»Du und ich, Jesper«, flüstere ich deshalb in sein Ohr.

»Du und ich, Majvi«, erwidert er. Seine Meeraugen leuchten dabei.

Danksagung

Zuallererst danke ich meinem himmlischen Vater. Danke, dass ich meinen Traum leben darf und dass ich diese Geschichte schreiben durfte. Dass sie nun als Buch erscheint, bedeutet mir so viel. Ich fühle mich so beschenkt, dieses Buch veröffentlichen zu dürfen, was ohne die Unterstützung von so vielen Menschen nicht möglich gewesen wäre.

Danke Jay Lahinch, für dein Vertrauen in mich und dass du immer ein offenes Ohr für mich hast.

Danke an Nina Hirschlehner für das traumschöne Cover, ich bin erneut überwältigt, was du gezaubert hast. Danke auch, für alle Hilfe und dein Lektorat.

Ein ganz besonderer Dank geht an Karla. Du bist die beste Testleserin der Welt. Deine Kommentare, egal welcher Art, haben alles besser gemacht und mir oft ein Lächeln aufs Gesicht gezaubert. Danke, für alles Brainstormen, was den Buchtitel angeht und deine Geduld. Ich danke dir von Herzen für alles und bin so dankbar, dich im Instagram-Gewusel gefunden zu haben. Du bist wundervoll.

Danke, an meine Familie. Es ist so schön, dass ich euch habe, ihr macht mein Leben reicher, bunter, schöner.

Danke To, du bist mein Cheerleader. Ich liebe Dich.

Und ein großer Dank geht an all meinen Leser*innen.

Danke, dass ihr meine Bücher lest, liebt und mir begeisterte Nachrichten schreibt. Das bedeutet mir so viel. Ich hoffe so sehr, dass euch die Geschichte von Majvi und Jesper berührt hat.

Playlist

Wenn du mich lässt (aus »Sing meinen Song«) – Montez
NDA – Billie Eilish
Momentary – Edvard Kravchuk
Happier Than Ever – Billie Eilish
Hot in Herre – Nelly
Avalanche – James Arthur
Die Versöhnung - Niki Reiser
Anyone – Justin Bieber
As I Am (feat. Khalid) – Justin Bieber, Khalid
Not You – Alan Walker, Emma Steinbakken
Hearing – Sleeping at Last
Where's my Love – SYML
Gone – Blake Rose
Without You – Emma Steinbakken
Locked out of Heaven – Bruno Mars
Talk – Billy Lockett, Violet Skies